乙女ゲームのヒロインで最強サバイバル

—otome game no heroine de saikyo survival—

Harunohi Biyori

びより

きゆう

TOブックス

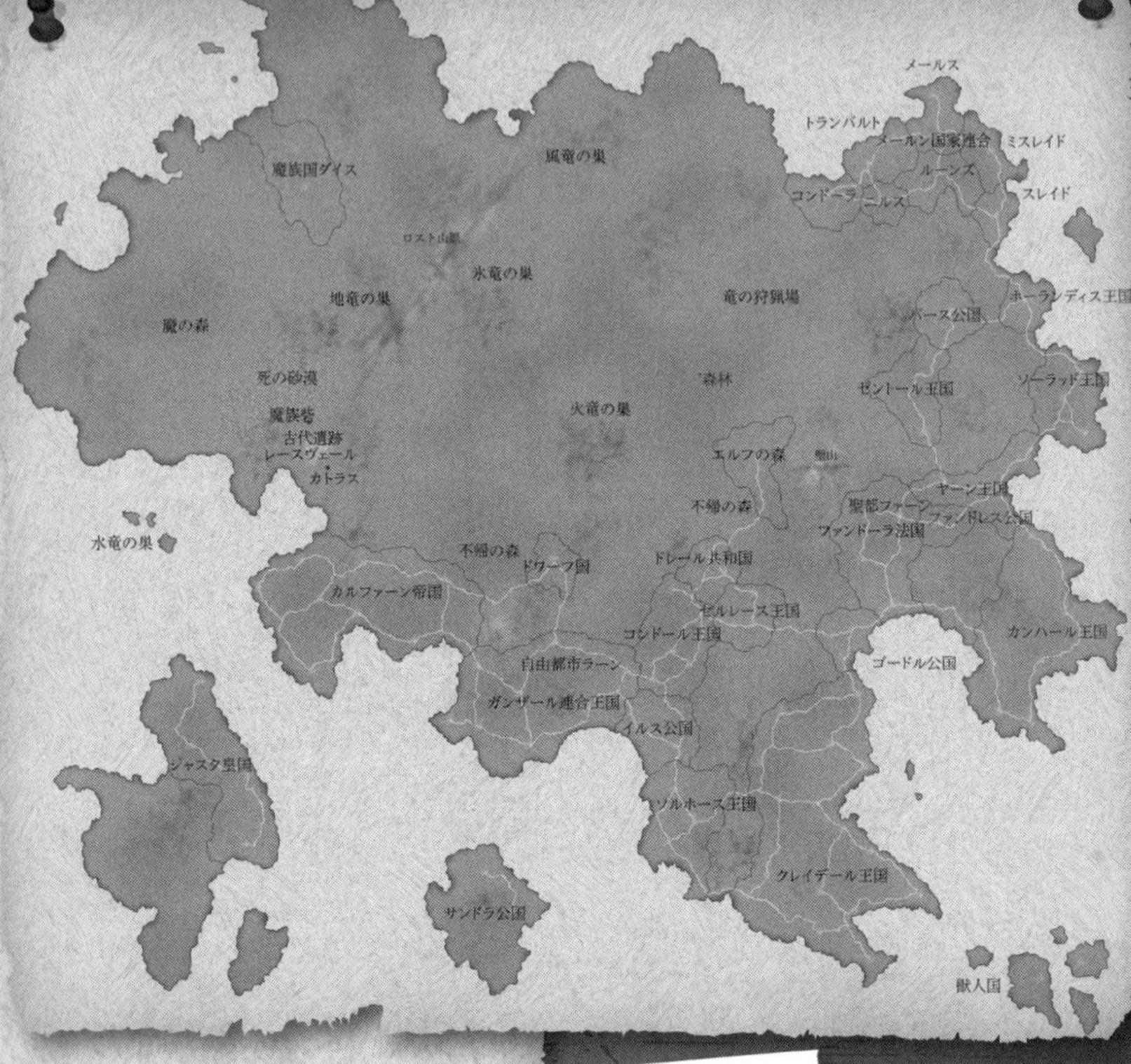

ワンカール侯爵領

クレイズ公爵領

ダンケス伯爵領

■ 主要大都市

★ 大規模ダンジョン

獣人国

シエル・ワールド

サース大陸

MAP

otome game no heroine de
saikyo survival

大森林
街道
コンドール王国
魔物生息域
セイレス男爵領
ホーラス男爵領
セドラス伯爵領
バッシュ伯爵領
ヘーデル伯爵領
メランド伯爵領
旧ダンドール公国領
セントレア伯爵領
イルス公国
コンド鉱山
トーラス伯爵領
ボルド伯爵領
ダンドール辺境伯領
ケンドラス侯爵領
魔物生息域
旧国境
ダンス侯爵領
フーデール公爵領
カルヴァーン伯爵領
街道
サンドーラ伯爵領
グリムス伯爵領
ヘールトン公爵領
スタンレイ伯爵領
リスト侯爵領
緩衝地帯
ソルホース王国
オーズ侯爵領
クレイデール王国
王都
ドイル伯爵領
魔術学園
コーレス侯爵領
魔物生息域
レスター伯爵領
ラクストン公爵領
旧国境
ヘーゼス伯爵
ルナール伯爵領
街道
リーセル侯爵領
ソラッド伯爵領
リース伯爵領
旧メルローズ公国領
ロンデール伯爵領
メルローズ辺境伯領
ハンクース侯爵領
サングラール伯爵領
N
W
E
S

第一部 放浪編

第一章 ヒロインは運命に抗う

―殺戮の灰かぶり姫―

イラスト ひたきゆう
デザイン AFTERGLOW

第二章 暗部の戦闘メイド

contents

【サバイバル】survival
厳しい環境や条件の下で生き残ること。

【乙女ゲーム】date-sim
恋愛シミュレーションゲーム。

第一部

放浪編

殺戮の灰かぶり姫

第一章　ヒロインは運命に抗う

乙女ゲームのヒロイン

「見ぃつけたぁあああああああああっ」

「っ⁉」

その女（ひと）に出会ったのは、私が住んでいた小さな田舎町の裏路地だった。

その女が着ていた都会から来た若い女の人が着るような桃色のドレスは妙にくたびれ、薄汚れたバラバラの髪はまるで老婆のように見えた。

こけた頬（ほほ）に血走った目付きはオバケのように恐ろしく、私が怯（おび）えて身を竦（すく）ませると、その人は背負っていた荷物を投げ捨てるようにして私に襲いかかってきた。

「や、やだぁあっ！」

「このガキッ、大人しくしなさいっ！　……ふふ、これね」

「やあっ、返してっ！」

「煩（うるさ）いっ！」

私の胸元を破るようにして首にかけていたお守り袋が奪われ、その女は決して開けてはいけないと言われていた袋から何かを取り出すと、けたたましく笑い声をあげた。

「アハ……アハハハハハハハハハハハハハハハハハハハッ！　やっぱりそうっ！　もう間違いないっ！　ここは『※※※※』の世界だったのよっ！　アハハハハハハハハハハッ！」

その狂気さえ感じさせる嗤(わら)い声に、私は恐ろしくて動くこともできなかった。


私は四歳までお父さんとお母さんと三人で暮らしていた。その頃は幸せだった……。

朝にお母さんの作るスープの香りで目を覚ます。私が寝坊助のお父さんを起こしに行くと、抱きしめられて、まだ剃(そ)っていないお髭(ひげ)で頬(ほお)ずりをされる。文句を言う私をお父さんが機嫌を取るように高く抱き上げ、それであっさり機嫌を直した私が笑い声をあげると、お母さんがちっとも怖くない顔で私たちを叱(しか)った。

でも、そんな幸せな日々はもう二度と戻らない……。

三年前のあの日、私たちが暮らしていた街を沢山の魔物が襲ってきた。何十年かに一度起こる魔物の大発生。街の兵士であるお父さんは私たちを守ると言って、魔物と勇敢に戦い帰らぬ人となった。

それでも魔物を抑えきれず、街に入ってきた魔物から私を守るためにお母さんも亡くなった。

魔物との戦いがどうなったのか知らない。瓦礫(がれき)の中で魔物と人の死体に囲まれて泣いていた私は生き残っていた兵士に拾われ、離れたこの町にある孤児院に入れられることになった。

お父さんの大きな背中。お母さんの優しい笑顔……。すべてを失った私に残されていたのは、お母さんに渡された『お守り袋』だけ。これからどうなるのか分からないまま、私は両親を失った悲しみを嘆く暇もなく世界の厳しさに曝(さら)されることになった。

古い教会の孤児院。新しく入居した孤児は十人くらいいた。そこで私たちは全員纏(まと)めて納屋のような狭い部屋に押し込まれ、寝具の代わりに与えられたボロのような薄い毛布も、野菜クズに塩だけの薄いスープも、前からいた年上の孤児に奪われた。

　孤児院を管理する老婆は一日に二度、硬い黒パンと塩のスープを与えるだけで何もせず、孤児院のことはすべて孤児たちにさせていた。水汲み、洗濯、掃除、畑の世話、薪拾い、荷運び、その他にも孤児院とは関係のない老婆が請け負ってきた仕事まで押し付けられ、夜が明ける前から始めて暗くなっても終わらないほど働かされた。楽をすることを覚えた年上の孤児はすべての仕事を幼い子にやらせ、食事を奪われて飢えた一人の男の子が食料庫の芋を齧り、老婆に麺棒で血を吐くまで折檻されたその子は、翌日寝床で冷たくなっていた。

　殺される……そう思ったことは一度や二度じゃない。でも町の大人も頼れなかった。薄汚く痩せ細った孤児に関わろうとする人なんていない。そんな孤児を引き取ろうとする人もいない。しかもあの老婆は、時折現れる身なりの良い大人に見た目が良い孤児を渡して沢山のお金を貰っていた。

　こんな所にいたくない。でも私は、お父さんやお母さんが言っていた言葉を守って我慢した。

『心から悪い人なんていない。だからあなたは笑って許せる人になりなさい』

　暴力を振るう老婆は虫の居所が悪いだけ。下から奪う年上の孤児たちも、きっと環境が悪いだけ。だから私は笑って許せる人になろう。……そう思って、お守り袋だけは奪われないようにしながら笑顔だけは絶やさず、私は三年間耐えてきた。

　でも……私がしたことは間違っていたのか、老婆は明日大事な客がやってくると話し、私は井戸で身を清めて身綺麗にするように言われた。

　私は絶望した。あの大人たちの、私たちを見る目が嫌だった。そして私は、あまりの気持ち悪さとこれ以上ここの生活に耐えきれなくなって、その日……孤児院を逃げ出した。
逃げたのはいいけれど、結局何も持っていない私が空腹と心細さから裏路地で膝を抱えていると、その女が突然私の前に姿を現した。

「ふふふ、怯えなくていいのよ、『アーリシア』……」

「っ!?」

突然その女に名前を呼ばれて私はビクリと身を震わせる。どうして私の名前を知っているの？

「あなたのことは一昨日からずっと見ていたのよ？　名前と年齢……それと髪と瞳の色しか分からなかったから探すのには苦労したわ……」

その女は歪（いびつ）な笑顔で私を見下ろしながら、怯える私の髪と目元を指で撫（な）でる。

「随分と汚れているわね。でも大丈夫よ、すぐに綺麗にするから。それに、こんなに痩せちゃって……『お祖父様』が迎えに来た時に驚くわ。ちゃんと食べないと……」

「……おじい…さま？」

私がその言葉を呟（つぶや）くと、女の血走った目がギョロリと動いた。

「そうよ、あなたの……いいえ、『私』のお祖父様よ。……ねぇ、聞いてくれる？　私が前世の記憶を取り戻して、ここが『※※※※』の世界だと気づいた時、歓喜に打ち震えて……絶望したわ。だって本編の舞台である学園に『主人公（ヒロイン）』が入学するのは何十年も先の話だったの。その頃にはもう私はおばさんになっているから、どうやっても物語に絡むことができない。だからせめて教師にでもなれたらって、冒険者になって魔術も覚えてお勉強も沢山した。でもダメだったのよ。貴族しか生徒にも教師にもなれないの……だからね……」

「ひっ」

女が私の首を掴んで、自分の腰からナイフと真っ黒な『石』を取り出した。

「私は、『主人公』になることにしたの……」

女の笑顔が異様に歪む。

「ねぇ、『魔石』って知ってる？　一定以上の魔素を取り込んだ生き物は、体内の血液を媒介にして、魔石と呼ばれる石が心臓に生まれるのよ。魔石は体内で魔力を生みだし、高純度の魔力を蓄積するだけじゃなくて、属性やわずかだけど元になった生き物の性質を残しているの。フフ……この方法を古い文献で見つけた時は興奮したわ。だってこの方法を使えば、魔石に〝記憶〟と〝人格〟を写して、他人に移すことができるのだから！」

魔石？　魔力？　女は難しい言葉を使って酔ったように言葉を続ける。

「その研究をしていた魔術師は動物実験段階で研究を止めてしまったけど、私ならきっと完成できるわっ！　他人の魔石を使うからダメなのよ！　私は何度も自分の血を抜いて、自分の魔力を含ませることで発生する凝固成分を根気よく集めて、五年もかけてようやく私の魔石を完成させたのっ！　つらかったわ……苦しかったわ……でも」

饒舌に語っていた女は、真っ黒なその石を見せつけるようにニタリと笑った。

「この魔石をあなたの心臓に埋め込めば、私はこの古い身体を捨てて、『主人公』になることができるからっ！」

「……ひっ」

狂っている。正気じゃない。もしそれが成功したとしても、それは記憶と人格を受け継いだだけの別人じゃないの？　そんな幼い私でも分かるようなことすら気づかず、女はナイフを振りかぶる。

「大人しくしてね。すぐ済むわ」

「……い、いやああっ！」

恐怖で思わず振り回した手がナイフに触れて、私の手の平をわずかに傷つける。その血に濡れた手が、女が指で摘まんでいた魔石に触れると、私の頭に奇妙なものが流れ込んできた。

「あっ！」

私の手で魔石が弾かれ、女の意識が転がっていく魔石に逸れる。

冷たいような熱いような、奇妙な感覚が傷ついた手から流れ込んでくる。私を侵食してくるその何かにあの女のような気持ち悪さを感じて夢中で拒絶すると、残された部分だけが私の中に沈殿して、この三年で怯えるばかりだった感情が冷たく心の底に沈んでいった。

スッ……と目を細めた私は、冷静に『この隙に反撃しなければいけない』と考えている自分に気づく。女に押さえつけられたまま視線だけを動かして辺りを見回し、見つけた手頃な石を掴むと、そのまま女のこめかみに勢いをつけて叩きつけた。

ガツンッ!!

「ギャアアアアアアアアアアアッ!?」

頭を庇うようにして女が横に転がり、持っていたナイフが地に落ちる。私はそのナイフを拾って右手に構え、左手を柄頭に添えて体当たりをするように勢いをつけて女の胸元に飛び込んだ。

「がッ、はッ……な、なんで、あんた……」

肋骨の隙間を縫うように水平に突き刺したナイフは女の心臓を抉り、まるで信じられないものでも見るような女の瞳が、無機質で感情のない〝私〟の顔を映す。

心臓を抉られながらも女の手が私に伸びる。それに動じることもなくさらに力を込めてナイフで抉ると、そこから大量の血が溢れて女の目から生命の光が消えていった。

「…………」

手が微かに震えていた。血塗れのナイフを握ったまま固まったように動かない指を同じように震える指で少しずつ引き剥がす。

今、理解した。私の頭に流れ込んできたのは、断片的なこの女の〝知識〟だった。

この女が何を思って、こんなことをしようとしたのかは分からない。それでも知識にあるこの女は、『乙女ゲーム』とやらのために、何十年も血の滲むような努力をしてきたことだけは理解できた。

剣と魔法の世界、シエル。その中にあるサース大陸最大の大国クレイデール。

地理と歴史。魔術の知識。戦闘の技術。この世界の常識……専門的すぎて私には理解できないことも多いけど、この世界で生きる最低限の〝知識〟は得ることができた。

私は事切れて冷たくなっていく女の遺体から、奪われていたお守り袋とその中にあった指輪を取り返し、その傍らに落ちていたあの女の気持ち悪い『魔石』を、触れないように注意しながら何度も石で叩き潰して、潰しきれなかった残りの部分をドブに弾き捨てた。

それから女の懐を漁ってナイフの鞘と財布を奪い、放り捨ててあった女の背負い袋を肩に担ぐ。

もうこんな場所に用はない。でも……私には一つだけやり残したことがある。

私は荷物を背負ったまま、今までと違う足音を立てない歩き方で、逃げ出したはずの孤児院まで戻ると、中には入らず誰にも見つからないように孤児院の様子を窺う。すると中では、ようやく私が居なくなったことに気づいた老婆が、他の孤児たちに怒鳴り散らしているところだった。

私はそっと孤児院の敷地に入り、庭の暗がりに身を隠して獣のように息を潜める。

「…………」

体力が無いせいで急激に眠気が襲ってくるが、女の荷物にあった硬い黒パンを少しずつ囓って誤魔化した。うつらうつらとしながらも孤児院から音が聞こえなくなるのを待ち、老婆の部屋がある離れから灯りが消えて、さらに一時間ほど経ってから私は暗闇の中をそっと動き出す。

充分に闇に慣らした眼がわずかな星明かりでも老婆の居場所を教えてくれる。

古い教会である孤児院に鍵のかかる部屋はない。そっと扉を押し開けてお酒の匂いがする離れの部屋に忍び込むと、イビキをかいて眠っている老婆が寝返りを打つのを根気よく待って、こちらに背を向けた瞬間、近くにあった手拭いを軽く首元に押し当て、その上からナイフに全体重をかけて老婆の延髄に突き刺した。

「――ッ」

微かな呻きを漏らした老婆の身体がビクンと震える。血が噴き出さないように手拭いを押し当てながら、血糊を拭うようにゆっくりとナイフを抜き取った私は、止めていた息を静かに吐き出し、硬直した指先をほぐすようにナイフを鞘に戻してから腰帯に挟み込む。

これでもう憂いはない。あの女の〝知識〟では、私が住むこの孤児院の院長は優しい老神父になっていた。もしかしたらこれで、その神父が老婆の代わりにここの責任者になるのが早まり、虐待もされず売られるような孤児も減るだろう。

でも——

「……くだらない……」

この古いだけの孤児院も、小賢しい孤児たちも、強欲なだけの老婆も、虐待を知りながらも目を背ける町の人間も、あの女が抱えていた想いも、その『乙女ゲーム』とやらもすべてくだらない。

まさか、そんなくだらない物のために、私が生まれたとでも言いたいの？

そんなくだらないことのために、お父さんとお母さんが死んだとでも言いたいのかっ‼

私は老婆の部屋とその横の納戸を漁り、素足に革のサンダルを履いて、返り血のついたボロ布のような貫頭衣を少しまともな貫頭衣に着替える。

それからシーツを広げ、清潔そうな布や老婆の隠してあった硬貨、老婆用の質の良い食料や水筒などの必要なものを詰め込み、夜逃げをするような格好で、このくだらない町から抜け出した。

私は『乙女ゲーム』を拒絶する。

「私は、一人でも生き抜いてやる」

逃避行

まずは〝知識〟を整理する。この世界は『銀の翼に恋をする』——通称『銀恋（ぎんこい）』とか呼ばれている

『乙女ゲーム』と酷似した世界らしい。

乙女ゲーム……私にはよく理解できないけど、絵物語のような遊戯(ゲーム)の世界で主人公が男に貢いだり貢がれたりしながら、何人もの男を籠絡していく物語だった。そんな人間が実在するとは思えないが、あの女の〝知識〟によると、その『主人公(ヒロイン)』というのが『私』ということになっていた。

アーリシア……私の名前で、遊戯(ゲーム)のヒロインの名前だ。遊戯の中では姓が付いていたけど貴族の家に引き取られたことで変わったのだろう。どうやらお母さんは貴族の娘だったらしく、騎士見習いだったお父さんと恋に落ちて駆け落ちした、と〝知識〟ではそうなっていた。

だから私には貴族の血が流れ、貴族の血縁者がいるのだから、その気になれば今よりもまともな生活ができるかもしれない。以前の何も知らなかった私だったら、貴族は雲の上の存在で怖いけれども、お姫様のような生活に憧れもしただろう。

でも……今の〝知識〟を得た私からすると、貴族は憧れよりもその在り方に恐ろしさを感じて、それ以上に面倒な存在だと認識していた。それ以前に私は、あの女が傾倒していた『乙女ゲーム』とやらの〝運命〟に左右される人生を生きるつもりはなかった。

あの女はこの世界を『遊戯(ゲーム)の世界』だと信じ切っていたようだが、私からすれば、そんな世界は現実的にあり得ないと感じている。

私は〝私〟だ。遊戯の登場人物じゃない。この世界に生きる一人の人間だ。

運命に抗(あらが)い、私は一人でも生き抜いてみせる。そしてそのために必要な〝知識〟も得た。

本当なら乙女ゲームに関わらないためにも、ある程度その内容は検証するべきだと思う。でも、あの女の知識と人格を写した魔石を心臓に埋め込まないとその部分の情報は得られないのか、あの女の

〝前世〟に関わる知識は曖昧（あいまい）だった。

もしかしたらあの女を拒もうとして、あの女の本質部分に関するものを無意識に弾いてしまったので、その方面の知識が得られなかったのかもしれない。でも、今からその知識を得ようとしてもあの魔石は私が砕いてドブに捨てた。もし壊していなくてもアレにまた触れたいとは思わない。

それでも曖昧な遊戯の知識を他の物語の知識で補完しながら繋（つな）ぎ合わせてみると、大雑把にだけど内容（ストーリー）が見えてきた。

明るく優しい頑張り屋の『ヒロイン』は、実はどこかの貴族の娘と騎士見習いが駆け落ちした先で産まれた子で、両親を魔物の暴走で亡くしてから孤児として教会で暮らしていた。

色々あってその貴族に発見され、貴族の子が通う学園に行くことになり、王子様とか取り巻きとかと仲良くなって、その婚約者である『悪役令嬢』とやらに苛められたけど、ダンジョンで加護を貰ったり冒険とかして、なんだかんだでハッピーエンドみたいな凄くくだらない内容だった。

……本当にくだらない。人間は貴族にならなくても、王子様と結婚しなくても生きていける。

そんな『くだらないこと』のために生まれてきたなんて、私は神にも言わせない。

とりあえず私は、あの女の〝知識〟にあった隣町に向かうことにした。あの女の〝知識〟では、ここはシエルと呼ばれる世界のサース大陸にある、クレイデールという大国らしい。私がいるこの地域はクレイデール王国の最北にある男爵領で、あの女も細かい地名までは覚えていなかった。

隣町に移動しようと考えたのは、今まで住んでいた町は『大きな村』みたいな感じだったから、領主の男爵が住む隣の町なら、人を手にかけた私でもここより隠れる場所が多いと考えたからだ。

本当なら貴族に見つかる前にこの男爵領からも離れたいところだけど、まだ子どもの私は長旅なんてできないし、住んでいた町では適当だったが、壁に覆われた大きな町に入るには税金として銀貨一枚が必要だった。

男爵領から出て他の領を通るのにもまた税金がかかるので、普通の平民だと旅なんてしない。だけど、そんな通行税を回避する方法もある。

きちんと年収相応の税金を領主に払って市民権を得れば、領内ならどこでも移動できるようになる。商業ギルドで行商権を買ってもいい。商人なら他の領へ行くのにも割引が利く。

そして冒険者ギルド。そこに登録してランクが高くなれば、国内なら自由に移動できるそうだ。もちろんいきなり高ランクの冒険者になんてなれるわけがないけど、初級である『ランク１』でも登録した町なら出入りは自由になるらしい。

「……冒険者？」

冒険者とはなんだろう？　そう考えると頭の中に知識が浮かんでくる。『冒険者ギルド』とは、元々商業ギルドからの支援を受けた傭兵ギルドから派生した機関で、『冒険者』とは、一人または少人数で魔物などを排除しながら遺跡や未踏地を調査する、探索専門の傭兵だ。

でも現在では単なる遺跡荒らしの無法者か、魔物から得られる魔石を街に供給する探鉱夫のような、所謂『なんでも屋』になってしまっているけど、それでも少数精鋭で強力な魔物を倒せる高ランクの冒険者は優遇されていた。

そう考えると『電池』のように魔力を溜め込んだ魔石を供給する冒険者は必要な存在に思える。でも、冒険者ギルドに登録するには、最低でもランク１……『戦闘系スキル』がレベル１以上必要になるらしい。

……スキル？　レベル？　私は思考の中にすんなりと浮かんできたその単語にまた首を傾げた。これまで孤児という知恵も知識もない子どもだったので『スキル』も『レベル』も知らなかったけど、今は時間が無いので確認は後にしよう。

とりあえずの目標は、どれでもいいので戦闘系スキルとやらを1に上げて冒険者になることだ。冒険者ギルドは隣町にあり、その町なら隠れる場所もあるが、私がこのまま隣町に向かうのも問題があった。

まず今の私はただの七歳児で、たとえ町に入れたとしても悪い大人に騙(だま)されて売られるか殺されてしまう可能性が高い。だから町に入るまで最低限、ごろつき程度からなら逃げられる力がいる。できればその過程で戦闘系スキルを得られたらいいけど、知識だけで覚えられるか微妙なところだ。

まずは今の私に『出来ること』と『出来ないこと』を確かめるべきだ。だから私は、あの田舎町と隣町を繋ぐ街道のどこかに潜伏することを考えた。

隣町までは馬車で朝早く出て夕方には着くらしい。だとしたら徒歩で二日弱。そのくらい離れているなら、その途中のどこかに必ず野営地のような場所があるはずだ。そういう場所は近くに水場がある可能性が高いので、そこが最初の目的地となる。

ゴォン……ゴォン――と、町にある時計台から鐘の音が二回聞こえてきて、半分ほど失っていた意識が覚醒する。

あの鐘は二刻……四時間ごとに鳴らされ、深夜零時に一回なので二回鳴った今の鐘は朝の四時だと教えてくれた。農作業をする者は今の鐘で目覚め、朝八時の鐘で町の住民も仕事を始める。教会の孤児たちは朝の四時から働き始めるが、老婆が起きてくるのは朝の八時なので、死亡に気づかれるまでもう少しかかるはず。空の向こうが明るくなってきたのを確認した私は、隠れていた町近くの森から出て、街道沿いを隣町に向けて歩き出した。

野営地までどの程度の距離があるのか分からないが、子どもの脚でも夜中には着けるだろう……と考えていたけど、私は子どもの体力の無さを甘く見すぎていた。歩き出して四時間……それでもかなり頑張ったほうだと思う。空が明るくなり遠くから微かに三度の鐘が聞こえた時、私はついに限界に達してへたり込んだ。

冷静に考えたら、碌な食事もせず、睡眠もほとんどなしに子どもが何時間も歩けるわけがない。さすがに目が眩み鈍痛のような頭痛を感じてこれはまずいと判断した私は、力が抜けて震える脚を叩いて街道から数メートル奥に入った森の中に身を隠した。

道から見えない木の陰に身を隠して、荷物から皮の水筒を取り出し、咽の渇きから貪るように皮臭い水を咽に流し込むと、水腐れを防ぐために果実酒を混ぜたせいか激しくむせた。

「――げほ、げほっ」

あらためて呼吸を整え、舐めるように水を口に含むと意識が明確になり、同時に激しい空腹を覚えた。持ってきた老婆用の食料の中から白パンを一つ掴み取る。これはカビが生える前に食べたほうが良いと考え一口齧ると、ずっと昔、家族で過ごした懐かしい味がした。

「………」

柔らかい白パンは高級品で、家族といた頃も祝い事の時にしか食べられなかったけど、今よりも幼かった私はそれをいつも楽しみにしていた。兵士だったお父さんは毎日白パンが食べられないことをお母さんに詫びて、お母さんは笑って首を振っていたのを不思議に思っていたが、あの女の知識にあるようにお母さんが貴族だったのなら、お父さんの態度にも納得がいく。

少し寂しくなった気持ちを誤魔化すようにパンを食い千切り、水筒の水で流し込むと腹が膨れてようやく人心地つくことができた。

「……痛っ」

落ち着くと足の痛みに気づいて顔を顰める。孤児院の子どもは全員裸足だった。だからサンダルを履くのは初めてなので慣れてなく、皮で擦れて足から血が滲んでいた。

痛い……けれど怖くない。傷が酷くないことを確認して、荷物の中から清潔そうな手拭いをナイフで裂いて包帯を作る。ついでに昨日女と争った時に出来た手の傷も昨夜簡単に治療はしたけど、そこにも果実酒の混じった水筒の水で洗ってから、作った包帯を巻いていく。

……〝知識〟では出来るはずなのに、子どもの指は意外と不器用で治療を終わらせるのに結構な時間がかかった。でもそれよりも。

「……水が少ない」

治療にも水を使ったので残りはかなり減っている。飲み水の残りを気にしたせいか、それが呼び水となったように、あの女の〝知識〟が浮かんできた。身体の小さな子どもは多くの水分を摂らないといけない。たぶん、水分を摂らないとさっきのような状態になるのだろう。ならばどうすれば良いかと考えると、果物などで糖分や『びたみん』を一緒に摂ると良いそうだ。

その『びたみん』が何か女もよく分かっていなかったが、きっと大切な物なのだろう。でもその果物なんてこんな森のどこにあるのか？　するとまた〝知識〟が浮かんできて、それを頼りに辺りを少し探してみると、私の胸くらいの低木に黒い実が生っているのを見つけた。

それはベリーの一種で、この国のある大陸南部ならどこにでも見られる物だった。

「……すっぱい」

一つ摘まんで皮を破って汁を舐めてみると、甘みは弱く、酸味が強くて多少の渋みがあり、普通はジャムや干したりして食べるらしい。それでも生で食べられないわけじゃない。蛇(へび)がいないのを確認して近くにあった大きな葉っぱ……トーソル草？　を皿にして黒いベリーを摘んでいった。

ベリーを摘み終えると、食べる前に荷物の整理をする。

孤児院から持ち出した荷物は、いくつかの衣類と布類、食料品といくつかの硬貨。今着ている貫頭衣は、平民の子どもなら一般的に着ている物で、男女の違いはないから少し大きいけどとりあえずこのままでいいだろう。

食料は白パンが残り一個、後は干し肉と乾いたチーズが一塊あるので、少しずつ分けて食べればあと三日は持つと思う。お金はあの女が持っていた物を含めると、銀貨が十五枚、小銀貨が八枚、銅貨が十三枚になった。店や屋台で買える食事が銅貨数枚で、銀貨一枚で三日は宿に泊まれるのだから、かなりの大金だ。

そして問題の、あの女が持っていた鞄の中身を確認すると、萎(しお)れた草の束とポーションらしき陶器の薬瓶が二つ。そして一番奥から手帳のような小さな本が現れた。

「……珍しい」

その本を見て〝知識〟を持つ私はそんな印象を持った。本は高価だけどそこまで珍しいものじゃない。知識によると、この大陸では昔は動物の皮を使った羊皮紙と呼ばれる物を使っていたけど、百二十年前から植物紙が使われるようになって、今ではそれが主流になっている。

その原料はさっき皿代わりに使ったトーソル草だ。この草は葉が大きく産毛のような短い毛があり、とてもしなやかで昔からお手洗いの後に使われてきた。実際、私も使ったことがあるけど、それ以外に使い道がなかったとも言える。この葉っぱは柔らかいけど繊維が長く、動物でも山羊くらいしか食べないから。

それを昔の貴族が葉っぱで拭くのを嫌がり、錬金術師に研究させたのが植物紙の始まりとされている。このトーソル草は加熱すると色味が落ち、ほんのり黄みがかった紙になる。数十年で品質が向上した今では、昔は金貨十枚以上した本が一割程度にまで安くなった。

それで私が『珍しい』と言った理由は、この本が羊皮紙で出来ていたからだ。何度も書き直したのか削られてペラペラになっていたけど、中には薬草や毒草、薬に使えるキノコや鉱物が、丁寧な挿絵付きでビッシリと事細かく書かれてあった。

あの女にそんな一面があったのか、と思っていたら、どうやら師事していた魔術の師匠から私物を盗んできたらしい。……あの女、本当にどうしようもない。

でもこれは正直嬉しい。〝知識〟があって文字を見れば意味は分かるけど、文章を読んだり書いたりするには学習が必要だった。これは良い教材になるだろう。

他の二本のポーションの片方も師匠から盗んだ物らしく、かなりの上級な回復薬で、あの女は私の心臓に魔石を埋め込んだ後、それで治療するつもりだったようだ。

そして萎れた草の束は薬草の束だった。でもこちらはそんな凄いものではなく、どこにでも生えている草で、一般家庭で使う常備薬のようなものだ。私はそれを一つ取って口の中で噛む。かなりの青臭さが鼻を突き抜けるが、我慢して噛んだそれを怪我した部分に擦り込んで、もう一度包帯を巻き直した。

気がつけばお日様はかなり上に昇っている。そろそろ意識を保つのが限界だと感じた私は休む前に荷物を纏めて背負い直し、売るために伸ばすように老婆に言われていた長い髪をナイフでばっさりと切り落とした。


摘んでいたベリーを貪るように噛み砕き、傷ついた獣が傷を癒すように私は木の陰に身を潜めて、静かに目を閉じる。

「…………」

少し前まで『暗闇』が怖かった。『痛み』が怖かった。『飢え』や『孤独』が怖かった。でもそれが怖かったのは、私が生きる術を知らなかったからだ。

私は微かな物音に薄目を開けて、足下まで迫っていた蛇の頭にナイフを振り下ろす。頭を刺し貫かれた蛇はしばらく蠢き、私はゆっくりと動かなくなっていく蛇の様子をなんの感情も揺らすことなく見つめ続けた。

怖いのは何も知らなかったからだ。でも、もう小さな痛みは怖くない。今はどの程度までなら自分が死なないか〝知識〟で理解できるから、もう恐れる理由がない。

私がそんなふうに思うようになったのは、あの女の数十年の知識を得たからか。でも、あの女のせいで自分が自分じゃなくなったとは思わない。

私は〝私〟だ。他の誰でもない『アーリシア』だ。

私はそんなことを考えながら身体の疲労を癒すために、周囲を警戒しながら少しだけ浅い眠りについた。

出会い

結局、目的の野営地に到着できたのは、次の日の昼すぎになった。

消費した食料は残っていた白パンと塩辛い干し肉が一欠片だけで、他はそこら中にある黒ベリーを食べて空腹を誤魔化した。計算では切り詰めても食料は三日分。隣町まで移動を考えるとあと二日で何かしらの戦闘手段を考えなければいけない。

野営地に人の姿はなく、私は周囲を警戒しながら近づいて焚火跡の灰に手で触れる。灰は新しいが熱は残っていない。火を付けるものを持っていないので種火でも残っていれば助かったのだが、無い物ねだりをしても意味がない。

私は焚火跡の灰を一握り摘まむと頭にまぶす。長い髪は切ったが、私の桃色がかった金髪はとても目立つので、これで人目を引かなくなれば後が少しだけ楽になる。

野営地から近くの木陰に荷物を隠してから、ナイフと水筒だけを持ってまずは水場を探すことにした。必ずあるはずだと思って探してみると、街道の踏み固めた道の下から湧き出している水場を見つける。その上のほうを捜してみると少し分け入ったところにも小川があり、岩の割れ目のような窪みに流れ込んで、道の下を通ってまた湧き出していたのだ。

基本的に川の水は上流のほうが綺麗なはずだが、それでも煮沸もせずに飲むのは危険だと判断して、布を濡らして身体を拭うだけにした。別に綺麗好きというわけじゃないけど、汗や垢を放置して匂いで存在がバレるのは馬鹿らしい。

水もだけど火の用意もできなかったのは、あの孤児院では年上の孤児が【生活魔法】で火を熾(おこ)して、孤児院に火打ち石が見あたらなかったからだ。

この世界には『魔法』がある。そして一般的に使われるものは『魔術』と呼ばれている。

その二つの違いは、『魔法』が昔からある原初のもので、学術的に解析されて比較的大多数に使えるようにしたものが『魔術』だ。例えば、自分で一から設計して作った馬車が『魔法』で、市販品の馬車が『魔術』みたいな感じか。使えるようになるまでどちらが楽か考えるまでもない。

あの女は魔術師だったらしくその手の知識を多く持っていたが、ただ興味のあること以外は不勉強で、ところどころ怪しい部分がある。……厄介な。

魔法には、光・闇・土・水・火・風の六種類の属性がある。けれど、正確には属性のない無属性の魔法があるので七種類とも言える。人は自分に合った属性で、一定以上の魔力があれば魔術を行使することができる。自分がどの属性を使えるのか簡単に調べる便利な技術も道具もないので、調べるにはそれなりに手間がかかるし、その時点で平民の大部分は魔術を使うのを諦めるらしい。

あの女は、手をかざすだけで属性が分かるような便利な道具があると想像していたらしく、夢のない現実に憤慨していた。……いらない知識だけはよく覚えている。

いずれ私も魔術を覚えるつもりでいるけど、今必要なのは『生活魔法』だ。生活魔法は無属性に分類される。それで火を熾したり水を出したり出来るけど、どうしてそれが属性魔法ではないかというと一般的にはよく分かっていない。

あの女の師匠は、使用する魔力量の差だとか、空間に干渉する因果律だとか、世界の根源に関係しそうな重要なことを教えてくれていたのに、興味がなかったあの女は碌に覚えていなかった。

生活魔法は六種類あって平民でも大人ならほとんどの人が使える。でもすべてじゃない。使える人でも一つか二つだけだと〝知識〟にあったが、一応あの女は、魔術師の嗜み（たしな）として六種全部を師匠に覚えさせられていた。

ロウソクほどの光源を作る【灯火（ライト）】
灯火（ライト）を打ち消しランプの光を遮る【暗闇（ダーク）】
土属性の物を固定して一定時間硬くする【硬化（ハード）】
指先に小さな火を熾す【火花（ファイア）】
コップ一杯ほどの水を出す【流水（ウォータ）】
任意の方向にそよ風を起こす【流風（ウインド）】

この六種類で、一番覚えている人が多いのは【灯火（ライト）】、二番目は【火花（ファイア）】、三番目は【流水（ウォータ）】なんだけど、他を覚える人は滅多にいない。だから全部覚えないのかと言われるとそうではなく、単純に覚えるのが面倒なのだ。……でも、これって属性六魔法の基礎になるんじゃないの？

この生活魔法は平民でも使えることから魔術的な解析が行われず、一般的には何度も目で見て偶発的に覚えるらしい。

魔術の基礎として属性魔術には『詠唱』が必要になるのだが、無属性魔法である生活魔法はちゃんとしたイメージさえあれば、単音節の『発動ワード』のみで行使が可能になる。

あの女は師匠に嫌々覚えさせられたので、その訓練方法をよく覚えていた。だけど、私はその前段階で躓いた。その訓練方法をするには自分の中の魔力を感じないといけないらしいが、私は自分の魔力がよく分からなかった。

「……仕方ない」

とりあえず、あの女の〝知識〟の中で魔力に関することを捜してみる。

まず前提として、この世界の生き物は例外なく『魔力』を持っている。それはこの世界にその基となる『魔素』があるからだ。大気だけでなく水や土にも魔素が満ちており、それは精霊のおかげだとか魂が生みだしているとか諸説あるけど、要するに呼吸をして、水を飲み、大地の恵みや動物の肉を食べることで、身体が魔素を溜め込むようになるそうだ。

その溜まった魔素をエネルギーとして使える状態にしたものが魔力で、一定以上の魔力を持つと、魔力を自力で生み出す『魔石』が体内に生成されるらしいが、それもひとまず置いておく。

要するに私の中にも魔力は必ず存在する。でも周りに魔素が満ちているせいか、どれが自分の魔力なのかが分からなかった。

魔石は魔素が血液を媒介にして生成される。だったらこの血の中にも魔力は流れているはずだ。自分の手首に指を当てて血脈を感じる。トクン、トクン……と血が流れているのが分かる。目を閉じて血の流れにあるはずの魔力を感じようと集中していると、微かに……何か――

「………………ダメか」

結果として微かに感じたそれが、魔力なのか気のせいなのかも分からなかった。

焦っても仕方ないけど余裕がないから気は逸る。でもやらないといけないことは沢山あるので、とりあえず安全な荷物の隠し場所を捜しながら周囲の地形を把握し、黒いベリーを採取しながら、呼吸で多くの魔素を得られるようにイメージを繰り返す。

でも結局、魔力を感じることはできなかった。これは考え方を変える必要があるかもしれない。空気中の水分を感じるのは難しいけど、雨は分かる。だから誰かに大きな魔力をぶつけてもらい、直に感じるのが手っ取り早い気がしたけど、これは人を避けている私では現実的じゃない。

私は小川を少し遡ったところに見つけた岩の隙間に身を隠し、小川で洗ったベリーを口に運びながら、魔法の他にやっておくことを頭の中で整理する。ナイフは使えるようになっておくべきだろう。あの女は魔術師だったが一応は短剣を扱う技術である『短剣術スキル』を持っていた。


後回しにしておいた『スキル』の御浚(おさら)いをしておこう。

スキルとは人間が持つ技能のことで、別に特別なものではない。あの女はスキルを特殊能力(チート)だと思っていたが、世の中そこまで安易じゃなくて例のごとく勝手に憤慨していた。一応は特殊能力のような精霊の『加護(ギフト)』はあるようだが、それはスキルとは違うはず。

スキルは一般技能の『焼き付け』だと、あの女の師匠は言っていた。人は意識的にするその行為を何度も繰り返していると、それが体内の魔力と反応して魂に『焼き付け』という現象が起きるらしい。それを分かりやすく言語化したものが、この世界で一般的にスキルと呼ばれているものだ。

だから別にスキルが無くても同じことはできる。ただ魂に焼き付いた行為は失敗しにくくなり、忘れなくなる。

例えば、剣術は一日休むと取り戻すのに三日はかかるという。でもスキルで覚えた技術は忘れないので修行の効率が良くなり、さらなる技術を覚えやすくなる。体調が悪くなったり焦った時でも意識的に行っていた行為が無意識にできるので、どの分野でもかなり楽になる。ただ、スキルは簡単に得られるものじゃないし、『スキルレベル』を上げるにはそれ以上の修練が必要だった。

スキルにはその熟練度や技能練度に応じて段階（レベル）があり、言語化されてそれを調べる技術がある以上、それを分かりやすく数値化したものが『スキルレベル』と呼ばれている。

スキルレベルを上げるのは容易なことではない。それどころか、一般的にはスキルそのものを覚えることさえ難しい。ただ型を覚えたからスキルレベル1とか安易なものではなく、正確な動作を何度も何度も繰り返さないとスキルは得られない。

あの女の場合は嫌々やっていたせいで、短剣術スキルレベル1を得るのに三年もかかっていた。その分、火魔術スキルを数ヶ月で得ていたけど、それは才能じゃなくて単純に好き嫌いの差かも？

あの女は『ランク2』の魔術師だった。ランク2とは、戦闘に関するスキルが『2レベル』あるということだ。あの女のスキルは火魔術と水魔術がレベル2で短剣術がレベル1だったかな？　他にもあるけど一般技能だから記憶は曖昧だ。

スキルレベル1は初心者だけど素人じゃない。レベル2になってようやく一人前っていうのがこの世界の常識みたい。スキルレベルが3になるとその道で熟練者と呼ばれ、貴族にも雇ってもらえる。レベル4だと貴族や国が勧誘に来て、レベル5にもなると師範とか尊敬されるようになり、一般的には『達人』と呼ばれている。

ところがこの上もあって、レベル6だと人の枠組みを超えるような人たちで、大国の筆頭宮廷魔術師や騎士団の指南役で『剣聖』とか、雲の上の存在になるそうだ。

未確定情報だとスキルレベルは10まであり、そこまでいくと『亜神』とかになって、もう『人』ではないらしい。あくまでお伽噺（とぎばなし）の伝説だけど。

あの女は、スキルが特殊能力（チート）じゃないことを不満に思っていたみたいだけど、私はスキルが、あの女が妄想していたような『神様（たにん）から与えられた安易な力』じゃなかったことに安堵している。

だって、それって『神サマ』という不確定な存在に支配されているってことでしょ？

安易に与えられた特殊能力（チート）は、それを与えた存在の気まぐれで簡単に消えてしまうかもしれない不安を常に抱えている。

だから私は世界に一本しかない強力な武器にも興味はない。奪われたら無くしてしまう強さなんて、自分の『本当の強さ』なんて言えないから。

そんなことを考えていると辺りが少し暗くなっていた。ベリーを食べていたからお腹はあまり減っていないが、水筒の水はかなり心許なくなっている。ベリーで水分補給はしているけど、それだけじゃ足りないので生活魔法を覚えられなかったら、危険を承知で小川の水を飲むしかない。

それでもすぐに覚えられるわけじゃないので、魔力は暗くなってから考察するとして、暗くなる前に少しだけナイフを練習してみよう。

あの女の知識にある短剣術スキルでナイフの構えからやってみる。どうやら私は、あの女を刺した時から握りだけは無意識にちゃんと出来ていたみたい。

「……ッ！」

攻撃を受ける面積を減らすように半身になって、片手でナイフを突き出してみる。

でも遅い。まともに使うのが初めてだとしてもあまりにも稚拙すぎた。型も色々と手を出すのは止めて、まずはこの突きだけを練習しよう。

何度か突きの型を繰り返し、陽が落ちて周りが碌に見えなくなったところで息を吐く。結構集中していたのか辺りはすっかり闇に包まれ、近くを流れる水の音だけがやけに耳に響いた。

少しだけ魔力を感じる練習をしたらもう寝てしまおうか。そう考えていると、遠く暗がりの中にチラチラと緋色の明かりが垣間見えた。

野営地に人がいる？　まだ人と接触するつもりはないけど、もし野盗か何かだったらすぐにここから離れたほうがいいだろう。

そう思って物音を立てないようにこっそりと茂みから野営地を覗いてみると、焚火の近くで串に刺した肉を火で炙っている男の背中が見えた。そのあまりにも大きな背中を思わず食い入るように見つめていたら、その男が唐突に声を張りあげた。

「誰だ⁉　出てこいっ！」

魔力

見つかった⁉　こちらに背を向けていた大男が傍らの大剣を掴んで音もなく立ち上がる。男の顔は逆光でよく見えないけど、その鋭い眼光が只者ではないと思わせた。

「まさか魔物か？　出てこないのなら、あぶり出すぞ」

大剣を抜き放ち、低い声でそう言い放った彼から発せられた〝何か〟を感じた瞬間、私の身体が冷たくなって手足が小刻みに震えはじめる。もしかしてこれが〝殺気〟というものだろうか？　失敗した。見つかった時点で即座に離脱しなければいけなかったのに、知識はあっても初めて受けた強い気配に心が一瞬麻痺（まひ）してしまった。

「……ッ」

私はまだ震えている自分の脚に拳を叩きつけ、即座に反転して走り出す。まだ逃げられる可能性はある。ずっと闇に潜んでいた私と違い、相手は焚火の側にいたからまだ暗闇に目が慣れていないはず。私は藪（やぶ）で目を痛めないように顔の前で腕を十字にして、身を低くしながら夜の森を駆け抜ける。

「っ！」

背後から藪を蹴散らすように枝がへし折れる音が聞こえた。あの男が追ってくる。その強い気配と反するようにその足音が聞こえない。

また怯えそうになる心を、あの老婆を殺した時のように感情を深く心に沈めて息を吐く。

悲鳴をあげる脚に鞭（むち）打つように直角に進路を変えると、わずかに大きくなった藪の音が男の困惑を伝えてくれた。それが収まらないうちに私は再び進路を変え、木の陰に隠れるように身を隠しながら今度は足音を殺すようにして森を駆け抜けた。

これでもまだ追いかけてくるのなら、あの男は私に明確な殺意を持っていることになる。あの男のビリビリと感じていた気配が遠くなる。私は自分の音を消すように走る速度を緩めて息を潜めると、その瞬間、風を切る音がして、身を隠していた木の幹に手斧が音を立てて突き刺さった。

「っ⁉」

あの男の気配が遠くなったんじゃない。気配を抑えて私の位置を探っていたんだ。

私を殺し損ねたと気づいた男が猛然と森を駆け抜けてくる。疾(はや)いっ！　それ以上にまだ幼い私の身体は体力がない。逃げられないと判断した私は、男が大剣を振り上げるその大振りの一瞬を狙い、ナイフを構えて自分から前に飛び出した。

「くはっ⁉」

でも私の刃が丸太のような脚に届く前に、男は即座に大剣の柄頭を私に叩きつける。

硬い物が割れる音。男の驚いたような声。打ち付けられた衝撃で肺から空気を吐きだした私は、そのまま吹き飛ばされるように森の中を転がり、ぼんやりとする頭で駆けつける男の足音を聞きながら私の意識は闇に沈んでいった。

「悪いな坊主っ。あんまりすばしっこかったから、コボルトかと思ってつい追いかけちまった！」

「…………」

今私は、あの男と一緒に野営地にある焚火の側に座っている。コボルトとは直立した犬のような姿をしている低級な魔物の一種で、そんなものに間違えられているとは思わなかった。

この男は冒険者のようで、領内の街道に魔物がいたら旅人が危ないと考えて追ってきたが、その私があまりにも逃げ回るせいで意地になって追撃したらしい。

「ほれ、詫びってわけじゃないが食え食え」

男がさっきまで火で炙っていた、皮を剥いでぶつ切りにした蛇を勧めてくる。私は蛇を食べたことはなかったけど、孤児院でも粗食に耐えきれなかった年上の男の子たちは、森で蛇を捕まえて食べているると誰かが話していた。

この辺りに多い緑蛇は、弱い麻痺毒を持っているだけで致死性の毒はなく、大きな動物なら自衛以外で襲ってくることはない。今の私は普通の女の子のように蛇を気味悪がったりはせず、焼ける肉の匂いに誘われるように一口噛むと、汁を多く含んだ淡泊な味が口の中に広がった。

正直に言えば味が薄くあまり美味しくはない。けれど、空腹と元々あまり良い食事をしてこなかったせいでガツガツと平らげ、男から受け取った水を飲むとようやく人心地がついた。そんな様子を見ていた男は、私が食べ終わるのを待って口を開く。

「それで、坊主。子どもがこんな場所で何をしている？　親はどこだ？」

「…………」

髪を切って灰で汚した私を、男はちゃんと『少年』だと勘違いしてくれた。どうやら彼は厳つい顔をしているが根が善人……いや、お人好しと言うべきだろうか？　そんな心配する常識的な言葉に私が黙っていると、私を親のいない浮浪児だと思ったのか軽く溜息を吐いて話題を変える。

「……まだ痛いか？」

かけられたその言葉に私は小さく首を振る。男は光魔術を1レベル持っていて【回復】の魔術で私を癒してくれた。それでも胸と左肩の中間辺りに薄く痣が残り、触れればまだ痛みはあったけど我慢できないほどじゃない。

少し光魔術の御浚いをすると、1レベルの光魔術には【回復】と【治癒】があり、【回復】は体力を回復させるけど傷口を塞ぐだけで痛みが完全に消えるわけじゃない。もう一つの【治癒】は、傷を治して元通りにするけど、その効果範囲は小さく、治療が終わるのにも時間がかかるし、体力は逆に減ったりもする。

【回復（ヒール）】でも初期段階に使えば切り傷程度なら痕（あと）も残らず、効果範囲も回復速度も高いので一般的な治療魔術といえば【回復（ヒール）】になる。【治癒（キュア）】を使う場合は、嫁入り前の娘に痕が残るような大きな怪我をしたときくらいで、その魔術構成の面倒さから光魔術の適性を持つ者でも、無理して覚えるものでもないという風潮があるみたい。

私の痣も【治癒（キュア）】を使えばすぐに治るのだけど、この男も使えないと言っていた。私が無言で考えを纏めていると彼が焦れているような気配を感じた。私も聞きたいことは多々あるが、この男にまだ気を許せず下を向くと、そこには大剣の柄頭でへし折られた私のナイフが転がっていた。

「あ～、悪い。お前のナイフを折っちまったな。でもそいつは戦闘には向かないぞ。たぶん、貴族のお嬢様が持つような自決用の短剣だ。切れ味だけで刃が薄くて兎（うさぎ）でも骨に当たれば欠けちまう」

男がナイフを折った言い訳でもするように饒舌に語る。でも別に男を責めているわけじゃない。ナイフがないのは面倒だけど、私が無駄に逃げた結果でもあるし、このナイフがなければ骨が折れて男の【回復（ヒール）】では治らなかった可能性もあるから、仕方ないと考えている。

私が男を責めることなく小さく首を振ると、彼はどこか落ち着かないような素振りを見せて腰にあったナイフを鞘ごと私に差し出した。

「これを代わりに使え。子どもには大きいが、魔物の解体に使っていた奴だから結構頑丈だぞっ」

「…………」

押し付けるように渡されたナイフを鞘から抜くと、多少古びているけど丁寧に研いである鋼の刃が現れた。以前のナイフほどの薄さはないので深く突き刺すのはまだ難しいが、骨に当たって欠けることもないだろう。鋳造して研いだだけの鉄製ではなく、精錬鍛造して作られた鋼のナイフならそれなりの値段はするはずで、それを負い目があるとはいえ浮浪児にあっさり渡すなんて、お人好しすぎて警戒しているのが馬鹿らしくなってきた。

「……ありがと、おじさん」

「俺はまだ二十歳だ」

三十歳くらいかと思っていたら意外と若かった。あらためて彼をよく見ると顔が厳ついだけで肌は若い。無精髭のせいで分からなかったけど、別に顔立ちも醜男でもなく、年相応に拗ねている顔は愛嬌さえ感じられて私も思わず口元がほころんだ。

「おう、ようやく笑ったな。子どもは笑っているのが一番だ」

ガシガシと頭を撫でる乱暴な手を振り払うと、私は真顔に戻ってジッと彼を見る。

「ねぇ、魔力の使い方を教えて」

「な、なんだ、突然……」

「生活魔法が使えないと不便だから」

「なんだか分からないが……そもそも俺だって教わって覚えたわけじゃないからな」

おじさんが言うには、生活魔法を使っていると自分の中に普段と違う〝流れ〟を感じるようになり、それが魔力だと分かるようになるそうだ。要するに私の場合は覚える順番が逆になる。

「………」

このままだと時間ばかりかかって魔術を覚えるのが困難になる。やはり予定通り、他者の強い魔力を感じるのが手っ取り早い気がした。

「ねぇ、強い魔力を使える？」

「そりゃあな。俺の魔術は大したことないが、身体強化ならかなりの魔力を使えるぜ？」

「今、出来る？」

「出来るけど……まあ、いいか。危ないから下がっていろよ」

「うん？」

危ない？　【身体強化】はたしか、戦士系の人が使う全身に魔力を流して身体能力を強化するスキルのはず。それがどうして危険なのか？　よく分からないなりに彼から数歩離れると、彼の全身から力が満ちるような迸りを感じて、焚火の炎が大きく揺れた。

「……すごい」

これが【身体強化】なのか。見ているだけで威圧されるような力を感じる。私は惹かれるように無造作に近づいて彼の腕に触れると、おじさんは驚いたように目を見開いた。その瞬間、バチッと触れた手が弾かれて身体ごと後ろに転がる。

「坊主！」

おじさんが慌てて駆け寄ってくる。怪我はしていないけど、私の手には痺れたような小さな痛みが残り、思わず呆然とする私に彼がお説教をしてきた。

「離れていろって言っただろ！　魔力が使えればなんでもないが、魔力に慣れていない子どもだと結構な衝撃がくるんだよっ！」

「うん……びっくりした」

驚いたし少し痛かったけど、動けなくなるほどじゃない。少しだけ顔を顰めながら立ち上がり、痺れた指をほぐすように動かしていると、おじさんが呆れたような顔で私を見た。

でもあれが……ううん、これが魔力か。私の流れる血の中に少しだけど、おじさんに触れたときと同質の力を感じた。やっぱり血液にも魔力が含まれているとした私の仮説は間違ってなかった。

あの女の〝知識〟から、全身を流れる血管や全身に張り巡らされた毛細血管を意識すると、全身に薄くぼんやりと広がっていた魔力が血の流れに集中して明確に感じられるようになっていく。

魔力は全身の血と共に心臓に集まると心臓の鼓動と共に少しだけ強くなり、また全身に循環されると少しだけ身体が熱くなった気がした。

「坊主っ！　それ【身体強化】か⁉　いや、まだ形にもなってないが……」

どうやら魔力を血の流れに沿って巡回させたことで、【身体強化】のマネ事のような状態になっていたようだ。これなら生活魔法も覚えられるし、属性魔術も覚えられるかもしれない。気分が高揚して魔力を循環させていると、突然目眩がしてよろけた私をおじさんが腕を掴んで支えてくれた。

「おい、そろそろ止めとけ。身体強化は少しずつだが魔力を消費するんだ。ぶっ倒れるぞ」

「うん……」

あの女は短剣術スキルを持っていても身体強化は使っていなかった。だから私にその方面の知識は薄いので大人しく彼の言葉に頷くと、そんな私を見て何故か呆れたように溜息を漏らす。

「おじさん？」

「おじさんじゃねぇ。俺のことはフェルドと呼べ。……まぁ、一日くらい帰るのが遅れてもかまわないか」

おじさん、もといフェルドは立ち上がると、私を見下ろすようにして獰猛なまでの、普通の子どもなら泣き出しそうな笑顔を浮かべた。

「明日丸一日、この俺様が坊主に基礎をみっちりと仕込んでやる。覚悟しとけよっ」

……なんだって？

森の中での修行

どうやらお人好しの大男フェルドが、丸一日かけて私に基礎を叩き込んでくれるらしい。

どうしてそういう結論になったのか分からない。一応フェルドを信用はしたけど、嫌だと言ってもフェルドの実力からすると逃げられそうにないことと、あの女の〝知識〟だけでは近接戦闘面に不安があったので、私は素直にそれを受けることにした。

翌日朝日と共に起きて、フェルドの持っていた黒パンを分けてもらい、軽く火で炙りながら朝食とする。孤児院の子どもたちは、『黒パンは硬くて不味いから白パンが食べたい』とよく愚痴を漏らしていた。確かに革のサンダルでも囓っているのかと思うほど硬いものもあるけど、私はそれほど嫌いじゃない。

白パンのような柔らかさは無いけど、中身はモチッとしていて噛みしめるとちゃんと味がある。きちんと細かく粉に挽いて丁寧に作ればそれほど不味い物じゃなく、不味いのは質の悪い黒麦粉で手間を省いて適当に作る人のせいだ。……それでも孤児院の黒パンは最悪だったけど。

「まず坊主。お前、自分のステータスを見たことがあるか？」

朝食を済ませ、仁王立ちするフェルドの言葉に私は首を横に振る。そもそも私は『ステータス』という単語を一瞬理解できず、〝知識〟から情報が浮かんできてようやく理解できた。

あの女の前世とやらでは無かったようだが、この世界では生命力や魔力、技能などの〝強さ〟を数値にして表す便利な技術が存在する。

ステータスとは《鑑定》によって視ることができる個人の能力情報だ。でもあの孤児院の近くにはそんなことを出来る人はいなかったし、両親が生きていたときも調べた記憶はない。

でもあの女の……というかあの女の師匠の授業によると、一般的に使われている《鑑定》は世界の情報に精神を繋げるのでも、相手の魂の情報を盗み視るような大魔術ではなく、視覚や聴覚や肌や魔力で相手の力量を感じ取り、それを補正して数値化するものらしい。だから相手を《鑑定》して分かるのは、現在の魔力と体力、それと強さを数値化した『総合戦闘力』だけだと言っていた。

その他にも相手の情報を完璧に看破する《完全鑑定》が存在するそうだが、あの女の師匠は、もしそれを知る機会があっても絶対に覚えようとするなと言っていた。なぜなら他者の魂の情報や世界の情報を盗み視ることは、定命の者には魂に負荷がかかるそうで、その対価は自分の〝寿命〟であるらしく、永遠の寿命を持つ竜種やハイエルフでもなければまともに使えない。

過去にはそのような鑑定能力を『加護』で得た者もいたそうだけど、そうした人は猜疑（さいぎ）心が強く他者に能力を話さないそうで、自分でも気づかず寿命を無駄に減らしていたそうだ。

目に見える対価も無しに使える便利な能力……特にあの女が切望していた特殊能力（チート）のようなものには、何か裏があると思ったほうがいい。

「フェルドは使えるの？」

「ああ、最近ようやくスキルとして使えるようになった。これが俺から見たお前の能力だ。文字は読めるか？」

フェルドはそう言いながら地面に木の棒でそれを書く。

魔力値：8／13　体力：22／26
総合戦闘力：21

「……まぁ、子どもならこんなもんか。今の数値をしっかり覚えたか？」

私の数値はとても弱いらしい。文字と知識を摺り合わせながら、微妙な表情をして頷く私にフェルドが何かを放り投げてきた。

「……これは？」

「それは『鑑定水晶』と呼ばれている物だ。魔力に反応する特殊な水晶を加工した物で、それで覗き込んだ生き物の力や魔力を読み取り数値化の補佐をしてくれる。それを何度も使っていると自然と《鑑定》が使えるようになるんだが、今は自分の身体を覗き見て『力を見たい』と思え。残り二回くらい使えるはずだから、ちゃんとさっきの自分の数字を頭に思い浮かべながら使えよ」

「…………」

自分で鑑定をする補佐してくれる道具か。私は言われたとおりに自分の手を水晶で覗きながら鑑定を願うと、何か文字や数字のようなものが水晶に浮かんできた。

「見えてきた数字を、さっきの数値と合わせろ。……上手く合わせられたか？」

▼アーリシア　種族：人族♀
【魔力値：8／13】【体力値：21／26】
【筋力：3】【耐久：4】【敏捷：5】【器用：5】
【総合戦闘力：21】

私が『合っている』と頷くと、フェルドは突然自分の【身体強化】を発動しながら、今度は彼自身を《鑑定》しろと言った。

▼フェルド　種族：人族♂
【魔力値：177／210】【体力値：354／370】
【総合戦闘力：1378（身体強化中：1764）】

……フェルドが強いのか私が弱すぎるのか、あまりにも差がありすぎて彼がどれだけ強いのか見当もつかない。唖然としつつも私が数値を読みあげると彼は静かに頷いた。

「まぁ、ほとんど合ってるな。数値の見え方は個人によって多少違うが、その水晶には俺が使っている冒険者ギルドが定めた『この大陸で一般的に使われる見え方』が焼き付いているはずだから、覚えておけば後で他者との比較が楽になるはずだ」

しばらくフェルドの数値を見ていると文字が消えて、鑑定水晶からも光が失われた。

「これで何回使うと鑑定を覚えられるの？」

「そうだな……俺は六十回くらいだったが、まぁ、普通は百回まではいかないな」

「これ、売っているの？」

「だいたい一個あたり十回使えて、相場は銀貨三枚くらいだ」

「………」

結構高い。いや、それで相手の力が分かるなら安いと思うべきか。でも、銀貨一枚で普通の宿屋に朝飯付きで三日泊まれるのだから、一般の普通の冒険者だとあまり使えないと思う。

「それで鑑定水晶を使う基礎は出来たはずだ。それとお前の戦闘力だと戦闘スキルは全く無いようだな。まぁ予想通りだが、次は狩りに行くぞっ」

「……え」

いきなり大剣を背負って森の中に突っ込んでいくフェルドを慌てて追いかける。


「しゃがめ。足音を立てるな」

先行していたフェルドが藪の中で突然しゃがみ込み、追うだけで必死だった私は、瞬く間に薄れていくその気配に一瞬彼を見失いそうになった。

「これって……」

「声も潜めろ。俺も隠密は得意じゃないが、それでも森で狩りをしてきた経験があるから隠密スキルが1レベルある。お前も身体強化は使うなよ？　敏感な獲物に気づかれる。魔力の使い方は後で教えるが、まずは森に満ちている〝魔素〟を感じ取れ」

「……うん」

たぶん、この近くにフェルドが言う獲物がいるのだろう。私も少し乱れていた呼吸を整えるように息を潜めながら、周辺の魔素を感じようと意識を向けた。

「魔素で風の流れを感じろ。風の中にある匂いを嗅ぎ取れ。すぐに出来なくてもいいから、意識するとしないとでは習得速度にかなりの違いがでる」

「……うん」

とりあえず頷いてみたけど、あまり理解できていない。自分の魔力はなんとなく分かるようになったが、周囲の魔素はぼんやりと分かるだけでそれが草木の魔力か動物の魔力か判別できない。

「自分の魔力と周囲の魔素の違いを感じ取れ。ただ静かに動くだけじゃ動物に気づかれる。周囲の魔素と自分の魔力の質を合わせろ。流れや大きさを全く同じにすれば気配が薄くなる」

「……分かった」

本当に基礎を一日で叩き込むつもりか。私は、ぼんやりしていたら何もできないまま終わると気づいて、とにかく周囲の魔素を感じ取ろうと集中した。魔素の流れで風を読む。あの女の知識で言う『大気』に魔素が満ちているという意味だろうか。だとしたら魔素で風を読むというより、大気の中で流動している魔素がそのまま風の流れと言うことか。

意識を集中して周囲の動いている魔素を感じようとして、何か動いているような気はしたけど、まだハッキリと分からない。私は集中しながらもフェルドの後について必死に森の中を進んだ。

「坊主、止まれ。あそこを見ろ。何かいるのが分かるか?」

「…………」

たぶん、前方の藪を指しているのだと思うけど、私にはそこに何がいるのか全く分からなかった。

「草木は障害物がない限り枝葉を横に広げる。太陽があればそちらに葉を向けて枝を伸ばす。そうなると不自然な枝があるのが分かるか？」

「……あ」

確かによく見れば不自然に曲がっている枝があり、それに気づくと森の中で不自然な部分が目につくようになった。

「気づいたのなら葉の動きを見ろ。風の流れと違う部分がある」

風が流れて右から左に木の葉が波のように揺れた。その流れが終わったときに微かに違う動きをする枝があった。

「あそこに獲物がいる。感じられるか？　鑑定したときの感覚だ」

……無茶をいう。でもそこに〝居る〟と意識すれば、確かに何かがいるような気がしてきた。

「兎だな。まずあれを狩るぞ」

いきなりフェルドが手斧を構えると藪の中に投擲(とうてき)した。聞こえてくる微かな鳴き声。そのままそこへ向かう彼の後を追うと、手斧がざっくりと突き刺さって即死した兎が一羽落ちていた。

「処理をしたら次に行くぞ」

それから午前中をかけて、私の理解や体力などお構いなしに森での狩りが続き、フェルドは狩った獲物の血の抜き方や皮の剥ぎかた、内臓の処理などを、戸惑う私に実戦で叩き込んだ。

野営地に戻るとフェルドは疲労で倒れ込む私から少し離れて、削り出した木の串にさばいた兎肉を刺しはじめる。

「おい、坊主っ！　肉を焼くぞっ」

「……うん」

疲れよりも『昨日から肉ばっかりだ』と、私は栄養面のバランスの悪さに顔を顰めて立ち上がる。

「【火花】」

フェルドの生活魔法で枯れ葉に火を付け、そこから細い枝を燃やして、次に太い枝に火をつけていく。彼は魔術を使えるけど本職ではないそうで、あの女みたいに生活魔法は六種類全部ではなくて、【火花】、【流水】、【灯火】の三種しか覚えていなかった。

焚火の周囲に串を刺しながら、今まで間近で見たことのなかった生活魔法の魔力の流れを凝視する。あの女の師匠は、【火花】の訓練として、ひたすら魔力を練りながら火が燃える様子を見続けさせた。それこそ一日に何時間も、眠りに落ちても夢に見るまで。

これは、フェルドの言っていた『魔素の流れを読む』のと同じこと？　この世界の物理現象には精霊の存在が密接に関わっている。火が燃えるのはその場に炎の精霊がいるからだと精霊信仰者は言っていて、実際に炎は火属性の魔素だけを燃料に燃えることができるからだ。

そこに精霊がいるかどうかはともかく、物理現象には魔素も関わっている。最初は無属性である魔素が、属性を持つ生物や物質と触れることで『属性魔力』になって、その属性魔法の燃料となるのでは？

属性持ちの人は、取り込んだ魔素を自分の属性に変換する？　だから……たぶん、覚えられた生活魔法がそのままその人が持つ『魔力属性』になるのではないだろうか？　……いや、あの女は一応だけど六種類全部を使えていた。あの女の師匠も六種の生活魔法を覚えるのは魔術師の嗜みだと言っていた。と言うことは、生活魔法が『魔法属性』に繋がると考えたのは間違いなのか？

　でもフェルドの使える魔術は《光魔術》と《火魔術》で、彼の使える生活魔法とほぼ同じだ。もしかしたら『魔力属性』とは単なる『相性』のようなもので、覚えにくいだけで使えないものではないのかもしれない。

　あの女は、一番最初に覚えたのが【火花（ファイア）】で、一番手間取って一番時間をかけていた。そして、あの女が使えたのは《火魔術》と《水魔術》だから、これって単純に『一番印象に残った魔術』だからなのかも。でも……どうして属性を複数扱える人が少ないのか？　すべてに興味を持っている人もいて、相性が悪くて覚えづらくとも、根気よく複数の属性を試した人もいたはずだ。

　もしかして……、多くの魔力を持つことで心臓にその属性の『魔石』が生成される。でも複数の属性を持つことで、あの女も知らない何かの弊害があるのかもしれない。

「焼けたぞ、坊主。食え食え」

　思考が中断され、フェルドが差し出した兎の串焼きを受け取る。はっきり言って疲れすぎて食欲なんて欠片もないけど、次にまともな食料を得られる保証がないので無理矢理にでも胃に流し込みながら、燃える火の中にある魔素の動きを目に焼きつけた。

「起きろ坊主っ！　次の訓練を始めるぞっ」

　腹が膨れてうつらうつらとしていると、フェルドの声で叩き起こされた。

次は武器の使い方を教えてくれるらしい。なんの武器を使いたいかと問われてナイフと答えると、フェルドは少し考えてから納得するように頷いた。

「そうだな。槍術や短剣術のレベル1なら比較的早く覚えられるので悪くない。俺が使うのは剣術スキルだが、剣の種類によって戦技（せんぎ）が違うから俺は片手剣で戦技を使えない。同じ刃系でも、剣術と短剣術が分かれているのは、扱い方が大剣と片手剣以上に異なるからだと言われている。だが、戦技が使えないだけで、ナイフでも棍棒でもある程度は扱えるぞ」

要するに、剣術スキルしか無くても棍棒がド素人というわけじゃない。

扱える技術が魂に焼き付いているだけなので、ある程度の実力があるのなら、扱うものが得意武器でなくても戦いで素人にはならないからだ。具体的に言えば、剣術スキルレベルが3もあれば、使い方が似ている武器ならレベル1程度は使えるのだ。

「戦技ってなに？」

確か〝知識〟では、戦士系の人が使う〝必殺技〟だと記憶している。でもあの女は短剣術スキルを持っていたのに戦技を覚えていなかった。

「身体強化の応用で使えるようになる、単音節の無属性魔法と言われている。叫び声で使える魔物もいるから俺も詳しくは分からないが、一応【身体強化】と【戦技】が、属性魔術に相当する上級の無属性魔術ってことになるな」

「どうやって覚えるの？」

「う〜ん……最近だとランク1の戦技なら冒険者ギルドで教えてもらえるらしいぞ。金はかかるがな。それ以上は使える誰かに弟子入りしないと無理だ」

「ふぅ～ん……」

魔術と同じように誰かに習う必要があるのか……面倒な。それからフェルドにナイフの構え方や振り方や刺し方、防御などを矯正された。それで分かったのは、あの女の短剣術は随分といい加減だったことだった。本当にそれでよく短剣術スキルを会得できたと逆に感心する。

いくつかの基礎的な型を教えられて、腕や腰を叩かれながら動きを矯正される。でも完璧に覚える時間もないので、そこそこ動けるようになったら今度は実践形式でしごかれた。

私はナイフを使い、フェルドは木の棒だったけど、結局私のナイフは木の棒すら折ることができず、その後は受け身の練習として何度も投げ飛ばされた。フェルド本人は親切心で教えてくれているんだろうけど、これ本当に七歳の子どもにしていい訓練なのだろうか？

一心に訓練を続けると私はまた疲労で動けなくなって、フェルドの【流水(ウォータ)】で頭から水をかけられ、【回復(ヒール)】で強制的に体力を回復させられた。

「本来なら鍛錬で【回復(ヒール)】を使いすぎると体力がつかないので良くないんだが、時間もないし、まぁいいだろ。坊主は思い切りがいいからそこそこ強くなれると思うぞ。後は短剣術スキルを覚えたら身体強化も……って、お前は使えるんだったな？　とにかく魔力切れには注意しろよ」

「魔力が尽きるとどうなるの？」

「普通に気絶する。普通は一晩寝れば魔力は回復するんだが、魔力切れで気絶すると、半日は目を覚まさない。それに魔力がギリギリまで低下すると飢餓状態になる。下手をすると気絶中に衰弱死する危険もあるから、よほどの時じゃない限り、魔力は全部使うなよ」

「……わかった」

確かにそれは危険だ。特に私の場合は、気絶して目を覚まさないうちに野生動物に殺される危険があった。少しでも命の危険があるのなら注意するべきだ。

その後は【身体強化】の使い方と注意点を教わる。本来なら近接戦闘スキルを1レベル得る過程で、自然と魔力を全身に流すようになるので、そこで身体強化を会得するらしい。

それと、個人の魔力操作熟練度によって多少変わるが、大雑把に百を数えるくらいで魔力を1消費するので、自分がどれだけ戦えるか身体で覚えろと教えられた。私の場合はすでに身体強化の基礎が出来ているので、短剣の型をしっかり覚えればスキルは比較的早く覚えられるそうだ。

フェルドから教えられるすべてを一つ残らず覚えようと私は真剣に訓練をして、フェルドもそれを感じたのか、ただの子どもではなく一人の人間として扱ってくれた。たぶん……別れの時間が近づいていることをお互いに感じていたのだろう。


「まあ、基礎の基礎で、駆け足だったが最低限のことは詰め込めたと思う。俺はもう行かなくてはいけないが、達者でな。坊主っ」

夕方近くになり時間のなくなったフェルドがそう言って自分の荷物を抱えた。

「……うん」

唐突な出会いとキツい修行。でも、彼の言葉と大きな手には、私が孤児になってから感じたことのなかった〝大人〟の優しさと温かさがあった。私の中の〝子ども〟の部分が少しだけ寂しさを感じて下を向くと、フェルドは灰と汗でまみれた私の頭をガシガシと撫でる。

「またな。次に会う時はもっと強くなっていろよ」

「……うん」

そんな別れをして、フェルドは暗くなる前に町の方角へ大きな背中を見せるように歩き出した。

「…………」

お人好しで優しい大きな背中……。その後ろ姿に、一番大きな背中だと思っていたお父さんの姿が被り、夕焼けの中に消えていくその背中が見えなくなるまで見送った私は、心の寂しさを大きく吸った息と一緒に自分の中に飲み込んだ。

普通は浮浪児なんて気に掛けない。一時的とはいえ生きる術を教えてくれたフェルドには感謝しかない。私はフェルドが残してくれた葉に包まれた兎の肉を抱えて、また誰か旅人が来る前に焚火の火を踏み消して森の中に身を隠した。

枝にぶら下げておいた食料が虫や小動物に齧られていないか確認して、木の上に登ると太い枝の上で近くを流れる小川の音に耳を澄ます。

誰かに見つからないように焚火は消したが、もう私に火種は必要ない。

「……【火花(ファイア)】……」

手を前に出して生活魔法を唱えると、まだ稚拙ながらバチッと小さな火花が散った。そして私は水の流れを聞きながら【流水(ウォータ)】と唱え、指先に滲んだ水滴を啜(すす)るように飲み込み、暗くなりはじめた辺りを警戒するように数分ごとの細かい眠りにつきながら、体力と魔力の回復に努めた。

＊＊＊

アーリシアの住んでいた孤児院のある町では、とある〝事件〟が話題になっていた。

この国では伯爵家以上の大貴族が寄親として一定地域の領地を管理し、子爵以下の多くの貴族家を寄子として纏めている。その一つ、トーラス伯爵家が治めている地域の、北寄りの国境に近いホーラス男爵領にある一つの町で、殺人事件が二件も起きていた。

犠牲者の一人は冒険者の魔術師と思われる女性で、荷物が奪われていたことから物取りの犯行だと思われた。

ホーラス男爵領は辺境に属しているが北に大規模な魔物が住む森があり、この辺りでは多くの冒険者で賑わう土地である。この小さな町には訪れることは稀だが、それでも流れ者である冒険者たちの気質を知っている住民たちは、どうせ冒険者同士の諍いだろうとあまり気にはしなかった。

だが、それが町の住民であり、孤児たちの世話をしていた管理人の老婆というのなら話は違ってくる。老婆が町の住人に慕われていたのではなく、面倒な孤児の世話を少額の寄付金で請け負ってくれた必要な人物だったからだ。それ故に老婆が多少行きすぎた躾を孤児たちにしていても、町の大人たちは見て見ぬ振りをしていた。

老婆が殺されたことで、この町を治めている士爵が現場を調べてみると、子どもを愛玩奴隷として私腹を肥やしていた証拠が見つかった。もしかしたら老婆が殺害された理由が、奴隷売買をする組織が絡んでいるのではないかと、士爵は子どもたちがどこに売られたのか調べようとしたが、孤児のうち何人がいなくなっているのか把握もできず、結局事件は未解決案件として処理された。

士爵から報告を受けたホーラス男爵は、新しい孤児院の管理者を寄親であるトーラス伯爵に紹介してもらい、その人物が到着するまで孤児たちは男爵の使用人が面倒を見ることになり、孤児たちは町

の奉仕活動にあてられた。

その中でドブさらいを担当していた七歳の少女は、その場所で半分欠けた『魔石』を拾い、その妖しい輝きに魅了されるように瞳を輝かせた。

「……うん。わたし……、〝主人公(ヒロイン)〟になりたい」

森のサバイバル

その日は他の旅人が野営地に訪れることなくそのまま朝を迎えた。それでも昼頃になれば、商人などの馬車が昼食のために立ち寄る可能性がある。普通の大人は、浮浪児を見れば何か盗まれると警戒し、ずるい大人なら、衛士がいない街道で子どもがお金を持っていれば、それを奪おうとするかもしれない。あのフェルドは特別だと考え、今は大人を簡単に信用しないほうがいいだろう。

それでも隠れているだけじゃ先に進めない。だから私は、生きるためにまた野生の黒いベリーを摘みながら、地道に生活魔法の訓練を始める。

自分の魔力が分かったので、稚拙ながら【火花(ファイア)】と【流水(ウォータ)】は使えたけど、まだ実用レベルじゃないし他の生活魔法も使えない。次に便利なものを覚えるとするなら【灯火(ライト)】になるけど、私はあえて【硬化(ハード)】を先に覚えたいと考えた。

【硬化(ハード)】は土を固めて硬くする魔法で、一般的には、建築の際に土壁が乾くまで固定して、他の作業をすることで工期を短縮するのに使われる……らしい。

森に入って柔らかそうな土を枝で掘り、片手に握った土の塊を見て途方に暮れる。『固まる』とはどういうことだろう？　手の中でギュッと握れば見た目は土が固まるけど、指で触ればあっさりと崩れるので、これでは『固まった』とは言えない。何度か握ったり崩したりしていると、乾いて茶色から黄土色になった土は、強く握っても纏まることはなくなった。

「……【流水(ウォータ)】」

練習を兼ねて唱えると、昨夜より少しだけ水量が増えた水が指先から滴り、乾いた土に吸い込まれた。これならまた固まる。でも今度は水が多くて泥になってしまう。乾いた土はサラサラになった砂より細かい粉みたいな物だ。これを固めるには水のように何かで土の粒を繋ぐ必要がある。

「……【硬化(ハード)】……」

土の粒を魔力で繋ぎ止めるように唱えると、手の中にある土塊がそのままの形で硬くなった。

「……出来た？」

これで【硬化(ハード)】を覚えたの？　念のためにどのくらい硬いかそれを近くの木に投げつけると、ぶつかった土塊は簡単に砕け、魔力が霧散(むさん)してそのままただの土に戻った。

使えたように思えたけど完璧じゃない。あの女の師匠がやらせた特訓では、同じように素手で土の塊をこねくり回していた。でも何か違う？　あの女が使っていた土は灰色みたいな色だった。

一旦魔法の修行を止めて食事のために小川に戻る。黒ベリーを朝ご飯代わりに食べ、そろそろ気持ち悪くなってきた汗と灰で固まった髪を川で洗い、濡らした布で身体を拭いた。

灰が落ちると、お母さんと同じピンクブロンドの髪がキラキラと目立って落ち着かない。灰だけでなく川辺の灰色の土で代用できないかな……って、これは？　小川の近くの地面に灰色になっている層を見つけて、その部分を掘って指で弄(いじ)ると、それが何か〝知識〟が答えをくれた。

「粘土？」

それに魔力を流しながら【硬化(ハード)】と唱えてみる。でも粘土はあまり硬化せず、普通の土より硬くするのが難しく感じた。何がいけないのか？　土と粘土と何が違うのか？　隙間を埋めるように魔力を流したつもりだったけど……。

「あ、そうか」

粘土を指で弄っているとまるで隙間がないほど細かいことに気づいた。そしてあの女の知識は、粘土は通常の土よりもかなり細かい粒子であると教えてくれる。

「……【硬化(ハード)】」

今度は、魔力を流して『粒を繋げる』のではなく、『粒子の隙間に浸透させる』ようにイメージして粒子同士を結合させてみた。

かなり硬く、指で弾くと陶器のような音がした。その粘土を勢いよく木にぶつけてみると粘土は欠けずに木の幹に傷がついた。しかも手を離れても魔力が霧散せずまだ魔力と硬度を留めている。

これが【硬化(ハード)】か……。あの女の〝前世の知識〟が無かったら覚えられなかったかもしれない。後はこの硬度がどのくらい持続するのか確かめるために、その粘土を拾っておいた。

他の生活魔法も覚えたいけど、魔法の修行は夜でもできる。私は空を見て、明るいうちにあの手書きの薬草辞典を荷物の中から取り出した。これにはさまざまな薬草だけじゃなくて、薬に使える物なら、キノコや鉱物まで、挿絵付きで事細かく書かれていた。

でも今の私は〝知識〟はあってもそれを自分のものにできていない。単語を一文字ずつ調べるように文字を覚えないといけない。とりあえずキノコ類は挿絵があっても判別が難しいので、食べられそうな野草を見つけては時間をかけて本から探し、一文字ずつ読んで安全かどうかを確かめた。

しばらく採取と勉強をしていた私は、不意に遠くから微かに漂う焚火の匂いに気がついた。

……もう昼頃か。商人の馬車でも寄って昼食にでもしているのだろう。この時間にここに着かなければ、馬車でも夕方までに他の町へ辿り着けなくなる。

私は荷物が置いてある小川近くの窪みに戻りながら枯れた枝を拾い集め、意識して野営地のほうを窺うと木の焼ける焚火の匂いを強く感じた。フェルドは周囲の魔力を感じて風の流れと匂いを嗅ぎ取れと言った。一歩ずつ下がって確かめると匂いの強弱を感じる。周囲に感じる魔素とその匂いの流れを照らし合わせると、魔素の動きが少しだけ見えた気がした。

「……【流風(ウィンド)】」

その匂いと魔素の動きに合わせるように自分の魔力を流して唱えると、匂いがわずかだけど霧散する。風の魔力を感じる練習をしていたので覚えるのは早いと思っていたけど、予定よりもあっさりと習得できた。旅人が来たら森の奥に隠れるつもりだったが、【硬化(ハード)】が使えたことで予定を変えて粘土の採取を始める。

そのまましばらく無心で粘土をこねくり回していると、漂ってきていた木の焼ける匂いが消えていた。粘土を弄るのは意外と愉しかったけど、別に遊んでいたわけじゃない。

準備を終えて、荷物から葉っぱで包んだ兎肉と少しの食料、そして森で採取した枯れ木と野草を持って注意しながら野営地のほうへ向かうと、もう人の気配は残っていなかった。

「【硬化（ハード）】」

私は用意していた歪な粘土の器に【硬化（ハード）】をかけて硬くすると、その中にナイフで削った野草やウサギ肉を刻み入れて、その上から【流水（ウォータ）】で水を注いだ。

「……ぅ……」

頭が少しふらつく。今日はもう魔力を使いすぎたけど、もう一回くらいならまだ飢餓状態にはならないはずだ。

「【火花（ファイア）】」

粘土の器を新しい焚火の側に置いて火をつける。バチバチッと火花が散り枯れ葉からうっすらと煙が上がる。もう一回【火花（ファイア）】を使うのはきついので、息を吹きかけながらよく乾いた枯れ葉を少しずつ被せていくと、上手く火がついてホッとした。

私の魔力値は13で、今日はこれで八回生活魔法を使った。生活魔法は一回で魔力を1消費するらしいので、私の残りの魔力は5ということになる。たぶん、ここがギリギリのラインなんだと、自分の身体に残った魔力量を感じながらその感覚を覚えておいた。

器は焚火の側に置いているだけなので野草に火が通るまで時間がかかると思う。でも【硬化（ハード）】で固めた粘土は一時間程度しか硬化を持続できない。それまでに煮えるといいなと思いながら、私はその間に拾った木の枝をナイフで削ってスプーンを作りはじめた。

野草がだいぶ煮えた……ように見えるので、歪なヘラになったスプーンを使って、ウサギ肉と一緒に煮込んだ野草を食べてみる。

これは……酷い。火に近い面は煮えていたけどその他は生煮えで、あく抜きしていない山菜のえぐみがきつかった。塩辛い干し肉も入れていたので味は出ていたが、えぐみと奇妙な匂いを消すほどではなく、料理に使う野草類は厳選しないとダメだと胃袋から理解した。

今回は、一応保存食でも丸一日ほど森に放置した食料をそのまま食べるのは怖かったので、火を通すために初めて料理をしてみた実験だ。結果的には失敗だったけど、次はどうすればいいのか少し分かったので、多少の経験値にはなったと思う。

野草スープはあの孤児院の老婆が作った塩スープよりも不味かったけど、毒ではないので完食する。よく考えるとどっちも不味いのだからあまり変わらない。でも、肉ばかりの食事が気になっていたので、野草を食べたことでなんとなく気分が落ち着いた。

そうして胃と舌に優しくない食事を終えた私は、新しい灰を少し葉っぱに包んでから森に戻ると、魔力を使わないナイフの鍛錬を始める。

本当は食料の確保もするべきだが、野草や黒ベリーはともかく私には肉を確保する手段がない。だから私は、ナイフの型を練習するのと並行して『ナイフ投げ』の練習もすることにした。

本来なら技能の習得状態を記憶する『スキル』がない状態で、複数の事柄を練習するのは効率が悪いが、今の私は本当に〝生きる〟ための手段に乏しいので、何か一つでも奥の手が欲しかった。

まずは忘れないうちに、昨日習ったナイフの型を丁寧になぞって反復する。フェルドは型さえ使えるようになれば習得は早いと言っていたけれど、私はそこまで楽観的にはなれないので、教わった型を何度も繰り返して習得を出来る限り早めようと考えた。

そもそもスキルは簡単に得られるものじゃない。数日練習した程度で畑の雑草のようにスキルが生えてくるのなら、一般人でも大人になるまでに大量の戦闘スキルを習得しているはずだ。

では、『スキルレベル1』とはどの程度のものなのか？　それは、あの女が近接戦闘に疎くても、一般常識の〝知識〟が教えてくれた。

例えば『剣術スキルレベル1』はどの程度になるのかというと、子どもが町の剣術道場に数年通い、十二から十三歳の身体が出来た辺りでようやく習得できる。

そこからレベル2になるには実戦レベルの修行を積んで、生死に関わる戦いを職業とするほどの技量が必要になる。レベル3になれば十年以上職務に就いた職業軍人や騎士にもなれるレベルで、ここまでになると誰はばかることなく『戦士』を自称できる。

でもここまでが一般人が仕事として到達できるレベルで、それ以上になるには私生活を犠牲にするほどの修行と、その分野の才能が必要になると言われていた。

一般的には十歳以下でスキルレベル1を取得することはないし、二十歳程度でレベル3になることもない。だからまだ幼い私がスキルを得るには、ただがむしゃらに練習するのではなく、子どもではあり得ないほど完璧に正確に型の鍛錬をする必要があった。

精神を研ぎ澄ませて、矯正された型をゆっくりとでも正確に繰り返す。

子どもは意外と集中力が高い。普通の子どもは飽きっぽいので長続きはしないけど、私は生きるために必要だと〝理解〟しているので集中力が途切れることはなかった。

「……ふぅ」

二時間ほど短剣技を繰り返した私は、身体に疲労と渇きを感じて息を吐く。

午前中に【流水（ウォータ）】が使えるようになった段階で水を補充しておくべきだった。今日使える魔力残量のことを考えていると〝知識〟から必要な情報が頭に浮かんでくる。

魔力を消費しても、魔素が満ちているこの世界では一時間に一割程度回復して、睡眠状態なら二割は回復するらしい。それならギリギリまで消費しても五時間ほど眠れば魔力は全回復する。

前回魔力を使ってからたぶん一刻……二時間は経過しているので、魔力値13の私は2から3くらいは魔力が回復しているはずだ。

まずは川で手を洗い、水筒から皮臭くなった水を捨て、魔力残量に注意しながら【流水（ウォータ）】を唱えて少しずつ水筒に水を流し込む。今の私の修練具合だと魔力1で出せる水はコップ一杯くらいか。もう少しできるかともう一度【流水（ウォータ）】を使うと少しだけ頭がふらついた。

でも、これで魔力は一時間に一割回復するのが確認できた。魔術スキルを得て、魔力を使っていれば少しずつ魔力は増えるらしいけど、今は使える魔力が少なすぎて練習もままならない。

ならば魔力の回復を早める手段はないだろうか？　……そこら辺は後で考えよう。

水を飲んで気力を回復させると、次はナイフ投げを練習することにした。

ナイフ投げには真っ直ぐ投げる直打と回転させる回転打がある。近い場所に当てるのは直打で回転打は少し遠くを狙うときに使う……らしい。ナイフ投げは身体強化があっても十メートルが限界だろう。それ以上なら普通に弓を使うほうが効率はいいはずだ。

まずは二メートル離れて木の幹を狙ってみる。直打でも回転打でも持ち方は変わらない。腕の振り方や放すタイミングが変わるだけなので、真っ直ぐに飛ぶ直打を使ってナイフを投げてみた。

バンッ。

「…………」

刺さる刺さらない以前にナイフが地面に叩きつけられた。肘から先を使って投げるそうだが、どうやったら真っ直ぐに飛ぶのだろう？　まぁ、練習するしかないんだけど、何度か繰り返して、どうやら七歳児では筋力が足りないのだと理解した。

予定変更。ナイフ投げはひとまず諦めて投石にする。私がナイフ投げに拘っていたのは、それに必要なのが《短剣術》と《投擲》の二つで、両方同時に鍛えられるからだ。

投石に必要なスキルは《投擲》スキルだけなので私でも使えるはず。どう投げるか考えているとスリングショットという投石器の知識が浮かんできた。これは紐と布か皮があれば簡単に作れるらしい。

また予定変更。子どもでも比較的高威力を出せるそうなので、それを作ることにした。あの女も幼い頃はそれで兎を狩っていたようなので、作り方も分かる。

そのスリングショットを作る段階で紐が無いことに気づく。布を細長く切って代用するか？　強度は大丈夫だろうか？　指を引っかけたりする部分も必要なので紐のほうが良さそうだけど……そう考えて荷物を漁っていると、私が切り落とした髪の毛が出てきた。売れるかと思って取っておいたけど、長さが三十センチくらいあるから縒り合わせれば紐の代用にできるかもしれない。

まず数本ずつ根元を結んでそれを三つ編みみたいに編んでみる。かなり歪になった。強く引っ張ったら解ける。それから何度か繰り返して、ようやく綺麗に編めるようになった頃にはすっかり夕方になっていた。……ベリーを採取しに行こう。

黒ベリーを採り終わるとだいぶ暗くなっていたから、急いでいつもの木の所へ戻る。

そろそろ魔力も少しは回復しているかな。午前中に採取した野草の中で、川辺の石の上で干していた物がだいぶ乾燥していたので、ギュッと丸めてから【火花（ファイア）】を使って少しだけ火をつける。

この草は除虫草であの本に載っていたので使ってみた。この使い方で合っているのか知らないけど、それを木の根元に置いて石で囲む。この程度の火ならほとんど目立たないから大丈夫だろう。

木の上に登り、まだ暗くなりきっていなかったので、スリングショットの製作をしてからベリーだけの夕食を摂った。暗くなった森の中で、野営地のほうに焚火の明かりが見えたが、もちろん今度は見に行ったりしないで息を潜めて隠れておく。……でもちょっと気になって野営地のほうへ意識を向けた。これはフェルドが言っていた大気の魔素を感じて気配を読む訓練に使えないだろうか？

野営地の方角に目を凝らして周囲の魔素を感じ取ろうと神経を研ぎ澄ます。魔素を感じようと目を凝らしていると、何かがいるような気がしてきた。

小動物の気配でも感じられるようになったのかな？　もしかしたら幼い頃にお伽噺で聞かされた『妖精』や『精霊』がいるのかもしれない。

その考えが呼び水となったように、とある〝知識〟が浮かんでくる。

この世界にある魔素は精霊たちから生み出されると言われているらしい。だとしたらこの辺りにも小さな精霊が本当にいるのかもしれないけど……でも、あれ？　精霊は属性と同じ数だけ種類がある。私が仮定したように魔素が属性持ちに触れることで変換されるのなら、その変換する大本が精霊ということか。だとしたらこの森に満ちている魔素はどの精霊が生みだしているの？

森だから大地？　それとも水？　今は夜だから闇の精霊が生みだしているのかも。そう考えると不思議なもので、森の中に闇の精霊力が溢れているような気になってくる。今夜は月明かりがあるから目が慣れればほんのりと輪郭程度は分かるけど、そんな考えに至ったせいか、森の中で特に暗く感じる部分が目に付いた。焚火の明かりが目に入ったので、それで余計に暗く見えるのかな？

……本当にそうなの？　それが気になってしまうと、闇とそれ以外の部分が違っているように見えてくる。それが闇の精霊力――闇属性の魔素だとするなら、他の部分はなんだろう？　樹木の部分が特に違って見えるので、そこには水や土属性の魔素なのだろうか？

闇が『黒系』だとしたら水や土は何色だろう？　イメージ的には水が『青系』で土は『黄系』の感じがする。だとしたら光は『白系』で火は『赤系』で風は……何色だろうか？　余った色的に薄い『緑系』かな。

そんなことを考えながら樹木周辺の魔素を『黄色』や『青』だとイメージして目を凝らして見ていると、不思議なもので樹木の幹が黄色と青の入り交じったまだら模様に、そして遠くに見える焚火の明かり周辺が赤く見えるような気がした。

「……不思議」

木の葉を揺らすそよ風がほんのりと緑色に感じて、〝色彩〟を強くイメージすると、今までただの暗闇だった森の中が一気に色付いたように感じられた。ただの気のせいかもしれない。今だけ私の脳がそう見せている錯覚かもしれない。でもこれが本当の出来事だったら……。

私は見える周囲の魔素ごと深く息を吸い込み、吸い込んだ魔素で自分の魔力を周囲の〝色〟に合わせると、それまで浮いていた私の存在が急に森に溶け込んだ気がした。

翌朝も朝日と共に目を覚ます。まだ野営地には人がいるはず。そちらへ目を凝らすとほんのりと赤い色が見える気がした。昼間は夜よりも分かりづらいけど、まだ昨夜の魔素属性を〝色〟で視る認識は続いている。どうやらこれは気のせいでなく、本当に私の脳が魔素に色があると〝認識〟しちゃったせいみたい。

でもフェルドもあの女の師匠も魔素は『感じろ』と言っていた。では『視る』というのは異端なのかもしれない。今の私だと周囲の魔素を感じるのは数メートルが限度だけど、『視る』のならもう少し遠くまで分かる。

これは、私の〝武器〟になる予感がする。もう少し魔素を感じる感覚を鍛えれば、目で視る魔素の範囲も広がるかもしれない。今の認識を強く意識して、ハッキリと色を視えるように鍛えよう。

私は魔素を〝色〟で『視る』ことと感覚で『感じる』ことを意識しながら、日課にした野草と黒ベリーの採取をはじめた。食料は本当に心許ない。干し肉やチーズは明日の分で終わるのでそろそろ町に向かうべきだろうか。

途中で寄った小川の上流で洗った黒ベリーを食べて顔も洗う。口をよくゆすいで削った薬草の茎で歯を擦るのは、両親が生きていた頃から何度も言われてきた習慣のようなものだ。

最後に【流水(ウォータ)】で水筒に水の補充をしながら、昨夜最後に出来たことを考える。魔素の色が視えるようになって、周囲の色を意識して属性として吸い込み、私の魔力の色を合わせることで、私の気配が森に溶け込んだような気がした。これが気のせいでないのなら隠密にとても有利になる。

「…………」

魔素に色があると意識して目を凝らすと、周囲の景色が薄く色付き、見えていないところまでも〝視えて〟くる。昨日の感覚を思い出しながら呼吸で魔素を取り込み、私の中にある透明な無属性の魔力を、周囲と同様の〝色〟に染めあげていく。

周囲には属性の魔素が溢れているのに、どうして自分の魔素は無属性になるのだろう？　魔力を使いすぎると飢餓状態になるのは、この世界の生物は魔素も栄養素の一つとして取り込んでいるからだ。だとしたら身体が魔素の属性だけを栄養として取り込んでいるということだろうか？

考察は後にして、隠密ができるかと、周囲の魔素を確認しながら、大地の黄色、水の青、風の緑、闇の黒は少なめにして、その代わりに光の白を多めに取り込んだ。

完全に同じにはならない。吸い込んだ属性の割合と言うよりも、その割合を微調整する私の魔力制御が未熟なのだろう。しかも少し移動すると周囲の魔素の割合が変わるので、その度に魔力の微調整が必要だった。……これを隠密中ずっと続けるのか。

フェルドも隠密行動中は、周囲の魔素の流れを読んでそれに合わせろと言っていた。魔素の流れ……魔素の密度を合わせることと、無意識に属性を合わせるのだと言っていたのかもしれない。

すごく面倒……でもまぁ、やるしかないんだけどね。

魔力の色合わせを鍛錬しながら野草集めを再開する。山菜類は昨日で懲りたので、薬に使えそうな薬草類を中心に摘んでいく。

一般家庭で常備薬として使われる薬草は比較的どこにでも生えている。これは怪我をしたとき雑菌の繁殖を抑え、食べれば軽い食中毒の腹痛を治す、消毒効果のある毒消しの一種らしい。

その時、不意に近くの藪から緑蛇が現れた。緑蛇は野ネズミより大きな獲物は襲わない大人しい蛇だ。それでも危険になれば襲ってくるし、噛まれれば一時間は麻痺してまともに動けなくなる。人里ならともかくこんな場所で麻痺なんてしたくない。

「…………」

だけど、緑蛇はすぐ側にいる私に気づかなかった。魔力を合わせているので私がいるのが分からない？　あの女の〝知識〟では、蛇は生き物の熱を感じることができるらしい。だとすると魔力を合わせることで熱感知すら誤魔化すことができるのか。いや、この世界の蛇は生物の熱ではなく魔力を感知しているのかもしれない。どちらにしても、この短期間で野生動物に感知されない程度の隠密が出来ていることは素直に嬉しい。

私は周囲の風の流れと合わせるようにナイフを抜くと、そのまま刃を緑蛇の頭部に振り下ろす。暴れて腕に絡みつこうとする緑蛇に、私は慌てずにゆっくりと深く突き刺し、それから首を斬って食料とするため絞り出すように血を抜いた。

午後はナイフの鍛錬と新しく作ったスリングショットの練習をした。ナイフは短剣術の型を正確になぞるだけ。たまに魔力残量を気にしながら身体強化も使って繰り返す。基本的に近接戦闘スキルレベル1になるのに時間がかかるのは、身体を動かす基礎となる身体強化や体術を覚えていないからだ。だから身体強化を織り交ぜて鍛錬すれば、習得は他の子どもより早いと予想している。

スリングショットは小川にあった小石を何度も木の幹に投げつけた。初めは真っ直ぐに飛ばなかった石も一時間も続けると多少は当たるようになってきた。それでもまともに当たるのは三メートルが限界で、命中率を上げるにはさらに鍛錬が必要だ。

「……あれ？」

でもその時、不思議な現象に気がついた。スリングショットの練習をする時に魔力を全身に流す訓練も同時にしていると、不意に命中率が上がったような気がしたのだ。

無意識に身体強化をしていたのか……でも身体強化にそんな効果があるの？　知識を調べてもそんな記録は見あたらない。もう一度全身に魔力を流しながらスリングショットを持ってみると、私の髪で作った紐の部分だけに微弱だけど魔力が流れている。

私から切り離されても、髪の毛には私の魔力がわずかに残っていて、私の魔力に反応して流れるように馴染んでいた。自分の魔力を認識できた私は血の流れに沿って魔力を流している。身体強化は血の流れで勝手に魔力が流れているのだと思っていたけど、もしかしたら私は自分の意志で魔力そのものを動かしていたのかもしれない。

だとしたら、無意識のうちに髪の毛を身体の延長として動かし、命中を微妙に補正していた可能性もある。スリングショットを身体の延長だと意識して魔力を流せば、命中率がさらに上がるかも。

このことは新たな〝武器〟として使えそうだと感じて、まだ明るいうちに切り落とした髪の毛を使って〝新しい武器〟の製作をはじめた。そして――

「……使えるかも」

夕暮れの中、製作したそれを使ってみて、ギリギリ……相手が油断してくれる前提だが、戦える術(すべ)が増えたと考え、私は次の段階である隣町へ向かおう。

その日のうちに水の補充と荷物の整理をして、最低限の荷物とお金の半分を襲ってきたあの女の鞄に詰め込み、翌朝、空が明るくなりはじめると同時に出立した。

この野営地から隣町までは、おおよそ、大人の足で朝早くに出て夕方までに辿り着ける距離にある。まだ幼い私の場合は五割増し程度に見ればいいだろうか？

歩きながら魔素の〝色〟を感じ取る訓練をして、たまに身体強化も織り交ぜていく。時間経過を知るのは自分の感覚と太陽の角度だけなので、魔力の使いすぎには特に注意した。

それでもやれることなら出来る限りやっておく。私はこれまで習得していなかった残りの生活魔法、【灯火（ライト）】と【暗闇（ダーク）】もこの時間を使って練習することにした。

【灯火（ライト）】は小さなロウソク程度の明かりを灯す魔法で、【暗闇（ダーク）】は光を遮り【灯火（ライト）】の効果を打ち消すこともできる。この二つを後回しにした理由は、他の魔法と違って原理が分からなかったからだ。

水なら空気中の水分を集めるイメージで事が済み、属性の〝色〟を認識するようになって、意識して水属性の魔素を集めることで水を多く出せるようになった。だとしたら光の白い魔素を集めることで使えるようにならないだろうか。

「【灯火（ライト）】」

唱えた私の手の中に小さな光が灯る。そこにあると分かっていなければ気づかないほどの小さな光は、気を抜いた瞬間に消えてしまった。

光属性を集めるだけではダメなのか？　【灯火（ライト）】が成功していれば三十分程度は光が持続するはずだ。そういえば孤児院で見た【灯火（ライト）】は物にかけていた気がする。自分から魔力を切り離す。持続させるにはその魔力を少しずつ燃焼……炎の酸素のように燃料として消費させれば……。

「……【灯火（ライト）】」

試しにナイフの先に【灯火（ライト）】をかけてみると、眩しいほどの光が広がった。

「だ、【暗闇（ダーク）】っ！」

慌てて闇の魔素を集めてぶつけると、【灯火（ライト）】の光は闇と相殺するように消えていた。

さっきの強い光は、燃焼させるイメージを持ったせいだろうか？　切り離した魔力が拡散するのではなく瞬く間に燃え尽きたような感覚があった。これは練習しないとまともに使えない。でも咄嗟（とっさ）に【暗闇（ダーク）】も使えたのでこれで満足しよう。


すれ違う馬車や旅人は森の中に入ってやり過ごし、森の中でベリーを摘み、少量の火で炙った最後の干し肉とチーズを胃に収めた。残る食料は森で採れる黒ベリーと野草のみ。私のスリングショットではまだ兎は狩れないし、蛇を探してもよかったけど、私は町へ行くことを優先した。

夕方になり陽が沈みはじめ、私は【灯火（ライト）】を使ってさらに進むか、森の中に潜んで朝を待つか悩みはじめた時、ふと自分の変化に気がついた。

「……夜が見える」

たった二日。でもその時間を使って魔素に属性の色があると〝認識〟を強めた結果、うっすらとだけど植物や地面や空が、属性ごとの色で判別できるようになっていた。

さらに意識を集中すれば、無属性である動物の位置さえ見える気がした。明確に分かるのは半径十五メートルくらいか。でもそれだけ分かれば夜を歩くこともできる。

私は一度森の中に潜ると水属性の『青』を捜して、それを多く含んだ黒ベリーを摘んでおく。今日は体力が続くまで先を進もう。身体強化を小まめに使っていたおかげか、まだ疲労感は薄い。

少しだけの食事休憩を終えると、周囲の魔素に色と大きさを合わせて気配を消しながら街道を進む。

それから何度かの休憩を挟みながら夜道を進んでいると、深夜になってようやく、初めて見る隣町の大きな壁が私の目に飛び込んできた。

スラム街

深夜になって、ようやく隣町に到着した。二階建ての屋根ほどもある石壁に覆われたその町の門はすでに閉じられている。でも門が開いていたとしても、森の探索と特訓で薄汚れた〝浮浪児〟では中に入るのは難しいと考える。どうして浮浪児が町に入るのが難しいのか？　それはこの国では身分によって行動に制限がかかるからだ。

〝知識〟だと、この大陸の国々では大まかに別けて人は四つの身分に分類されるらしい。

まず、支配階級である『貴族』。彼らは国内ならどこにでも移動できるし、理由があれば他国にさえ行くこともできる。

次は、『平民』。国民、領民として税金を払う人たちで、戸籍登録した貴族の領内……ここだと男爵領の中ならどこにでも移動できるが、他の貴族領に行くには税金として銀貨一枚の通行料がかかる。

その下に位置するのが『自由民』と呼ばれる家を持たない人たちだ。彼らは税金を払わない代わりにどこに行くにも制限がかかり、街に入るには毎回銀貨一枚の通行料を払わないといけない。

最下層に位置するのが『奴隷』だ。要するに身売りをした人たちで、一般的には農奴と言えば分かりやすいかも。主人の下で畑を耕し、収穫量に応じて給金をもらう。その範囲内なら家族を持つこともできるけど仕事を辞める自由はない。あの孤児院の老婆が孤児を売っていたように、貴族や富豪が不法奴隷を愛人として囲うこともあるけど、これは一般的じゃないので除外する。

今の私の立場は『自由民』で、町に入るには銀貨一枚の税金がかかる。しかも、戸籍もなく住民でもない自由民は、犯罪行為を受けても衛兵が動いてくれない危険があり、厄介な門番に当たったら、浮浪児だと有り金を奪われて奴隷にされることもあるようだ。

私がわざわざそんな危険を冒してても町に入りたいのは、食料の補充だけじゃなく、私でも使える武器と〝ある物〟が欲しかったからだ。

一応、自由のない自由民でも、冒険者ギルド、商業ギルド、魔術師ギルド、錬金術師ギルドの四つのどれかに所属すれば、ランクに応じて『平民』に近い待遇も得られるが、そもそも登録が簡単な冒険者ギルドに所属するにも戦闘系スキルが1レベル必要になるので、今の私ではどうやっても無理だった。

話を戻すと、以前まで住んでいた田舎町とは違い、領主である男爵が住むこの大きな町に正面から入るのは難しい。でも、あの女の〝知識〟が町に入るための裏技を教えてくれた。

周辺の森の木の上で仮眠を取り、明け方近くになって壁の外側を探索すると、明るくなってきた頃にようやく目的のものを見つけた。

外壁近くの森を歩く二つの人影。……子どもかな？　彼らは森の中で野草を採取して、器用に蛇を一匹捕まえると、また壁のほうへ戻っていく。その子どもたちは辺りを窺うようにして壁の近くにある藪の中へ入ると、そのまま姿を消してしまった。

私も気配を消しながらそこへ向かい、藪の中を調べてみると、壁の下に板を被せて隠してあった子どもが通れるほどの穴を発見する。……やっぱり。スラム街があるような大きな町だと、そこの住民が外に出るための手段があるとあの女は知っていた。

私は目立つピンクブロンドの髪の艶（つや）を消すために取っておいた灰を頭にまぶし、それから顔半分を隠すように首元に布を巻くと、息を殺すようにしてそっと町の中へ侵入した。

「…………」

小さな子どもがしゃがんで通れるほどの穴を抜けると、出口の板を静かに持ち上げて外の様子を窺う。案の定スラム街のようで、辺りに人の気配がないことを確認し、穴から出て板を被せて痕跡を消すように元通りにしておいた。

さて……浮浪児でも買い物ができるお店はどこにあるのかな？　表通りではなく、スラム街の中かスラム街に近い低所得者層の辺りか。私はちゃんと自分の髪の艶が灰で消えていることを確認して、気配を周囲の魔素に合わせながら周辺の探索を開始した。

この辺りは古い住居地区のようだ。朽ちて壊れた扉や窓から建物内を覗いてみると、食べ物が腐ったような饐（す）えた臭いがした。人の気配はほとんどないけれど人が住んでいた跡はある。今は人の気配を感じない。夜にしか戻ってこないのか分からないけど、それよりも町の中は森の中ほど属性のある魔素が無いので、気配を消すのに苦労した。

無機物が多く自然が少ない。全然ないわけじゃないけど、光属性と闇属性と無属性が大部分を占めているような感じがして、属性だけじゃなく大きさも合わせないと上手く気配を消せない。

　これはまた森とは別の訓練が必要だな……。少し気疲れして辺りを見回すと、井戸を見つけたので少し水を貰おうかと考えた。気疲れしたときに魔法を使いたくない。その井戸は涸れてなくちゃんと水があったけど、少し濁っているような気がしたので布を濡らして汗を拭くだけにしておいた。すると、そんな私に近づいてくる微かな気配を感じた。

「おい、お前っ、誰の許しで井戸を使ってるっ！」

　少し離れたところから聞こえたその声は……子ども？　ゆっくり振り返るとそこには薄汚れた貫頭衣を着た十歳くらいの少年と、私と同じ歳くらいの女の子がいた。

　……ああ、壁の外で見かけた子たちか。髪や瞳の色が似ているのでおそらく兄妹だろうか。その少年の精一杯の脅すような声に、私は食事を奪い仕事を押し付けていた年上の孤児を思い出して思わず睨み付けると、少年と少女は少し怯えた顔をした。

「こ、ここは俺達の縄張りだ！　井戸を使うなら金を払えっ！」

「…………」

　町の井戸は個人の物ではないはずだけど？　そんな浮浪児の理屈に付き合う謂われはないが、どこにも最低限のルールはあると思い直して、指で銅貨を一枚弾いて少年の足下に転がし、そのまま立ち去ろうとするとまた少年が声を張りあげた。

「お前っ！　金があるならもっと寄越せっ！」

「に、にーちゃんっ」

　私がお金をあっさり出したことで少年の欲が勝ったのだろう。その隣で妹が止めさせようと少年の袖を引いていたが、彼はそれを振り払って私に向かってきた。

バシッ！

「うわっ⁉」

私はそれを待つまでもなく、全身に魔力を流しながら脚にぶつかるようにして彼を押し倒し、動転する少年に馬乗りになって冷たく見下ろしながら、ナイフを抜いて振り上げた。

「い、いやあぁっ！」

ナイフを振り上げた私に女の子がぶつかるように飛び込んできた。私はすぐ転がるように彼女を避けて、受け身を取りながらナイフを構える。でも女の子は兄にしがみついて泣いているだけで、こちらを攻撃しようとする意思は見られなかった。少年のほうもすでに戦意はなく、私に刃を向けられて殺されかけたことで、へたり込んだまま顔を青くして震えていた。

私がナイフを構えたまま近づくと、少年は怯えた顔でビクッと震えながらも、しがみついたままの妹を守るように抱きしめる。

「……浮浪児でも物を売ってくれる店はどこにある？」

「……あ、あっち……二つ先の区画……」

「そう？　ありがと」

やりにくいな……。とりあえず知りたいことは分かったし、戦意を失った彼らを殺すことも関わるつもりもないので、私がそのまま離れようとしたその時、背後から大人の声が聞こえた。

「おらあ、ガキ共！　こんなところで何やってやがる！　この井戸を使いてぇのなら金を払えって言ってんだろっ！」

少し気になって振り返ると、赤ら顔の薄汚れた男が、へたり込んだ兄妹を脅すように酒瓶を振り上げていた。ああ、なるほど。この男が井戸を使って浮浪児から金をせしめていたのね。

「お、俺たちは使ってないよっ！」

「うっせぇ、知るかっ！　なんでもいいから金払えや！」

「いやあぁっ！」

男は妹のほうを引き剥がすと、少年が握っていた硬貨を取り上げる。

「ちっ、銅貨か。しけてやがんなぁ」

「や、やめてくれ、おっさんっ！　それはシュリにパンを——」

「だったら盗みでもなんでもやって、稼いできやがれ！」

男が酒瓶を少年たちに振り上げた。あんな物でも当たり所が悪ければ子どもなんて簡単に死ぬ。

「…………」

その瞬間——私の頭に、麺棒を振り上げて孤児たちを叩いていた、あの老婆の顔がよぎった。

ヒュンッ！

「ぎゃっ!?」

石が頭を掠めて、酔っぱらいの男が悲鳴をあげて頭を抱える。

少年と少女の驚いた顔が目に映る。でも一番驚いていたのは、関わらないと決めていたはずなのに、咄嗟にスリングショットで石を投げてしまった私自身だった。

「……こ、ここ、このガキがっ!!」

私が石を投げたと気づいた男が一瞬で激高する。

ガシャンッ！

男が陶器の空瓶を井戸に叩きつけて凶悪な武器に変えた。男は酔っている。でもたとえ相手が酔っぱらいだとしても、数日鍛錬しただけの子どもが正面から大人に挑んで勝てるはずがない。

「あ、待てっ！」

だから私は、即座に背を向けて逃げ出した。

逃げる私と追ってくる酔っぱらい。その隙にあの兄妹が逃げてくれたらいいと思っていたが、今は私のほうがよっぽど危機的状況にある。かなり怒っているのか男は執拗に追ってくる。私は腰帯からある物を取り出し、建物の角を曲がって待ち受けた。

この場合は突然攻撃をした私が悪いのか。でも私は大人しく殺されるわけにはいかない。そうして追ってきた酔っぱらいが建物の角から顔を出した瞬間、私はそれを勢いよく振り下ろした。

ガンッ！

「………ぁ……」

酔っぱらいの男は脳天に一撃を食らい、よろめくようにしてうつ伏せに倒れた。

上手くいった……。私が使ったのは、私の髪を縒り合わせて作った一メートル程の紐の先に、布で包んだ重りを仕込んだ新しい武器だった。重りには石ではなく銅貨を十枚ほど入れてある。まともな銅は鉄よりも重い。しかもコインには鋭角な部分があり、遠心力と魔力で強化されたその衝撃は〝面〟ではなく鋭角な〝点〟となって炸裂する。

私は即座にナイフを抜きながら男の上に乗り、倒れた男の延髄に刃を深く突き刺してトドメを刺す。生かしておいても厄介の種にしかならない。襟元の布を寄せて血が噴き出さないようにナイフを抜き取り、物取りに見せかけるため男の荷物を漁る。

汚い財布に小銀貨が三枚と銅貨が五枚入っていた。私はそれを確認すると、逃げなかったのか様子を見に来て青い顔で震えている少年に、硬貨の入った男の財布を投げ渡した。

「それで死体を始末して。スラムの住人なら知っているでしょ？」

「…………」

そう言うと財布を受け取った少年は無言のまま何度も頷いた。

スラム住人の命は軽い。マフィアに属していないのなら尚更だ。それは浮浪児であるこの兄妹も……そして〝私〟も一緒だ。

だから私は自分が〝生きる〟ために、相手が誰であろうと、それが〝敵〟なら容赦をするつもりはない。

私は何も言えずに怯える兄妹に冷たい視線を向けてから背を向けると、即座にこの場を離れて聞いていた店の方角へと歩き出した。

初めての買い物

少年から聞いた『浮浪児でも売買ができる店』に行ってみる。老婆の隠し金とあの女が持っていた金は銀貨で十五枚と小銀貨で八枚だ。銅貨は武器の重りにも使っているので除外して、半分は他の荷物と一緒に野営地に置いてきたので、手持ちは銀貨七枚と小銀貨が八枚だけになる。

その店はスラム街と低所得者区域の中間辺りにあった。ここまで来るとあまり危険はなさそうだが、たまに嫌な視線を感じる時があったので警戒はしていく。

店の中に入ると右側の棚にはわずかな食料品が置いてあり、左側は雑貨で、奥には目付きの悪い老人が店に入ってきた子どもの私をジロリと睨みつけた。

「目付きの悪い、薄気味悪いガキだな」

「…………」

目付きが悪いのはお互い様だ。それにしても私が気配を消していたせいか、〝血の臭い〟でも嗅ぎ取ったのか、ガキは帰れと追い出されることはなかったが警戒はされたようだ。

「投げに使える小さな刃物が欲しい」

「そこの棚に並んでいる奴だけだ。他のが欲しけりゃ鍛冶屋に言いな」

顎(あご)で示されたその棚には包丁や解体用の鉄の刃物が並んでいた。小さいのもあるけど、今の私が投げるには少し重い。

「それと鑑定水晶はある？」

今の私が町に来た一番の目的は、ステータスを調べる鑑定水晶を手に入れることだった。

鑑定スキルを覚えるには何十回も使わないといけないが、それよりも今の自分の力を把握して検証を行うためには、少ない銀貨を使ってでもそれが必要だと判断した。

「一つ銀貨四枚だ」

「相場より高いね」

相場は銀貨三枚だとフェルドは言っていた。

「ここはそういう店だ。嫌ならまともな店で買え」

なるほど。ここはそういう店ね。

「なら廃棄品はある？」

私がそう訊ねると店主が顔を顰めた。やっぱりあるか。新品の鑑定水晶は透明で使うと少しずつ濁っていく。大抵の水晶は十回ほど使えるけど、途中で死んだ冒険者の中途半端に使った鑑定水晶はどうなるのだろうか？　まともな冒険者ならともかく、日雇いのようなその日暮らしの冒険者なら、もしそんな物を拾ったら使わずに集めて売るんじゃないかと考えた。

あの女の記憶でも、拾った鑑定水晶を集めて売っていた。そんな廃棄品はまだ使えるかどうか分からないので普通の店では扱わない。だから、そういう店で鑑定を覚えたい人がまとめ買いをしているんじゃないかと考えたのだけど正解だったみたい。

「そっちに転がっている箱にある。纏めてなら銀貨八枚。バラなら一個小銀貨一枚だ」

「選んでもいい？」

「金はあるんだろうな？」

「あるよ」

懐から銀貨を一枚出して店主に見せつける。それで信用されたわけではないけど、廃棄品を選ぶことを「勝手にしろ」と許可してくれた。

廃棄品の鑑定水晶の場合、わずかに魔力は残っていても全く使えないハズレ品が混ざっている。そして中にはあと三回以上使える当たり品もあるはずだ。箱の中身には百個ほどの廃棄水晶が入っていた。それを銀貨八枚で買って五十回も使えたら大当たりだけど、下手をすれば全部ハズレという可能性もあるので、私はそんな賭けをするつもりはない。

「…………」

普通なら水晶の微弱な残り魔力を判別することはできない。だからこそ安く売っているのだが、私はその中から悩むこともなく二十個の廃棄水晶を選んで、店主のいるカウンターの上に並べた。

「丈夫な背負い袋も欲しいけどある？　これ入れて」

「ハズレても文句は言うなよ。水晶が全部で銀貨二枚。背負い袋は革の奴なら小銀貨八枚だ」

「言わないよ。物も値段もそれでいい。小さい銅の水筒に、こっちの携帯食料と塩、あとは砥石と……これもちょうだい」

「鉄串か……」

少し太めの鉄串が三本転がっていたのでそれも買う。クビになった料理人が職場から盗んだ物を売りに来たのかな？　煤がこびりついて真っ黒になっているけど、もしかしたら鋼かもしれない。

確かに料理人か毎日のように野営をする人じゃないと、そんなものは使わないけど、売れて驚くらいならなんで売っているの？　あとは塩の小袋を一つ、鹿の干し肉を一塊、干し野菜を一袋で小銀貨四枚。小さい銅の水筒は小銀貨七枚と少し高い。鉄串と砥石は小銀貨二枚だった。

「はい、銀貨四枚と小銀貨一枚」

「ガキのくせに算術が出来るのか」

お金を得たことで私も〝知識〟を使って計算の練習は始めている。まだ足し算と引き算しかできないし、それ以上は地面に書かないと計算できないけど、頭の中で考えてお金を出した私に、店主が銀貨の重さを秤で確かめながらボソリと呟いていた。

「買い取りは何ができる？」

「なんでも買い取るが、そこらのガキみたいに、どこにでも生えている薬草なんて持ってくるなよ。大人しく外で兎でも狩ってこい。ちゃんと処理していれば小銀貨一枚で買ってやる」

「わかった」

買った物を背負い袋に詰めて店を出ようとした私に、店主が不機嫌そうな声をかけてくる。

「おい、〝灰かぶり〟。まともな武器が欲しいなら、この通りの端にあるドワーフの鍛冶屋に行け。偏屈な爺だが、雑貨屋の爺の紹介だと言えば、金さえ出せば作ってくれるだろうよ」

「……うん」

灰かぶり……って私のことか。それにこの爺さんに偏屈って言われるドワーフって、どれだけ偏屈なのだろう。

「……なに？」

店から外に出るとあの兄妹が待ち構えていた。まだ私に用があるのか。ジロリと睨み付けると、兄のほうが若干怯んだ顔をする。

「あ、あれ、ちゃんと捨ててきたからっ」

「うん」

そんなことか。

「そ、それと、……誰にも言わないから」

「うん」

「そ、それとっ」

まだ何かあるのか、少年はあちらこちらに視線を巡らせ、妹がそんな兄の袖を引く。

「お、俺はジルだっ！　覚えとけよっ！」

「うん？」

「私はシュリっ」

話が進まない兄の後ろから妹のほうがそう言った。なんで唐突な自己紹介？　もしかして私の名前が知りたいとか？　どうしてこの二人が、あそこまで脅された相手に近づいてきたのか分からないけど、この兄妹が奇妙な気を起こさないのなら、名前程度は教えてもよいかと考えた。

「私はア……」

いや、本名はやめておいたほうがいいか。あの孤児院で私の名を覚えている子どもがいるかもしれないし、あの『乙女ゲーム』とやらで、親族を自称する貴族が関わってきたら面倒になる。

「私は、アリア」

随分適当だが『アーリシア』と変えすぎると自分と認識できないので変えすぎないほうがいい。私がそう名乗ると兄のジルは小さく「女みたいな名前だな……」と呟き、妹のシュリは兄の後ろに隠れたまま、頬を赤く染めながらコクコクと頷いた。

「……？」

どうして赤くなる？　私を見つめるシュリの瞳が何故かキラキラしていて、私は妙に居心地が悪く感じた。……まぁ、どうでもいいか。それほど関わるわけでもないのだから。

その後、この辺りに何の店があるのか確認して、パン売りの屋台で小さめの黒パンを一塊購入した。

小さいのに重い。でもこれでしばらくは持つだろう。

スラム街が近いからか、私が子どもでしかもお金を持っていると分かって、纏わり付くような視線を感じる。あの酔っぱらいと違って、初めから私を襲う気がある大人と戦うのはまだ無理だ。お金がある場合は、森の中より町のほうがよほど危険に思えた。町で必要なものは多いけど、普段は森の中にいて力を付けるまでは森の中で鍛えたほうがいいかもしれない。

「…………」

「「……」」

そんなことをしている間も、あの兄妹が私の後を少し離れてついてきていた。

もしかして浮浪児仲間が欲しいとか？　信用できて戦いができるのなら少し考えてもいいけど、今の私も自分のことだけで精一杯なので諦めてもらうしかない。私は意識して気配を消し、彼らを振り切ると、そのまま町の外に出る隠し穴から外に出てようやく息を吐く。

この辺りを仮拠点にしてもいいのかもしれないが、この町より北は魔物が出る可能性があるから、やはり街道沿いで危険な生物が少なく水場もある野営地に戻るのがいいように思えた。

でも戻る前にやることをしてしまおう。一旦背負い袋を下ろしてその中から廃棄品の鑑定水晶を一つ取りだした。半端に使われた水晶からは微弱な魔力しか感じられない。でも私の〝目〟は、そこから漏れ出る魔力の〝色〟を視ることができる。

複数の属性が滲み出る『色が濃い』二十個の鑑定水晶は、たぶんまだ三、四回の鑑定ができるはずだ。店主には悪いけど、判別できるのにハズレを買うバカもいないので私も選ばせてもらった。

スキルとして覚えるまで何十回も使っていられない。できればここにある水晶だけで鑑定を覚えたいと考えている。そしてあらためて水晶を覗きながら『鑑定』と念じると、水晶の中に現在の私のステータスが表示された。

▼アリア（アーリシア）　種族：人族♀
【魔力値：37／45】△32UP　【体力値：23／32】△6UP
【筋力：3】【耐久：3】【敏捷：5】【器用：5】
《生活魔法×6》NEW　《魔力制御レベル1》NEW
《隠密レベル1》NEW　《暗視レベル1》NEW　《探知レベル1》NEW
【総合戦闘力：23】△2UP

……驚いた。さすがに戦闘系スキルは一つも覚えていなかったけど、何も無かったはずのスキルがいきなり増えていた。おそらく魔素の属性を〝色〟で視るようになったことで、《隠密》《暗視》《探知》といった魔力系スキルが解放されたのだろう。これで短剣術のスキルを覚えたら、まるで盗賊か暗殺者見習いみたい……。

体力値がずっと減ったままなのは、ダメージがあるのではなく今の生活で疲労が抜けていないせいか。魔力値が随分と増えたのは生活魔法や魔力系スキルのおかげだと思う。たぶん、スキルが魂に『焼き付け』されることで、それだけの魔力を蓄積できる『下地』が出来たのだと推測する。

でも魔力値が増えたのはちょうど良かった。魔力値が45もあれば一時間に4は回復するはずだ。このくらいあれば魔力系スキルの鍛錬を増やすことができる。

昼近くになり、干し肉とナイフで削った黒パンを少し囓ったあと、すべての荷物を背負って身体強化の練習をしながら移動を始める。さすがに荷物が重いけど、なんとか来た時と同じくらいの時間で野営地まで戻ることができた。

私……少しずつ成長している。

魔法の世界

私がサバイバル浮浪児生活を始めてから二週間が経過した。ちなみに、この大陸では一週間を『精霊週間』と呼び、光・闇・土・水・火・風・無の七つの曜日に分かれて光の曜日が休息日となる。仕事の始まる闇曜日に『世界に闇が訪れた』と嘆くのは、鉄板のおじさんギャグだ。元々は安息を司る闇が休息日だったのだが、聖教会が無理矢理光曜日を休息日に替えてしまったそうだ。

二週間を過ごして森の生活には慣れたけど、この国が大陸南部にあり気候が暖かだからなんとかなっているだけで、これが真夏や真冬ならとっくに野垂れ死んでいた可能性もある。

この二週間は、老婆のことやあの酔っぱらいのこともあって警戒をしていたけど、特に追っ手がかかるようなことはなかった。

いつも通りの鍛錬と魔力制御の基礎修行は続けている。その間、町にはもう一回顔を出して、森生活に足りないものを補充した。その時にあの兄妹も見かけたけど、あの時に酔っぱらいの財布を渡したせいか、まともな物を食べたようで少しだけ顔色が良くなっていた気がした。

とりあえずあの二人とは、他人以上知り合い未満と言った感じで、兄のジルは何故か私をライバル視しているようだが、妹のシュリのほうは私を見つけると満面の笑みで手を振ってくる。

発見したあの魔力を自分の延長として髪の毛を動かす現象は、何度か試した結果、振り回したときに数センチ動かせる程度だと分かった。やっぱり世の中そんなに甘くない。それでも百回ほどやってみると命中率が二割程度に上がって威力も少し増えた気がした。

それよりも問題は元が髪の毛を結んで長くしているだけなので、何十回か使っているとほつれてしまうことだ。たぶん、私の器用度が低いことが原因だと思うけど、何度も髪を編み直しているせいでいつの間にか器用度が1だけ増えていた。

▼アリア（アーリシア）　種族：人族♀・ランク0
【魔力値：43／52】△7UP　【体力値：28／36】△4UP
【筋力：3（4）】【耐久：4（5）】【敏捷：5（6）】【器用：6】△1UP
《無属性魔法レベル1》NEW
《生活魔法×6》《魔力制御レベル1》
《隠密レベル1》《暗視レベル1》《探知レベル1》
【総合戦闘力：24（身体強化中：26）】△1UP

まだ短剣術スキルは覚えていないけど、その代わりに無属性魔法を1レベル習得していた。鑑定スキルもまだ覚えていないが、集中して使うことでだいぶ精度も上がっている気がする。

スキルレベルのある無属性魔法は【身体強化】と【戦技】なので、私は本来なら近接戦闘系スキルと一緒に覚えるはずの【身体強化】だけを先に習得したのだろう。

戦闘力の上昇値から考えると、身体強化レベル1で一割の強化というところか。

……ってことは、フェルドは身体強化をレベル5……つまり近接戦闘スキルも一般人の限界であるレベル5まで使えるってことになる。どうりで強いわけだ。

魔力系ばかり覚えているのは、私の身体がまだ小さいから身体系スキルを扱えていないのだと思う。身体強化があるから近接戦闘スキルは早く覚えられると言われたが、二年から三年で覚えるスキルを半年で覚えられるとしても、今の私にはそんなに時間をかけている余裕はない。

型を正確になぞるだけじゃダメなの？　何かコツのようなものがあるのかも。

魔力が増えたのは、魔力の訓練と無属性魔法である身体強化を覚えたおかげだろう。でも体力値が増えたのは森の生活に慣れただけじゃなく、脚の関節からくる痛みのせいだと思う。

突然感じはじめたこの脚の痛みを、最初は過度な鍛錬と疲労からくる筋肉痛だと考えていたけど、私の中にある〝知識〟がそれを『成長痛』だと教えてくれた。

人の身体は急激に成長するとき、そんな現象が起きるらしい。でもそれは十歳を超えてもっと身体が大きくなってからのはず。ではどうして七歳の私にそんな現象が起きているのか不安になって〝知識〟を調べてみると、魔力に関するある情報が浮かんできた。

平民だとあまりないけど、幼い頃から魔力を鍛えている貴族の子どもは、身体の成長が早いらしい。貴族は成長が早く老化が遅い。それは貴族が神に選ばれた尊き蒼(あお)き血を持つ、支配者階級だから……と、貴族の一部が自分で言っちゃっているようだが、あの女の師匠によると単純に魔力が多いとそういう現象が起きるみたい。

確かに今の私の魔力はそこら辺の大人よりも多い。でも〝知識〟にある貴族でも、七歳程度で成長が早くなった例は少ないはずだ。たぶん、スキルの数や戦闘訓練が影響していると考えるよりも、七歳児からこんな切羽詰まったような訓練をしてないからだと思う。

要するに今の状態を纏めると、私が大人並みに魔力が大きくなったから、身体が急成長しているので関節が痛い。だから身体を休めれば治るというわけじゃないので訓練を休む理由がない。それでもやはり効率は悪いので、今は『魔法』のほうを重点的に練習することにしている。

その前に私はなんの魔法を覚えたほうが良いのだろうか。

何を選ぶかを考える前に、まず、『魔法使い』の系統が重要になるはずだ。

一つ目は、ずっと考察をしている、自分の魔力を使って周囲の魔素に干渉して、属性魔術を行使する『魔術師』だ。これが一番一般的な『魔法使い』で、どの状況でも使えるので使い勝手がよい。でも欠点として、使用者の精神力によって威力や効果が違ってくる。そして熟練度によっても違うが、長い精神集中が必要なので、魔術を行使している間は無防備になりかねない危険があった。

二つ目は、周囲にいる精霊に自分の魔力を『対価』として『お願い』をすることで、精霊に力を行使させる『精霊術師』だ。精霊との親和性を高めれば魔力の消費を抑えられるし、人間が扱う魔術より高威力が得られやすい利点がある。その反面、精霊の機嫌が悪ければ威力が下がるし、石畳では土属性は使えず、洞窟では風属性を使えない。森の中で火を使うと水の精霊に嫌われる。

三つ目は、魔法陣を使って契約した精霊や魔物を呼び出す『召喚術師』がある。精霊術師と似ているけど、一回契約をすればよほどのことがないかぎり召喚したモノは術者に従い戦ってくれる。

召喚するときには精神集中は必要だけど、一旦呼び出してしまえば術者も戦士や魔術師として戦えるのが利点だが、その契約をするのに相手に気に入られるか屈服させる必要がある。そして喚び出している間は魔力を消費するので、高位の魔術師が護身用に覚えたりするのが普通らしく、初心者から始める人はまずいない。

そんなわけで私が魔法を覚えるとしたら最初から『魔術師』一択だったのだ。

魔術には六つの属性があり、自分に適した属性の魔術を使える。……というのが一般的な見解だけど、おそらく個人の属性とは、それまでの経験や好み、生活環境などに左右される好き嫌いなのではないかと考えた。そしてその属性を何度も使うことで、その属性の魔力を生み出す『魔石』が体内に生成されるのではないだろうか？

でも、こんな子どもの私でも考えるようなことを、これまでの魔術師が気づかなかったのか？ 気づいていて多くの属性を覚えないのは、習得時間の問題かもしれない。

得意な――好きな属性を十回で覚えるとしたら、苦手な属性を覚えるのに百回かかるとしよう。永遠の命を持つというエルフ種ならともかく、人族が魔術を極めようとしたら一つの属性でも何十年とかかるはずだ。だから、苦手な属性は切り捨てて得意分野を伸ばすほうが効率的だ。

そして魔術が得意なエルフにしても、森の中に住む森エルフは火属性が使えない。これは、森を焼く『火』を無意識に忌避しているせいだろう。

それと……『加護(チート)』のように何か隠された裏があるのかもしれない。とりあえず複数の魔術を練習するのは効率が悪いし、裏があるとして、私が覚える属性魔術は一つか二つがいいだろう。

だったらまず、どれが得意だとか色々試すのではなく、趣味嗜好が固まってしまう前に私の戦闘スタイルを考えて効率だけで選ぶべきだ。

単純に戦闘を考えるのなら火魔術が最適だ。大抵の生物には火が有効だし、火が燃え移れば延焼ダメージが見込める。弱点があるとすれば、その延焼ダメージが自分にも返ってくるかもしれないのと、炎は物理的な重さがないので放出系の火魔術は速度が遅い点にある。

例えば【火矢(ファイアアロー)】を撃ち出す呪文の場合、子どもが思いっきり石を投げる程度の速さしかないので、まともな戦士なら避けてしまう。土魔術の【飛礫(ストンブリット)】なら物理的破壊力があり、大人が使うスリングショットと同程度の速度を得られるはずだけど、魔力の低い【飛礫(ストンブリット)】では硬い鎧や盾で簡単に防がれる。

水系で氷の矢を作れるのなら速度もありかなりの威力を見込めるが、水魔術は対生物効果の呪文が多いので物理的破壊力は低い。風魔術だと目視が難しいので相手にバレにくく速度もある。でも対生物効果も対物理効果も他の魔術より低めだ。

光魔術は体力を回復させたり傷を癒したりできる。毒を消したりなど便利な呪文もあるけど、攻撃手段がとても少ない。闇魔術は幻術系やサポート系の呪文が多く、熟練すれば空間系の呪文を覚えて空間転移も出来るそうだが、そんな呪文は宮廷魔術師クラスじゃないと使えない。そして光魔術同様、闇魔術にも直接攻撃手段がほとんどない。

どれもこれも一長一短。そう考えると火魔術の攻撃特化の力があり、水魔術は傷を塞いで簡単な治療もできるから、どちらも使えたあの女は一般的な魔術師としては理想的だったのかも。

そもそも私は魔術に何を求めているのか？　生きるための手段としての〝武器〟が欲しいのであって、多少魔力が増えたといっても一般人の大人と同じか少し多い程度でしかない私が、多くの魔力を消費する攻撃魔術に頼るのは危ない気がした。

それに攻撃力なんて短剣術と投擲を鍛えればいいのだから、その補佐をするような系統を覚えるべきだろう。

——ヒュンッ！

投げた鉄串が地面に刺さる。私はあの鉄串を使ってこの二週間、投擲の練習をしてきた。

焦げた煤が付いて真っ黒に錆びた鉄串は、丸二日ほど砥石で研ぐと予想通り鋼造りで、そのままでは使いづらかったから先端部分を刃のように研いでみた。使えるようになるまで時間はかかったけど本当に鋼でよかった。これだけ手間をかけて、ただの鋳造だったらどうしようかと思った。

でもまだ、土には刺さるが木の幹には刺さらない。それじゃ全然駄目じゃないかと思うかもしれないが、まっすぐ飛ぶようになっただけで随分と上達した。

近接戦闘と投擲を補佐するためなら《光魔術》と《闇魔術》がいい。この二つがあれば、近接戦の後に自力で傷を癒やせるし、私の少ない体力も回復できる。

せっかく隠密系を覚えたし、特に闇魔術の幻惑系は相性がいいはずだ。

無理に正面から撃破するのではなく相手の裏をかき、罠を張り、駄目なら逃げる。正々堂々戦うなんて騎士様かフェルドのような筋肉オバケに任せればいい。

ではさっそく魔術の修行……と思ったけど、あの女は魔術の属性を調べるため一通り訓練はしたはずなのに、闇魔術のことをさっぱり覚えていなかった。

いや、興味がなかったから、初めっから師匠の授業を聴いていなかった可能性もあるのか……。

その代わり、光魔術はかなりの知識を持っていた。どうしてまたそんなに知識に偏りがあるのかと思ったら、どうやら『乙女ゲーム』の『私』が光魔法を使えていたので、必死になって勉強したらしい。

それだけ興味があってどうして覚えなかったのかというと、あっさり火魔術と水魔術を覚えて、そっちが愉しくなって飽きてしまったみたい。……魔術師は集中力が大事だとよく分かるね。

さて光魔術の訓練をしよう。魔術呪文は基本的に、スキルレベル２……魔術でいうと『第二階級』以上の魔術は、あの女のように師匠に弟子入りして習うか、魔術師ギルドに入門して欲しい魔術を買って教えてもらうしかない。

例外として貴族は魔術学園に入るので、基礎的な魔術はそこで教えてもらう。なら属性も分からない一般人はどうやって初歩の魔術を学ぶのか？　それはレベル１である第一階級の魔術だけは、魔術師ギルドが魔術師を増やすために本にして売り出しているので、それで覚えるみたい。

その属性魔法の修行は、呪文を正確に覚えて正確に唱えることからはじまる。

それと平行して呪文の意味を覚え、その意味が世界にどう影響するのか理解しないと呪文は発動しない……とあの女の師匠は言っていた。

まず『呪文』は、精霊が世界に干渉するための言語である『精霊語』を、古代エルフが人でも使えるように簡略化……まぁ、はっきり言うと劣化させたものみたい。人が使えるようにしたといっても元は思考形態さえ違う存在の言語なので、人間が理解するには何ヶ月も……下手をすると人によっては数年かかるそうだ。あの女は自分が使っている呪文の意味さえうろ覚えだったけど、光魔術の呪文だけは意味も（理解できなかったけど）覚えていた。

第一階級の光魔術は、【回復（ヒール）】と【治癒（キュア）】の二つなので、軽く御浚いする。

【回復（ヒール）】は体力を回復させて、身体の傷も強引に自然治癒させてしまう。だから知識の無い人が使うと、骨が曲がったままくっついたり、傷跡が酷く残ったりする。

【治癒】は自然治癒ではなく再生に近い。傷を完全に治療して痕も残らないけど、範囲が狭くて時間もかかり、深い傷を無理に癒すと本人の体力を消費して瀕死になったりもするらしい。

一般的な怪我なら【回復】で済んでしまうので、フェルドのように【治癒】を覚えていない人もいるのが実情だ。

『リティーワールストリザヒィカー』

その意味は、『その対象を癒せ』になる。……呪文が微妙に長い。人の言葉にすると短いのに呪文が長いのは何か意味があるのだろうか？　精霊語を人が使える単語にしたので無理が出たのかな？

【治癒】の呪文は――

『リティーシュワールボルデアンオストーリースステン』

その意味は、『身体を元に戻す』となる。……どちらも微妙に覚えづらい。あの女の〝知識〟だと微妙な発音の違いで魔術が発動しない時があったそうだ。唱えるときに韻を踏むと発動しやすいとかあるみたいだが、最終的な答えはあの女の師匠が口うるさく言っていたことが正解だと思う。

『呪文の意味を正しく理解して正確に唱える』。

とりあえず一度唱えてみよう。幸い……というべきだろうか森生活で細かい傷なら事欠かない。

「……リティワールストリザヒカー……」

……少し違う？　案の定それらしき魔術の発動もないし、鑑定水晶で視てみても魔力は減っていない。通常は最後に『回復』と唱えるが、『ヒール』は精霊語ではなく共用語で、呪文の一部ではなく『発動ワード』だ。要するによりイメージを明確化するために唱えるもので、これは省略しても構わない。それでも、無属性魔術でも身体強化はともかく、戦技はほとんどの人が声に出さないと発動しないらしいので、慣れないうちは付けたほうがいいのかも。

発音が悪かったのか意味の理解が足りないのか、最初の詠唱は失敗した。それから何度か少しずつ発音を変えながら試してみたけど、まだ【回復】の魔術は発動の兆候さえ見られない。

「…………」

少しあの女の〝知識〟を探ってみる。あの女の師匠が使っていた【回復】とフェルドの使っていた【回復】は同じものだけど、思い出してみると発音の印象は若干違う気がした。

フェルドは使えるまでに半年ほどかかったと言っていた。その間にやったことは、呪文詠唱の反復練習だけだったらしい。それでどうして使えるようになったのか？　やはり発音を繰り返すことで正確な発音を覚えていくのだろうか？　うろ覚えだけどフェルドが使った【回復】とあの女の師匠が使った【回復】を思い出して比べてみる。

……わずかだけど差違がある……気がする。実際、あの女が覚えていた呪文よりも師匠が唱えた呪文は、部分的に若干短い部分があったような気がした。

「……もしかして」

……呪文を短縮している？　それでも発動するの？

一つ仮説を立ててみた。私が使っている人間種の共通語でも、地域によって若干違っていたり、生活の中で言葉を短くしていたりする。正式な文章ではないけれど、話す側と聞く側がどちらも正確な意味を知っていれば、短縮された言葉でも意味は通じるのだ。

だからこそ呪文の詠唱には『意味を正しく理解する』必要があるのだろう。

たぶん、古代エルフが伝えた呪文は、『正しい文章』になっていたはずだ。それがどうして短くされたのか……きっと長すぎたからだ。

正確に言うなら、長いと面倒だから短縮されていった。その過程で『正しい文章』は古文のように使われなくなってしまったのかもしれないが、それは悪いことばかりではない。現在の共用語の単語でさえも間違って覚えている人がいる。正しい意味が分かりにくくなった反面、意味を正しく知っている人ほど意味が分からなくなり、『会話』として失敗という結果になるけど、ちゃんと意味を理解できているのなら、現代の言葉のほうが古文よりも多くの表現が可能になるはずだ。

魔術はそうやって進化と退化をしてきた。覚えにくく間違えやすくなった反面、一度きちんと理解できれば、原初の魔術よりも使いやすくなっているはずだ。

ここまでは〝知識〟からの前提で、ここからが私の仮説になる。

呪文も最初は『文章』だったはずだ。それがどのように変化したのか？

例えば共用語で『その人の身体にある怪我をすべて治療して癒せ』とする――これが、

『その人にある怪我を治療して癒せ』――になり、

『その人の怪我を治療して癒せ』――になって、

『その人にある怪我を癒せ』――から意味が分かりづらくなり、

『その人を癒せ』――になってしまった。

……我ながら極論のような気もするが、似たような現象が起きたのではなかろうか。

状況と発音次第でギリギリ意味は通じる。でもそもそも意味さえ分かってないと、わずかなアクセントでただの意味の分からない『音』になってしまう。

――と、仮説を立ててみたけどどうだろう？　もちろん呪文を覚えるうえで、フェルドのように反復練習を繰り返して意味と効果を感覚で覚える方法もある。でも私はその方法に不安を感じている。だって自分で何を言っているのか分からない言葉なんて、相手に通じているかどうかも分からないのだから。

生きるためには力がいる。私は女でしかも子どもだ。通常の……フェルドのような恵まれた体躯(たいく)を持つ男性と同じことをしていては、いつか大事な場面で負けてしまうだろう。

手段は選ばない。強くなる。それが少しだけ遠回りになっても、私は自分の力で本当の強さを手に入れたい。

ここから本格的な呪文の解析を始めよう。

【回復(ヒール)】の呪文――『リティーワールストリザヒィカー』が文章だと仮定すると、いくつかの単語で区切られているはず。その中でも単語そのものが短くされたもの。前の単語と後の単語が混ざってしまったものもあると思う。

他の呪文が分かれれば類似点を捜して研究できるのだけど、あの女は光と火と水の第二階級までの呪文しか知らなかった。そこまで覚えていれば立派だと言ってあげたいが、あまり使わない呪文は覚えていなかったのであまり褒められない。

だったら呪文の習得方法を変えてみよう。まずは呪文の中に紛れている『単語』を捜す。とは言っても、闇雲に唱えても正解しているかどうか分からないので、確実に存在する単語――『癒す』を捜すことにした。呪文である『劣化精霊語』は、ただ唱えるだけでは効果はない。ちゃんと意味を理解して声にするのはもちろんだけど、言葉に魔力を乗せる必要があった。

これはやってみるとそんなに難しいことじゃない。習い始めた魔術師には難しいのかもしれないけど、要するに体内の魔力を活性化させれば、行為そのものに魔力が含まれるようだ。

私の場合は、身体強化状態がそれに近い。最終的には身体強化なしでも活性化できる必要はあると思うけど、私は身体強化や戦闘訓練と並行して呪文の単語を捜すことにした。

【回復（ヒール）】の呪文の中から単語らしきものを抜き出して、『癒す』と念じながら唱えてみる。

失敗しても気にせず何度も繰り返す。ただそのために戦闘訓練が適当にならないように注意しながら、丁寧に身体を動かし、『癒す』と念じて声に出す。

一日目はなんの成果もなかった。そもそもそんな簡単に見つかるとも思っていなかったが、精神集中と身体の同時鍛錬は思ったよりも負荷がかかったようで、その日は泥のように眠り込んだ。

二日目も成果はなし。たぶんだけど、発音するのに足りない文字があるのかもしれない。現在だと『癒す』の『イヤ』しかない状態かもしれないので、色々な音も混ぜてみる。

三日目、同じく成果なし。ただし、体力が少し下がって、最大体力値が1増えた。

四日目、同時にこなすことに慣れてきた。成果はないけど、そして魔力が少しだけ消費されているのに気づく。

五日目、魔力を消費した単語を捜す。魔力を常時使っているせいか、身体強化や生活魔法の効率が上がった気がする。

六日目、この方法で本当に単語が捜せるのか不安になってきた。

そもそも簡単に単語が見つかるなら他の魔術師が見つけているだろう。そんなことを考えていたせいか、兎の骨で指先を切ってしまった。痛い。

七日目――

「リティル・ヒィカー」

そう『声』にした時、手から光属性の魔力がわずかに光る。

……私は考え違いをしていた。【回復(ヒール)】の呪文に『癒す』という単語は存在しない。

私は【回復(ヒール)】を治療魔術だと思い込んでいた。ほとんどの魔術師もそう答えると思う。でも違う。

【回復(ヒール)】の効果を思い出してみると、体力が回復すると同時に傷が塞がって徐々に治っていた。

そう……これは回復呪文。体力を戻す過程でついでに怪我が自然治癒しているだけなのだ。

『リティル』と『ヒィカー』――これは、ほんのわずかだけど魔力が消費された単語だった。同じような単語はまだあったけど、この二つを合わせることでようやく魔術らしい効果が発動した。

おそらくだけど、この二つの単語で『癒す』に該当する単語になる。でも正確じゃない。もっと違う意味がある。【回復(ヒール)】の魔術が回復効果だとすると、『体力』？　それとも『生命力』？　それを使った言葉があるとしたら……『戻る』かもしれない。『体力』を『戻す』？　……唱えた感じだと『リティル(戻す)』『ヒィカー(体力)』になるのかも。

それから少しずつ発音を変えて、意味を類似語に変えて何度も繰り返す。地味に魔力が消費されるせいで魔力を使った身体鍛錬ができなくなったけど、今は魔術の鍛錬に集中した。

そしてその二日後――

「リティィール・ワールストリザ・ヒィカー……【回復(ヒール)】」

そう呪文を唱えると手がわずかに光り、数日前に怪我をした指先から小さな傷が消えていった。

「……出来た！」

まだ意味が完全じゃないし、魔術の効果も薄いけど確かに【回復(ヒール)】が発動して、鑑定水晶で視た私のステータスにも《光魔術レベル1》が追加されていた。

▼アリア（アーリシア）　種族：人族♀・ランク1△1UP
【魔力値：24／65】△13UP　【体力値：32／37】△1UP
【筋力：4（5）】【耐久：5（6）】【敏捷：7（8）】【器用：6】
《光魔術レベル1》NEW　《無属性魔法レベル1》
《生活魔法×6》《魔力制御レベル1》
《隠密レベル1》《暗視レベル1》《探知レベル1》
【総合戦闘力：26（身体強化中：28）】△2UP

＊＊＊

サース大陸の中でも大国であるクレイデール王国は、百五十年前に北方のダンドール公国を併合し、続いて百二十年前に南方のメルローズ公国までも併合した。だがそれは平和的に併合したのではなく、政治や経済面で圧力をかけ続け、最後には軍事力で威圧することで、クレイデール王国が二国を『侵略』したのだ。

その二つの公国――ダンドールとメルローズの王家は潰されることも殺されることもなく、北方と南方を纏める『辺境伯』という形で残されることになった。

二つの王家が残されたのは政治的な問題である。各分野でその二国を上回っていたクレイデール王国だったが、力尽くで侵略して管理できるほどの軍事力はなく、その地の民と貴族家の不満を抑えるには、ダンドールとメルローズの旧王家の力と〝名〟が必要だったのだ。

「どうしよう……ここ、『銀恋（ぎんこい）』の世界だ」

旧王家の一つ、ダンドール辺境伯家の末娘であり、ダンドール辺境伯嫡子の第一令嬢である八歳の少女は、数日間高熱に冒され、目を覚ました時には今までの自分とは違う、〝前世〟の記憶を取り戻していた。

八歳まで生きた自分の記憶も自我も残っている。その上に前世の自分が混ざりあい、混乱状態からようやく事態を理解した。

クララ・ダンドール辺境伯令嬢、八歳。十三歳になる年に魔術学園に入学し、卒業パーティーにて婚約者である王太子から婚約破棄をされて、国外追放か、最悪の場合〝処刑〟されることになる『乙女ゲームの悪役令嬢』であった。

自分がその『クララ』であることを理解した元女子高生だったクララは、記憶にあるゲームの知識をメイドの目を盗んでノートに書き出し、最悪の結末を回避するため数週間も悩んだ結果、一つの答えを導き出した。

「……ヒロインを殺すしかないのかも」

狙われる子どもたち

私は十日ほどかけてようやく【回復（ヒール）】を覚えて《光魔術レベル1》を会得した。

長かったような気もするけど、十日という時間は一般的には驚異的に早く、とてもじゃないけど子どもが一から覚える速度じゃない。

けれど、その甲斐あってランクもゼロから『ランク1』になった。ランクレベルは属性魔術や戦闘技能の最大レベルがそのままランクの数字となる。これで冒険者ギルドに加入できる最低条件はクリアしたけど、すぐに加入するつもりはない。それは最低でも1レベル相当の近接戦闘スキルを得なければ、私のような子どもはすぐに他の冒険者の食い物にされかねないからだ。

近接戦闘訓練は続けているが、まだスキルは覚えていない。もっと近接戦闘の練習を続けるか、それとも【回復（ヒール）】の単語の意味を調べて魔術の精度を上げるか……。もう一つの【治癒（キュア）】も覚えたいけど、そろそろ物資が心許ないので久しぶりに町に行こうと思い立った。

本当なら次に町に行くまでにお金になる売れる物を集める予定だったが、魔術の修行にかまけてあまり集められていない。雑貨屋の爺さんも兎を持ってこいと言っていたけど、兎が狩れたら私が食べるし、まだ解体も稚拙なので毛皮も売れる状態とは思えなかった。

「……仕方ない」

この三週間の森生活で見つけた特殊な野草類を持っていく。ご家庭の常備薬でどこにでも生えている解毒の薬草や、比較的見つかりやすい除虫草は持っていってもお金にならない。タダではないけど麻袋にたっぷり詰め込んで銅貨数枚では持っていくほうが手間になる。

私はあの女が師匠から盗んできた手書きの薬草本を読み込んでいる。最初は辞書を引くように知識から単語を引き出さないと読めなかったが、今はゆっくりとだけど読めるようになっていた。

その知識を基に見つけたのが『魔香実（まこうじつ）』だった。これは魔素の少ない地域に生える低木に生る果実で、果肉は二、三ミリで渋みがあって食用には向かないけど、この実は過酷な環境で生きるために種の部分に魔素を溜め込む習性があった。

この種の部分を使って、魔力を回復する『魔力ポーション』が作られる。薬草本には錬金術の基礎も書いてあり、私自身もいずれ錬金術を始めるつもりだが今は何もできない。

この魔香実を見つけたのは幸運だった。山の崖に一本だけその木が生えていて少しだけ実が採れたけど、今はこのまま持っているより売るほうがいいだろう。この実は種の部分しか使わないので長期の保存は利くが、果実の部分があると新鮮な品と見られて高値で売れるのだ。

出掛ける前に食事を済ます。前回買った干し野菜も干し肉もほとんど残ってなかったけど、最後の粉々になった干し野菜と干し肉を煮込んで塩だけで味付けしたスープを胃に流し込む。

器や鍋は生活魔法の【硬化（ハード）】で固めた粘土の器を焼いた物だ。売り物にはならないけど、この数週間でそれなりに使えるものが出来るようになった。出来たスープは美味しくはないけど、温かいものを胃に入れると少しだけ活力が湧いてくるような気がしたし、そもそも粗食には耐性がある。

それから拠点にしている上流の小川で服を脱いで身体を洗う。あまり浮浪児に見られるような格好は好ましくない。物の売買で足下を見られるし、領主から保護されていない浮浪児は略奪の対象になりやすい。だから服もたまに洗濯しているけど、そろそろ新しい服を買うべきだろうか？

比較的まともな古着だったが森の生活でほつれてきている。それ以上に魔力が大きくなったことで身体が急成長して、膝上程度だった貫頭衣の裾が腿の半ばくらいまで短くなっていた。別に見られても気にはしないけど、女だとバレると厄介ごとが増えるかもしれない。私にはよく理解できなかったが〝知識〟はそうなっていたので注意はするべきだ。

さて出発しよう。陽が沈みはじめた辺りで背負い袋を担いで野営地を出る。今の私の立場だと、街道を巡回する兵士が一番面倒だ。子どもだからと保護されても困るし、悪い兵士だと逃げ切れるか自信はない。けれど夜なら、レベル1でも暗視スキルがある私ならなんとかなると考えた。

魔素を色で見ることで会得した技能だったが、この三週間の森生活で精度は確実に上がっている。兵士は面倒だけど、彼らが危険な狼などを排除してくれているので、私にとっては夜のほうが安全だった。

身体強化を使って街道を音もなく歩き出す。魔素を周囲に合わせて気配を消す鍛錬と同時に、物音を消して動く訓練もしている。やってみて分かったのは、物音を消すにはただゆっくりと静かに動くだけではなくて、筋力も重要なのだと気づいたことだ。脚や全身の筋力を使って衝撃を緩和すれば音は自然と小さくなる。そして周囲の魔素の流れに沿って動けば気配はさらに周囲に紛れる。

私は身体強化で速度を出すのではなく、衝撃を殺すように音を消しながら、町への道を普通よりも速めに進んでいった。

「……ふぅ」

あの野営地から町まで普通の馬車なら四半日で、徒歩だと早朝に出て夜に着く。

初回は朝に出て、次の日の明け方近い真夜中に到着したが、今回は魔力量が増えて身体強化が持続できるようになったおかげか、夜に出て初回と同じくらいの時間に到着できた。

それでもかなり疲労したので、魔力と体力を回復させるために周囲の森で朝まで睡眠を取ることにする。【回復（ヒール）】を使えばすぐに動けるようになるはずだが、フェルドが言っていたように魔法で回復すると体力がつきにくくなるのなら、修行中は出来る限り使わないほうがいいだろう。

木の上で仮眠をとり、朝の八時である三回の鐘で目を覚まして、いつもの場所から町のスラム街に侵入した。周囲の魔素に合わせるように気配を消し、踵をつけない歩き方で足音も消す。

《隠密スキル》と《探知スキル》を得たおかげで、スラム街の住人に気づかれることも少なくなってきた。でも私には〝知識〟があっても実際の経験は少ないので油断はしないほうがいい。

「…………」

何か……気配を感じる。なんだろう……よく分からない。フェルドのように逆るような分かりやすい気配じゃない。正確には気配とは少し違うな……違和感と言えばいいだろうか？

何かがあるんじゃなくて、いつもある物が無いような、そんな違和感だ。

……気のせいかな？　そう思いながらも少し早足になってスラム街を抜ける。あまり感じがよくないので、買い物をしたらすぐに町を離れよう。

「また来たか……〝灰かぶり〟」

「…………」

雑貨屋の扉をくぐると、店主の爺さんがジロリとした視線を向けてきた。

「また保存食料か？」

「うん、何か……日持ちして栄養価の高いものってない？」

「栄養価？　ガキのくせに妙な言葉を知っているな。そんなものは知らねぇが、腹持ちするものなら木の実があるぞ」

店主が面倒そうに顔を顰めながらも奥から小ぶりの麻袋を持ってくる。

「適当なナッツを詰め込んである。銅貨五枚だ」

「……焦げてるよ？」

日持ちさせるためにすでに炒ってあるが、妙に焦げたものや割れたものが多い。

「ここはそういう店だって言っただろ。まともな物が欲しかったら、まともな店に行きな」

たぶん、屋台や露店で売れない部分を集めた余り物だろう。見栄えも悪く味も悪い。だから表では売れないが捨てるくらいなら捨て値で売る。そして私のように安ければそれでも買う人もいる。

「……少しオマケつけて」

「もう少し買えばつけてやる。他にはあるか？」

「こういう物は買い取れる？」

持ってきた魔香実の実を背負い袋から取り出すと、店主の爺さんが軽く目を見開いてから、またジロリと見つめてきた。

「……どこから持ってきた？」

「森の奥から採ってきた。目印がないから説明はできない」

「……そうか」

私の何を見て納得したのか、盗品ではないと理解してくれた店主は、ジッと睨むように魔香実を見てから少しだけ考えるような素振りを見せた。

「これが何か知っているのか？」

「もちろん」

「……物は悪くないが不揃いだ。少し時間が経っているようだから痛みはじめている。買い手を捜す時間を考慮すると……定価では買えねぇぞ？」

「問題ない。ここはそういう店だから」

私がそう言うと、店主の爺さんが微かに笑う。

「全部で六個か。ならまとめて銀貨三枚だ。嫌なら他に行け」

「それでいいよ」

爺さんの言葉に私は素直に頷いた。おそらくは通常の半額といったところか。たぶん、子どもの私がまともなお店に持っていっても足下を見られる可能性が高い。それにこの爺さんは、目付きが悪くて愛想もないが、子どもが相手でも商売に関しては誠実だと感じていた。

他にも豆や干し肉、少し高かったけど塩と氷砂糖を少量買っておく。干し野菜は露店で買ったほうが安そうだが、どうしようかと考えていると背後の扉が開いて小さな影が飛び込んできた。

「ガキ共、静かに入ってこいっ！」

爺さんが怒鳴ると飛び込んできた二つの影が身をすくめる。子ども？　と思って振り返ると、その子たちを確認する前に女の子が声をあげた。

「あっ！　アリアっ！」

あの兄妹か。妹のシュリが私の名を叫ぶと先ほど怒られたことなど忘れて抱きついてきた。兄のほうのジルは、私とシュリと店主の爺さんに狼狽えたように視線を動かして、爺さんの鋭い視線から逃れるように私に視線を定めた。

「あ、アリアっ、お前、どこ行ってたんだよっ」

「外だけど？」

彼らとは別に仲間でもないし友人でもない。私がシュリを引き剥がしながら軽く答えると、ジルは怯んだように口を閉じてから、ふと思い出したようにズダ袋から何かを取りだした。

「俺だって外くらい行けるさっ。今日は外で狩った兎を売りに来たんだぜっ」

「……自分たちで食べたほうがいいんじゃない？」

町の外で兎を狩ったみたいだけど、手間取ったのか兎の表面がボロボロで血抜きさえしていない。何気なく店主のほうに視線を向けると、爺さんは兎を見て面倒くさそうに溜息を吐いていた。

「アリア、背が伸びた？」

私とジルのやり取りを見ていたシュリが口を挟む。魔力が増えて〝成長痛〟がしていたから気づいていたけど、出会った時はほとんど同じだったシュリの目線がわずかに下がっていた。

「ところで、さっきはなんで慌てていたの？」

説明するのも面倒なので話題を変えると、それを思い出したようにジルが食いついてくる。

「そうだっ！　なんか変なおっさんがいたんだよ！　俺とシュリのことジロジロ見てから溜息吐いてさ。気持ち悪いから逃げてきたんだ」

「へぇ……」

変なおじさん？　フェルドかな？　そんな失礼なことを考えていると、その話を聞いていたのか店主の爺さんが声を漏らす。

「最近、この辺りでは見慣れない男を見かけるらしい。背恰好や身のこなしから盗賊じゃないかって噂だ。ガキ共、攫われないようにしろよ」

「……うん」

盗賊か……面倒だな。今の私だと下手な戦士崩れより数段厄介だ。盗賊はただの盗人やチンピラではなく盗みのための技術を持っている。戦闘手段もたぶんあるだろう。彼らは『盗賊ギルド』と呼ばれるマフィアのような犯罪団体に管理されていて、国が動くような派手な真似はしないけど、所詮は金のためにしか動かない連中なので何をしでかすか予想ができない。

来る時に感じた〝気配〟のような感覚はその男かもしれない。もしあれが気のせいではなく、本当にその場にいたのだとしたら、今の私なんて足下にも及ばないほどの手練れだと感じた。

……さっさと町の外に出よう。

まだ買い物は半端だけど危険を冒すわけにはいかないので、店を出るとそのまま町を囲む壁際の穴へと向かった。また後をついてこようとする兄妹を隠密で撒きつつ移動していると、出口に辿り着く手前で、来る時に感じた〝気配〟に気がついた。

正確に言えば気配はない。ただあまりにもなさすぎて逆に違和感があり、そこに『手練れの盗賊』がいるのだと考えれば、それが《隠密スキル》ではないかという考えに結びついた。

静かに視線を巡らすと、不自然な魔素の〝色〟に気づく。肉眼だけで見ていたら見逃していた。魔素だけを感じても周囲に紛れて気がつかなかった。だけど、その魔素の色が〝人の形〟のように見えてそこで視線を止めると、突然その人型の魔素が膨れあがった。

(身体強化っ⁉)

フェルドの身体強化を直に感じていなければ分からなかった。いや、そう思えたのもほとんど偶然だ。そう思いついた瞬間、ほぼ無意識に私が横に飛ぶと、その一瞬後に私がいた地面に鉄の刃物が突き刺さっていた。

「ほぉ……」

隠密を解いたのか、人間の気配を見せて一人の男が現れ、男の投げナイフを躱した私にニヤリと男臭い笑みを向けてきた。

「少しは愉しめそうだな」

命懸けの対価

人のいないスラム街の一角で一人の男が私に刃を向けてきた。年の頃は三十代前半。中肉中背、茶色の髪に茶色の瞳で、町に紛れたらそのまま見失ってしまいそうな印象の男から男臭い笑みと共に〝殺気〟が感じられた瞬間、私は身体強化を全開にして逃げに入った。

男の隠密スキルは私の数段上。おそらく戦闘面では比べものにならないほどの差があるはず。だから私は戦うことも隠れることも放棄して、全力で逃走することにした。

町の外に通じる穴は大人の男では入れない。そこに入れれば逃げられると考え脇目も振らずに駆け出すと、風切り音が聞こえて私の鼻先を掠めるように鋭い刃物が通り抜けていった。

「おいおい、逃げるなよ」

「………………」

ジワジワと漏れ出す男の殺気に、私の背中に冷たい汗が流れる。遊ばれている……。そうされるほど私と男には実力の差があった。この男、ただの盗賊じゃない。鑑定水晶を使う隙はないけど、タイプは違うしフェルドほどではないが、それに近い圧力を感じた。

この男から逃げられるのだろうか？　それでも〝戦う〟という選択肢を選ぶより遙かにマシだ。そう決めた瞬間に駆け出した私を、すぐさま男が追ってくる。でもそれは、男が私を子どもだと甘く見て油断しているからだ。そうでなければ背中に刃物を投げて終わりにするはずだ。

シュッ！

「おっ⁉」

走りながら私が背後に投げつけた鉄串に男が声をあげた。

練習はしているけど投擲スキルをまだ得られていない私では、まだ生き物には深く刺さらない。けれど、まだ遊び感覚でいるこの男は、自分が怪我をするような深追いはしないと考えた。

キンッ、と鉄串が男の刃物であっさりと弾かれる。けれど、そのせいで一瞬だけ私から意識が逸れたその隙に、周囲にある光の魔素を集めて強引に自分の魔力を光色に染めた。

「【灯火(ライト)】っ！」

魔素を一気に燃焼させて一瞬だけの強い光を放つ。

「おおっ⁉」

男の驚愕するような声が響いた。せっかく作りだしたこの隙は逃せない。その瞬間に鋭角に曲がるように飛び出すと、男が何か呟いた。

「……【幻聴（ノイズ）】」

「っ！」

魔術っ？　その瞬間、私の向かうその進行方向から男が大地を踏む足音が聞こえて、私は咄嗟に横に飛ぶ。

私の視界も光のせいで完全じゃないけど、男の視界は奪えたはず。さっきの魔術の正体は分からないが、その場から魔素の色と感覚だけを頼りに離脱しようとしたとき、突然背後から頭を鷲掴みされた。

「捕まえた」

「っ⁉」

前にいたはずの男が後ろにいた。しかも視界を奪ったはずなのに私の位置を正確に把握されている。何故？　と考えるのは後にしてほぼ条件反射のように腰からナイフを抜くと、ガキンと固い音がして、手にあったナイフが弾かれて飛んでいった。

「ふっ！」

動揺しようとする心を吐く息と共に深く沈めて、頭皮の痛みに耐えて強引に体勢を変えながら、肘打ちを掴んでいた男の手首に打ち込んだ。わずかに緩んだ男の手から無理矢理抜け出して地面を転がるように距離を取り、その場で四つん這いになるような格好で男を見上げる。

「「…………」」

これが実戦か……。男はまだ完全じゃない視界に目を細めつつも、手に付いた灰に顔を顰めながら、牙を剥くような凶悪な笑みを浮かべた。

髪の艶を隠すために付けた灰がなければ、あの状態から逃げることはできなかった。相手が本気じゃないのでまだ耐えているけど、あまりにも違いすぎる実力と男から放たれる威圧感に身体が震える。その手から逃げても事態が好転したわけじゃない。男からはたぶん逃げ切れない。戦って勝てるような相手でもない。でも――

「フゥウッ!!」

心に生まれた恐怖を打ち消すように、周囲の魔素を吸い込みながら再び自分の中の魔素を光に染めあげ、体力が回復するように念じながら猫のように息を吐く。

《回復》を使う隙はない。けれど、《光魔術レベル1》を会得した私なら念じるだけでも効果が得られる気がして集中すると、気のせいか本当に少しだけ活力が戻った。

もう逃げない。意識を逃走から戦闘へと切り替えると、頭の中で何かがカチリと歯車が合わさるような感覚がした。

この男と戦ってもきっと勝てないだろう。でも生を諦めたわけじゃない。死中に活を拾う。死に物狂いで食らいついて目に物見せてやる。

腰から鉄串を抜いて歯に咥える。私は力が足りない。速さも足りない。脚だけの筋力では速さは出ないと理解した私は、全力の身体強化を使って脚だけでなく強化した腕で大地に爪を立て、自分を一本の〝矢〟として放つため全身を弓のように引き絞る。

気のせいではなく一変した空気に、男の顔色がわずかに変わる。お前は遊び感覚で襲ったことを後悔しろ。勝てないまでも絶対に後悔するような傷を残してやる。その傷が元で男が誰かに負けるのなら、それが私の勝ちになる。

（さあ……死ねっ!!）

私が命を懸けた渾身の一撃を放とうとした、その瞬間——

「うわっ!?　待て待てっ、ちょっとタンマっ!!」

男が慌てたように叫ぶと、手に持っていた短剣を捨てて両手を挙げた。何を企んでいる？　私がそのまま男に襲いかかろうとすると、さらに男が声を張りあげる。

「待て待て、俺が悪かったっ、謝るっ！　俺は仕事で使えるようなスラムのガキを捜していただけなんだよっ!!」

……は？　なんだって？


「いやぁ、本当にすまんっ!!　ガキに隠密を見破られたのなんて初めてだったし、お前の逃げっぷりがあんまりにも見事だったんで、つい追いかけちまったっ！」

「…………」

戦意がないことを示すように地面に腰を下ろして手を合わせる男を、私は自分に【回復(ヒール)】を使いながら半目で睨む。またコレかっ！　またコレ系の大人かっ！　フェルドといいこの男といい、私はこういう男どもを追いかけさせるような〝匂い〟でも出しているのっ!?

この男の言うことを真に受けるのなら、彼は仕事をさせるための子どもを捜しているらしい。子どもに仕事なんてできるのか？　と思うけど、狭い場所だったり、大人を油断させるためだったりと

色々あるそうだ。それでどうしてこの男のような手練れがそんなことをしているのかというと、試して使えるようなら、継続的に仕事を任せられる人間を将来を見越して確保しておきたいらしい。

「おおっ、ガキのくせに【回復（ヒール）】なんて使えるのか。どこで習った？」

「そんなことはどうでもいい。それで……盗賊が子どもに何をさせたいの？」

「盗賊じゃねぇよっ！　これでも冒険者ギルドに籍のある、れっきとした斥候（スカウト）様よ。あんな自制のない連中と一緒にすんな。ほれほれ見ろ見ろ」

「……分かった」

男が冒険者の身分証明でもあるギルドの認識票（タグ）を、私の顔に押し付けるように見せつけてきた。

ランク4……思った通りかなりの手練れだ。盗賊でも冒険者ギルドに加入している者もいるとは思うけど、戦闘力を含めてここまでの実力を持っている盗賊は滅多にいないはずだ。

盗賊（シーフ）と斥候（スカウト）は、一般人だと混同しがちだが、実際は似ているようでかなり違う。

盗賊は、戦闘よりも見つからないことに重点を置いて、隠密と探知系と鍵開けなどを鍛えあげた犯罪者だ。結局自分の欲に勝てなかった連中なので、末端構成員の技術はそんなに高くないが悪知恵だけは驚くほどに長けている。

斥候は、同じように隠密や探知系を極めているが、見つからないことよりも見つけることを重視している。遺跡やダンジョンにある罠の存在を見破り解除する。情報を集めて有益な情報を雇い主に渡す。元々『冒険者』は、遺跡の探索や情報を持ち帰る専門の傭兵だったので、今でも高い戦闘力を有する斥候がギルドには多く在籍しているらしい。

「どうだ、分かったか？」

「……うん」

自分の仕事を自慢げに語る男からは、フェルドと同じような『少し困った大人』臭がした。だからこの男の気配でフェルドを思い出したのだろうか……。

「それで、おじさん」

「おじさんじゃねぇ。俺はまだ三十五だ。俺のことはヴィーロと呼べ」

「………」

充分〝おじさん〟じゃないか。少なくとも私のお父さんより年上だ。

「……ヴィーロ。それで私に何をさせたいの？　冒険者ギルドの仕事？」

完全に信用したわけじゃないけど、それでもヴィーロの実力なら、子どもを騙して売るよりも遺跡の探索でもしたほうがよっぽど儲かるだろう。だからと言って全面的に信用できるわけじゃないけど、警戒は一段階下げた。

「ギルドの仕事じゃねぇな。元々はギルドから受けた仕事の依頼主だったが、今は個人的な契約もして仕事を請け負っている」

「悪いことならしない。でも……私でできるの？」

「悪事じゃねぇよ。まぁ、警備の手伝いだ。それにお前だったら問題ねぇな。……くくっ」

私の問いに何を思い出したのか、ヴィーロは笑いながら自分の膝を叩く。

「ここら辺じゃ、普通のガキしか見あたらなくて、スラムのガキでも使いものにするには時間がかかるな～と落胆していたんだが、お前はいい拾いもんだよ。良い感覚を持っているし、稚拙ながら魔術も使える。それに何だよ、最後のあの殺気はっ！　ガキの出せる殺気じゃねぇぞ。追い詰められた魔狼でも相手しているのかと思ったぜ」

私の死に物狂いの気合いをヴィーロはそんなふうに語る。殺気……自分ではよく分からないが、実際に人を三人も危めているのだから、それがあってもおかしくないけど、それをどうして会得できたのか？　呪文に意志を乗せる訓練をしていたせいで、殺意が魔力と共に滲み出たのだろうか？

色々と考察をしたいけど、今はヴィーロとの話に集中する。

「断ったらどうなるの？」

「ん？　別に何にもしないぞ。やる気のない奴にやらせても無駄だしな」

断ったらどうなるのかと緊張感を滲ませると、ヴィーロは何でもなさそうな顔でそう言った。

「……仕事内容は？　警備の手伝いってなに？」

「おうっ。やらせたいことはちゃんとあるんだが、最初は使いものになるか、試験として使いっ走りをさせるつもりだった。ちゃんと言われたことを理解できるか、馬鹿なことをしでかさないか、一番大事なのは、危険なことを任せられる〝胆力〟があるか、なんだけどな」

「ふぅ～ん……」

度胸という話なら、普通の子どもよりはあるのかも。

「お前は少々危なっかしいが、敵わないと知ってまず逃げに徹したのは褒めてやる。胆力は申し分ねぇ。だったら少々予定を早めて、俺が見極めてもいいかな」

私を見るヴィーロの瞳に鋭さが宿る。……あ、これ、フェルドが私を鍛えると宣言したときと同じ眼だ。どうやらお眼鏡にかなったようだが、少し面倒にもなりそうな予感がした。

でも、私の答えはもう決まっている。

「うん……分かった」

「おお、それは良かったたっ。いや、助かったぜ。そろそろ誰か連れていかねぇと依頼主に睨まれるからよ」

ヴィーロが安堵したようにおっさん臭く自分の肩を叩く。私は彼を信用したわけじゃないけど、それでもヴィーロの側にいることは私の利益になると感じた。

ヴィーロは冒険者である斥候で私の完全な上位互換になる存在だ。彼の側にいて隠密や戦闘技術を眼で盗み、自分の物にする。今の私が強くなるにはそれが近道だと考えた。

「よし、さっそくギルドに行くか」

事が決まると地面に胡座をかいていたヴィーロが音も立てずに立ち上がる。

「ギルド……って冒険者ギルド？　なんで？」

何か調べ物でもあるのだろうか？　だったらそこに用のない私はどうしようかと考えていると、何故かヴィーロが不思議そうな顔をした。

「なにって、そりゃあ、お前の冒険者登録だよ」

「……はぁ？　私、戦闘スキル持ってないよ？」

確かに光魔術は覚えたけど、それだけで冒険者ギルドに登録するのは面倒のほうが大きい気がする。

そう主張すると、今度はヴィーロのほうが呆れた顔をした。

「お前こそ何を言ってるんだ？　十歳程度で身体強化も使えてその戦闘力なら、戦闘系スキルが無いわけがないだろう？」

「…………え？」

一瞬理解できなかった言葉の意味を理解した私は、慌てて鑑定水晶を取り出して自分を調べてみた。

すると……今までずっと会得できなかった《短剣術》スキルが、知らないスキルと共にステータスに記載されていた。

▼アリア（アーリシア）　種族：人族♀・ランク1
【魔力値：33／70】△5UP　【体力値：29／52】△15UP
【筋力：4（5）】△1UP　【耐久：5（6）】△1UP　【敏捷：7（8）】△2UP　【器用：6】
《短剣術レベル1》NEW　《体術レベル1》NEW
《光魔術レベル1》《無属性魔法レベル1》
《生活魔法×6》《魔力制御レベル1》
《威圧レベル1》NEW　《隠密レベル1》《暗視レベル1》《探知レベル1》
【総合戦闘力：36（身体強化中：38）】△10UP

冒険者ギルドへ

どうして今まで覚えられなかった戦闘系スキルを得られたのか？

それも練習してきた《短剣術》だけじゃなくて《体術》というスキルも同時に会得している。しかも《威圧》を得ているということは……もしかしたら、あの時か。

《威圧》は、私がヴィーロに向けて〝殺気〟を向けたときに得られたものだろう。だとしたら、その他のスキルもその時に得られたと考えるほうが納得できた。

短剣術はずっと練習してきたけど、体術スキルを得られたのはフェルドに教わった受け身や身体の動かし方をずっと練習してきたからだろう。それが一気に実を結んだのは……たぶん、命懸けの実戦を経験することで魂に強い衝撃を受けたからではないだろうか。

「ほら、ボ～ッと考え込んでないで、ギルドに行くぞ」

「……うん」

パンっと軽く肩を叩かれ、先を歩き出したヴィーロの後を慌てて追いかけながら、少しだけ考察を続ける。

スキルはそう簡単に得られるものじゃない。私には偏っているけど大人並みの知識があり、普通の子どもよりもスキルを得る下地があるのは理解できるが、短剣術を得られたのは予定通りだとしても、体術まで得られたのは出来すぎだ。でも、あの女の〝知識〟によると、『剣で一人斬れば初段の腕前』みたいな話があったらしい。女の前世の話で、初段がレベル1と同じなのかも分からないけど、私がスキルを得たのはそんなギリギリの戦いをしたからかもしれない。

まぁ、ヴィーロからしてみれば少しも本気ではなかったのだろうが、盗賊に捕まれば死と同義なので私は必死だった。

けれど、《威圧》だけは少し違う気がした。確かにヴィーロとの戦闘が切っ掛けにはなったのだろうが、普通の子どもは……いや、普通の大人でも威圧は簡単に覚えられない。

命懸けの戦闘。敵を殺すという明確な意志。そして……経験か。普通の平民は殺気なんて放たない。

殺気を放ち威圧を覚えた子どもなんて、たぶん一般人から見たら随分と奇異な存在だろう。

……もう少し強くなるまで、手の内はあまり晒さないほうがいい。

スラム街を抜けて、ヴィーロの後に続いて表通りに出る。

「…………」

多少身綺麗にはしているつもりだけど、戦闘をこなした後だから少し汚れている気がした。

身綺麗にしているのは『足下を見られないように』という理由もあるけど、一番の理由は目立ちたくないからだ。老婆を殺してから三週間以上経っているので、まだ追っ手がいるとは考えにくいが、それでも隣の町で事件が起きたと覚えている者はまだいるだろう。

着ている布地は多少痛んでいるけど貫頭衣は普通の物で、髪には灰をまぶしてあるが元々の『桃色(ピンク)がかった金髪(ブロンド)』よりは目立たないはずだ。……それなのに、通りを歩いていると何人かの私に向けられる〝視線〟を感じた。

スラム街の住人だと思われたのだろうか？ 今は大人と一緒にいるので何も言ってはこないけど、私が一人でいれば何かの問題に巻き込まれる可能性がある。そんなことを考えながら、その大人であるヴィーロに視線を向けると、少し顔を顰めて振り返る彼と目が合った。

「……なに？」

「あ～……なんだ、顔を隠したいなら、もうちょっと、ちゃんとしたの捲(ま)かねぇか？ そこらで買ってやるからよ」

「……別にいいけど」

なるほど、首に捲いて顔を隠しているボロ布が目立っていたのか。これは顔を隠すためだけに、着られなくなったボロ服をただナイフで裂いて首に巻き付けているだけの代物だ。洗ってはいるけど確かに見た目は良くない。

「おお、そっか。それじゃあ……おっ、あそこにあるな」

何故かホッとしたようなヴィーロが辺りを見回して見つけた露店へ向かい、私もその後に続くと向けられる視線もそのままついてきた。

「はい、いらっしゃいっ！」

店主らしきおばさんが威勢のよい声をかけてくる。この露店は布地屋のようだけど、見本も兼ねているのか、ある程度簡単な服なども売っていた。

「何か、マフラーみたいに首に捲く布あるか？　顔を隠せるような」

「季節的にマフラーはないけど、薄手のショールならここにあるだけだよ」

「そうか……俺はよく分からんから選んでいいぞ」

「うん」

よく分からないけど買ってくれるのなら遠慮はしない。でも、この国は大陸の南方にあるので、防寒着系は基本的に薄手の物しかなかった。なので肌触りが良くて長いものを買ってもらい、首に捲いていたボロ布を外すと何故か微かなざわめきが聞こえた。

「おやまぁ……」

店主の呆れたような声が漏れる。何があったのかと辺りを見回すと、十歳くらいの女の子がシュリと同じような赤い顔で私を見つめていた。なんとなく慣れないその視線に、とりあえず首に新しい黒い布を捲くと、辺りから微かな溜息が聞こえてきた。

「……？」

理解できなくてヴィーロに視線を向けると、彼は頭痛がしたように片手で頭を押さえて大きな溜息を吐いていた。

「……もう行くぞ」

「うん」

分からないけどヴィーロはギルドに向かうことを優先するらしい。歩き出した彼の後をまたついていくと、ヴィーロはとても小さな声で「余計に目立ったじゃねぇか……」と呟いていた。

「ここが冒険者ギルドだっ！」

何故か自棄(やけ)になったようなヴィーロの声が通りに響く。

少し早足になったヴィーロが中に入り、私も少し気後れしながらも後に続く。知識はあっても初めての場所では何があるか分からない。少し警戒しながら中に入ると、中にいた数人の冒険者から視線を感じたが、ヴィーロが一緒にいたせいか特に何かしてくる様子は見られなかった。

ギルド内を見渡すと、いくつかの紙が貼られた掲示板と、受付の人がいるいくつかのカウンターが目についた。

冒険者ギルドは、傭兵ギルドから派生した探索専門の傭兵支援団体だ。スポンサーは商業ギルドであり、魔物の素材や遺跡などから得られるものを、商業ギルドに優先的に売ることで成り立っている。

結成当初は、開拓をする未開地などの調査を国などから請け負っていた経緯があり、現在の魔石の探鉱夫のような状態でも、ダンジョンの攻略や高レベルの魔物の対処など、それに対応できる高ランクの冒険者はかなりの恩恵が得られた。

「新規の登録を一人頼む」

ヴィーロがカウンターの一つでそう言うと、カウンターの向こうで書類整理をしていた二十代半ばの女性が顔を上げ、ヴィーロとその後ろにいた私を見て切れ長の瞳を少しだけ見開いた。

「その美しょ……コホン、そちらの子ですか？　随分と小さいようですが、戦闘スキルは持っているのでしょうか？」

「おお、持ってるぞ。短剣術だな」

ヴィーロの言葉に私が小さく頷くと、受付の女性はそんな私を見て何故か癒されたように微笑んでから、ジロリとヴィーロに視線を戻した。

「では試験を行いますが、今からでよろしいですか？」

「それはいいが……あんた、態度が違いすぎだろ」

「試験？」

私が呟くと二人が同時に視線をくれる。

「ああ、ちゃんとランク1相当の戦闘スキルがあるか確認のために、戦技を使うことになっている。できるよな？」

気軽に聞いてくれるが、私は静かに首を振る。

「……私、使えないよ？」

「なにっ⁉」

どうやらヴィーロは、私がさっきまでスキルが無かったことを失念していたらしい。

「あれだけ戦えて、身体強化もできて使えないのかっ。……参ったな」

「よろしければ、有料になりますが短剣術レベル1の戦技講習をお受けになりますか？　銀貨五枚になりますけど」

「それでもいいが……それなら場所だけ借りて俺が教えてもいいか？」

「そうなさいますか？　それだと地下の訓練場使用で一時間あたり銀貨一枚いただきますけど、よろしいでしょうか？」

「そのほうが手っ取り早そうだ。……って、そうだお前、【回復】の呪文を使えたよな？」

そのことを思い出したヴィーロが声を潜めて訊ねてくる。するとそれを聴いた受付の女性は驚いた顔をしながらも同じように声を潜める。

「その年齢で光魔術を使えるのですか……。それなら【回復】で試験を受けるのは大丈夫ですよ。そこら辺の冒険者なら怪我の一つくらいしているでしょう。……いえ、少々お待ちください」

女性は何か思いついて背後にいる他の職員のところへ向かい、何事かを話すとすぐに戻ってきた。

「申し訳ありません。お若い方が魔術師――特に光属性の場合、下手をすると素行のよくない冒険者に使い潰される恐れがあります。そちらの方のパーティーに加入して保護をなさるのなら別ですが、ソロで活動することもあるのなら、しばらく情報は開示したくありませんね」

「俺のパーティーは、今は活動してないからなぁ……」

「でしたら、信用のおける冒険者が戻るのを待っていただくことになりますけど……」

「ヴィーロ。私は【戦技】を覚えたい」

私がまた発言したことで二人がまた同時に顔を向けてくる。

「使用料くらいなら私が出す」

「いや、その程度は必要経費で俺が出すさ。確かにそのほうが面倒なくていいか」

「では、お決まりのようなら、そちらの方の認識票を拝見できますか？　それと登録される方の年齢と名前をこちらの用紙にご記入ください」

「歳は……十歳、と」

「十歳ですか？　少し小さいような気もしますが」

「一歳や二歳は誤差だろ？　名前は……お前、名前は？」

ヴィーロから見ると、今の私は八歳から九歳くらいに見えるらしい。それと今更だが名前を聞いていないことに気づいた彼が書類から顔を上げて振り返る。

「……アリア」

「おう、そうかそうか」

そんな私たちのやり取りを見ていた受付の女性は、かなり剣呑そうな視線をヴィーロに向けながらボソリと呟く。

「名前も知らないとか……。あなた、その子を誘拐してきたのではないですよね？」

「……失礼なことを言うな。ちゃんと人の顔を見て判断しやがれ」

そう言われた女性がヴィーロの顔をジッと見る。

「……その子を誘拐してきたのではないですよね？」

「してねぇよっ！」

偏屈な鍛冶屋

「――【突撃(スラスト)】――ッ！」

私のナイフで突き出した【戦技(せんぎ)】の衝撃が、一メートル先の丸太を抉る。

【戦技】とは、単音節の無属性魔法で、武器を媒介として発動する近接戦闘職の必殺技のようなものだ。使用には魔力を消費して、通常攻撃の数倍の威力がある攻撃を放つことができる。

ただし、簡単に使える分、使用には制限があり、レベルが高くなるほど消費魔力は多くなって扱いが困難になる。そして放った直後にわずかな硬直時間があり、筋肉に熱のような魔素も溜まる。その熱が冷めないうちに無理に使うと筋肉を傷つけてしまい、痛めた筋肉は【回復(ヒール)】で回復可能だが、すぐに痛みは抜けず、無理に【回復(ヒール)】で使い続けると数日間は腕が上がらなくなるらしい。

短剣術スキル、ランク1の戦技は、【突撃(スラスト)】だ。片手でナイフを突きのように使い、その衝撃を倍加して前方に放つ。射程は技量によって刃先より一メートル以上にもなり、威力が低くリーチの短い短剣の弱点を補ってくれる、かなり使える戦技だった。

戦技は碌な知識がなかったので覚えるのは難しいかと考えていたのだけど、ヴィーロに型を教えてもらい、手本を見せてもらうと予定の一時間も経たずに使えるようになっていた。

【突撃(スラスト)】は無属性の魔力を刃の形にして放つだけの〝魔法〟だ。魔術ではなく魔法と言うことを意識して、ヴィーロが見せた魔素の流れを再現するように、魔力を飛ばすのではなく刃を伸ばすようなイメージで使う。これは稚拙ながらも生活魔法をすべて覚えた経験が役に立った。でも魔力制御を覚えていなかったら、もっと時間がかかったと思う。

パチパチパチ……。

「結構です、アリアさん。素晴らしい戦技でした。あなたを冒険者ギルドのランク1冒険者として歓迎いたします」

試験官を兼任していた受付の女性が拍手で出迎え、すでに出来上がっていた認識票(タグ)を私に手渡してくれた。本来なら試験が終わってからしばらく待たされるらしいが、私が光魔術を使えることで問題なしとして、先に作ってくれていたらしい。ニコリと優しく微笑んで手渡してくれた受付の女性は、打って変わって剣呑な眼差しを背後の男に向ける。

「ヴィーロさん、訓練場使用料と登録料、合わせて銀貨二枚早く払ってくださいね」

「アリアと俺で態度が違いすぎるだろっ!」

「若くて可愛い子と、おっさんで、態度が変わるのは当然だと思いませんか?」

「くそっ、反論できねぇっ!」

……それでいいのか。まぁ、仲が良いのだと思っておけばいいか。

「アリア、次行くぞ」

「うん」

不満を表すようにどかどかと歩くヴィーロの後に続いて、私も冒険者ギルドを後にする。チラリと振り返ると受付の女性が私に気づいて手を振ってくれた。

そういえばあの女の〝知識〟では、新人冒険者は必ずガラの悪い冒険者に絡まれるイベントが発生する伝統があるらしいのだが、ヴィーロがいたおかげか、そちらは少しお預けらしい。

とりあえず歩きながら、ヴィーロからされた〝仕事〟の話を思い返す。彼の予定では、短期のお使いを何度かさせられて、それで使いものになりそうなら、ヴィーロが直々に戦闘訓練を施し、それで信用できると分かったら、そこからあらためて依頼主に紹介されて仕事を貰うはずだった。

私がヴィーロを信用しきっていないように、彼もまた私を完全に見極めていないようで、その依頼主が誰なのか、そこでどんな仕事をするのかまだ教えてもらっていない。

でも……もしかしたらその依頼主が貴族である可能性があるのか。

さすがに貴族が浮浪児まがいの子どもに仕事をさせるとは思えないが、もし貴族でも今の私は少し背が伸びているので、すぐさま孤児院から消えた子どもだとは気づかれないと思う。

それに、貴族を警戒していた私の心情に少しだけ変化があった。今の私は生きるために強くなろうとしているが、フェルドとヴィーロを見て、強くなるのはそれなりに目立つことなのだと知った。強くなれば貴族と関わる機会があるかもしれない。その時に一々全部逃げるか、正体を隠したままある程度許容するかで、その後の人生が大きく変わってくる。

だから、ヴィーロという保護者を間に挟んで貴族と接触できるのはよい機会だと考えた。それにたぶん、依頼主が貴族だったとしても浮浪児に仕事をさせるような貴族ならそれほど偉い貴族じゃないはずだ。それに、最終的に単独で国外に脱出できる実力を得られれば、見つかっても平気なんじゃないかと思い直した。

そして『強くなる』ためには、ヴィーロの仕事をするのが一番早い気がした。

「それじゃ、仕事をさせるために最低限のことができるように鍛えてやる」

「……わかった」

一瞬、私の脳裏に、フェルドとした子どもがするとは思えない修行光景が浮かんでくる。

でも、その修行中の生活費はヴィーロが出してくれるらしいし、それだけでなく日当として小銀貨を一枚くれるらしい。普通の平民からすると安い日当だが、スラム街の浮浪児からすると、過ぎた好待遇なので文句などあるはずがない。

「それと……アリア。お前のナイフを見せてみろ」

「うん？」

他人に武器を渡すのに不安はあるが、ヴィーロほどの手練れに拒んでも意味はない。ヴィーロは私が差し出したナイフを受け取ると、若干顔を顰めて微妙な顔つきになった。

「……こいつは、貰い物か？」

「うん？　そうだけど……」

私の返事にヴィーロは軽く溜息を吐いて、そのままナイフを私に返す。

「そいつは解体だけに使うか、予備の武器にしておけ。どっちにも使うとすぐに血糊で切れ味が落ちるぞ」

「でも、戦うときはどうするの？」

「俺がこの町に来た一番の理由は、この町の鍛冶屋に用があったからだ。お前の手に合う奴を買ってやる。そのナイフじゃガキには重いし、握りがデカすぎるんだよ」

「……うん」

元々大男のフェルドが使っていた物なので握りも大きい。それは私も自覚していたので、買ってくれるというなら喜んで貰う。

「それと……コレも穿いておけ」

「ん？」

ヴィーロが差し出したのは半ズボンだった。露店で目についた物を買ったのか、多少サイズは適当だったが穿けないこともない。でも、どうしてこれが必要なのだろう？　意味が分からず首を傾げてヴィーロを見上げると、ヴィーロは顔を顰めて私の頭を乱暴にかき回した。

「お前は戦闘中にヒラヒラさせすぎなんだよ！」

よく分からないことを言って歩き出したヴィーロを追って私も歩く。何故か分からないけどあまり聞かないほうがいい話題なのかもしれない。

「そういえば、ヴィーロは戦いの時、魔術を使った？」

ヴィーロが戦闘途中で魔術らしきものを唱えた後、前にいたはずのヴィーロが後ろにいたのは、彼の魔術ではないかと考えた。その現象を訊ねると、ヴィーロもそれを思い出したのか前を歩きながら肩越しに振り返る。

「ああ、あれか。俺は《闇魔術》を使えるんだよ。レベル１で呪文も一つしか使えないけど、あれは、〝音〟を任意の場所で発生させる魔術だ」

「……闇魔術」

なるほど、幻惑系の闇魔術か。音をどこかに立てるだけなら大したことはないように聞こえるが、ヴィーロや私のような斥候職が使うのなら色々な場面で役立ちそうだ。

「私に闇魔術を教えて」

　せっかく知識で覚えていない闇魔術を知っている人が見つかったのだから、ここで逃す手はない。私がそう言うとヴィーロは足を止め、私を見下ろしながら少しだけ考える素振りを見せた。

「魔術か……。お前に闇属性の適正があるのか分からんから、覚えられるか保証はせんぞ？　教え方なんて知らないから呪文だけなら教えてやるが……それでもいいか？」

「充分」

　そもそも誰かに習ったこともない。呪文と意味さえ分かれば、また時間をかけて少しずつ解析していけばいい。

　そんな会話をしながら表通りを歩いていくと、ヴィーロはスラム街に近い低所得者層の住宅地へと足を向けた。ここって確か……あの雑貨屋の爺さんの店があるところかな？　そういえば、爺さんが偏屈な鍛冶屋のドワーフのことを話していた。だとしたら、これから行くのはそのドワーフの鍛冶屋なのかも。


　それからしばらく低所得者が住む地域を歩いていると、遠くから金属を叩くような音が聞こえてきた。そこが目的地なのか、ヴィーロが慣れた様子で入り組んだ路地へと入り、しばらく進んだ辺りで少し大きめの石造りの作業場に辿り着く。

「ガルバス、いるかっ！」

　ヴィーロが怒鳴り声のような声を出すと、少しして作業場の奥から銅鑼を鳴らすような大声が返ってくる。

「ひとんちの前で、デケぇ声を出すんじゃねぇっ!!」

ビリビリと鼓膜を震わせるような声に思わず耳を押さえると、奥から背は小さいが横幅はフェルド以上もありそうな、真っ白な髭を生やしたドワーフの老人が現れた。老人……だよね？　私も知識で知っているだけで、ドワーフと会うのは初めてだからよく分からない。

「なんだ、ヴィーロの小僧か。酒でも持ってきたのか？」

「いい加減、〝小僧〟は止めてくれ。前に頼まれた物が集まったから持ってきたんだよ。ほれ、火吹きトカゲの魔石だ。上物だぜ？」

「おお、やっと揃ったか。それがないと炉の熱が上がらん。早速使ってみるぞっ！」

「おいおい、金くらい払えよ。かなり手間がかかったんだぜ」

「みみっちいこと言うな。前に作ってやった短剣を出せ。新品同様にしてやる」

「……仕方ねぇな」

やり取りはよく分からないが、随分と親しい関係のようだ。それでどうやって武器を直すのか興味深く覗いていると、ようやくドワーフのガルバスが私の存在に気づいた。

「ヴィーロ、おめぇの子か？　……いや、顔がいいから違うな。弟子か？」

「何気にひでぇな……まぁ、弟子みたいなもんだ。こいつにナイフを使わせたいんだが、何か適当な物はあるか？」

「こんなガキに持たす武器はねぇっ！　……と言いたいところだが、そっちの箱にある奴を適当に持っていけ。ヴィーロのツケにしてやる」

「……魔石の代金も貰ってないのに、ツケにされるのか？」

ヴィーロのそんな呟きを無視してガルバスが魔石の一部を炉に投げ入れると、炉に灯っていた炎の色があきらかに変わり、強烈な熱気が溢れ出る。肌を焼くような熱気の中で、ガルバスが酒瓶から口に含んだ酒を炉に吹きかけると、炎が踊るように揺らめいた。

きっとただのお酒じゃない。火吹きトカゲの魔石とそのお酒のせいか、私はその炎に宿る魔素の、あまりにも鮮やかな〝色〟に魅せられるように声を漏らした。

「……きれい……」

「………………」

私の呟きを捉えたガルバスが、炉から顔を上げてマジマジと私を見る。

「おめぇ、この火の〝色〟が分かるのか？」

「混じりけのない……〝赤〟」

思わず無意識にそう答えると、ガルバスは私の顔をジッと見ながら、白い髭を撫でるようにゆっくりと頷いた。

「その髪……お前さんが雑貨屋の偏屈爺が言っていた、〝灰かぶり〟か」

「………………」

お互いに相手を『偏屈』と言っているのか。

「おい、灰かぶり。おめぇ、武器はナイフだったか？」

「うん」

「よし分かった。おいっ、ヴィーロ‼　そんな買った奴が下取りで置いていったようなクズ武器なんて見てないで答えろ‼　おめぇ、明日まで時間はあるかっ⁉」

ガルバスの声に、鍛冶場の隅で箱にあった短剣を真剣な顔で選んでいたヴィーロが、驚いた顔で振り返る。

「クズ武器を選ばせてたのかよっ⁉　まぁ、明日くらいなら別にいいが……どうしたんだ？」

ヴィーロが答えるとそれに頷いたガルバスが奥へと向かい、しばらくして戻ってくると一本の細身で真っ黒なナイフを私に差し出した。

「俺が昔作ったナイフだ。灰かぶり、お前の手に合うように直してやる」

修行の旅

「ガルバスっ！　それ、魔鋼製のナイフじゃねーかっ！」

ガルバスが持ってきたナイフを見てヴィーロが声をあげた。魔鋼……？　そう頭で思った瞬間、あの女の〝知識〟から断片的な情報が流れてくる。魔鋼は魔鉄を精錬した金属だ。魔鉄は永らく魔素の濃い地域にあった鉄が黒く変化した物で、凄く硬くて、凄く値段がお高い。……情報が少ないな。あの女の武器に対する興味なんて値段くらいしかなかったので、ある意味当然か。

「そうだ。俺が若い頃に作った〝駄作〟だ」

ガルバスが顔を顰めながら、自分が作ったらしいその真っ黒なナイフを『駄作』と評する。

「あの頃もそれなりに出来るつもりだったが、それで調子に乗ったあげく、良い素材で作ればもっと良い物が出来ると、思い込んだあげくに出来たのがこれさ」

ガルバスは黒いナイフを苦い物でも口に入れたような顔で見て、軽く振ってみせる。

「こいつは鋭いだけで〝威〟が足りねぇ。見た目ばかりに拘って、何を斬るのか考えてもねぇ。だが、細身の分だけ軽いし、魔鋼だから丈夫でその特性からある程度は血糊を弾く。おめぇみたいなガキにはちょうどいい武器よ」

「…………」

刃渡り三十センチ程度で刃の幅は三、四センチほど。片刃の直刀で先に行くほど細くなっていくその黒い刃のナイフは、確かに魔鋼という強固な素材で作られながらも、硬い物や強靱な筋肉を裂いてダメージを与えるのには向かない感じがした。それでも筋力が少なく、相手の弱点のみを攻めていくタイプの今の私には、本当にちょうどいい武器だと感じる。

「ガキにちょうどいい『魔鋼の武器』ってなんだよ……。それよりお前がガキに自分の作品をくれてやるなんて珍しいな」

「誰がタダでやると言った！　おい、灰かぶり！　てめぇにこの駄作を金貨一枚で売ってやる！　俺が死ぬまでに払いに来い！　さあ、やるぞ。灰かぶり、お前も手伝え！　裏庭の井戸から水でも汲んでこいっ！」

ガルバスは一方的に早口でそう言うとドカドカと炉のほうへ歩いていく。ガルバスが死ぬまでってドワーフの寿命は三百年くらいあったと思ったけど。唖然としながらそんなことを考えていると、音もなく近づいてきたヴィーロがこっそりと教えてくれた。

「魔鋼製のナイフなんて最低でも金貨五枚はする。ガルバスの初期の作品で、あいつにとっては不本意な出来だったとしても、金貨二十枚以上はするはずだ。まぁ、あの偏屈爺さんに何を気に入られたのか知らないが、ありがたく貰っておけ」

「……うん」

私は運命に抗うことを決めて孤児院を出た。世の中にはあの孤児院の老婆や、私に成り代わろうとした女だけでなく、スラム街でも私が子どもで小金を持っているだけで狙ってくる酷い大人が何人もいた。それでも、フェルドや雑貨屋の爺さんや、ヴィーロやガルバスのような、何も持ってない浮浪児に何かを与えてくれる人もいる。

基本的に他人に気は許さない。孤児が虐待されていても見て見ぬ振りをしていたあの町の住民のように、自分の生活を守るために子どもを犠牲にする大人もいるのだ。

だから私は強くなりたい。他人の悪意を退けるために。

だから……この出会いを大切にして、強くなったら出来る限りの恩を返そうと思った。

それから裏庭の井戸で水を汲み、炉に入れる木炭を運び、空いた時間でヴィーロに斥候が使う体術の手ほどきを受ける。途中で飽きたのかヴィーロは酒場に行ってしまったが、私はその場に残ってガルバスの手伝いをしながら、短剣と闇魔術の練習をした。

夜中になると、ヴィーロが酒場で買った酒と食事を持って帰ってきた。私は体力が尽きていつの間にか眠ってしまい、朝になって鍛冶場の土間で目を覚ますと、ガルバスが手直しをした黒いナイフを私に渡してくれた。

「灰かぶり。これがお前の武器だ」

元は大人が片手で使う軽ナイフだったが、握りの部分が手直しされて子どもが両手でも握れるようになっていた。

「握りが合わなくなったら、酒でも持ってまた来やがれっ。今度はちゃんと金も持ってこいよっ！　ガッハハッ!!」

「うん。また来るよ。絶対……」

黒いナイフは、フェルドのナイフより少し長かったけど刃が薄いので驚くほど軽く、今の私には少しだけ大きかったが、しっくりと手に馴染んだ。ヴィーロの銀色の短剣も直っていたようで、それを受け取って、口が悪くて偏屈な……少しだけ子どもに甘いドワーフの鍛冶屋を後にする。

その時、ガルバスは、『王都に行くことがあったら、俺の弟がやっている防具屋に行ってみろ。変人だが俺の紹介だと言えば、何か見繕ってくれるだろうよ』――と言っていた。

偏屈の次は変人か……。王都に行く機会があるか分からないけど、変人ドワーフが作る防具ってどんな物だろう。

「それじゃ、アリア。この町を出る準備をしろ。移動しながら色々と仕込んでやる」

「うん」

大通りに出た私たちは、本格的にこの街を離れるために準備を始める。でも、どこに行くのだろう？　この町の北側には魔物が出るらしいので、そこで魔物を相手に修行をするのだろうか？

孤児院から逃げて森で生活していた私だけど、まともな旅はしたことがない。でも確か、北部にある魔物が出る辺りは半日もあればつくはずだ。

「それじゃまずトーラス伯爵領に向かう。馬車は使わないからそのつもりでいろよ」

「北じゃないの？」

私が疑問を口にすると、ヴィーロが昨日より少し伸びた無精髭を撫でながらニヤリと笑う。

「冒険者らしく遺跡で魔物でも狩ると思ったのか？　俺でもある程度の魔物なら単独で狩れるし、お前でもゴブリン程度なら狩れるだろう。だが、今のお前じゃ魔物の生息域はまだ早い。簡単に死なれたら俺の手間が増えるだろ？　その前にある程度の斥候の技術を叩き込んでやる」

「……了解」

それもそうか。この国の中でも深い森には魔物が出る。だけどそれはゴブリンやコボルトなどの弱い魔物で、強くても魔狼やホブゴブリン程度だ。

ゴブリンとは、人間の子ども程度の体躯をした知能の低い醜い魔物で、かなり大雑把に分けるとゴブリンも『亜人』の一種らしいが、ドワーフやエルフのような知性のある亜人と分けるために『獣亜人』と呼ばれることもある。まあ、それはそれで獣人たちが嫌がるので、結局『魔物』ということで落ち着いた。

ヴィーロの話によるとゴブリンの戦闘力は30から50程度らしい。これは武器を持った一般人と同程度の戦闘力だ。最弱と呼ばれるゴブリンでも短剣術スキルを得た私よりも戦闘力が高かったので少しだけガックリしていると、そんな私を見てヴィーロが戦闘力の意味を教えてくれた。

「戦闘スキルがレベル1だとあまり戦闘力に影響はない。あきらかに差が出てくるのはレベル2からだな。だが、鑑定で見える『総合戦闘力』をあまり信用するな。お前の戦闘力が低いのはまだ子どもでステータスが低いからだ。はっきり言えば、そこら辺を歩いている大人はお前よりも戦闘力は高いが、戦えばお前のほうが戦いを有利に進められる。戦いは技能（スキル）も大事だが、最も大切なことはそれを扱う〝経験〟と、それを活かす〝知恵〟だ。戦闘力はあくまで目安程度に思っておけ」

「分かった」

戦闘力はただの目安。でも、戦闘力に十倍も差があったらさすがに逃げたほうがいいだろう。

町の大人の戦闘力は40前後。目安のために、ヴィーロに断って彼を鑑定させてもらう。

▼ヴィーロ　種族：人族♂・ランク４
【魔力値：１７０／１９０】【体力値：２７８／３１０】
【総合戦闘力：９００（身体強化中：１０９４）】

やはり強い。単純に私の二十倍の戦闘力があったので、即座に逃げに入った私の判断は間違っていなかったわけだが、ここまで戦闘力が違うと逃げることさえも難しいのだと理解した。

町から出るときは初めて正門を使った。今までは不法侵入していたが、冒険者ギルドの認識票(タグ)を私が見せると門番の衛士は軽く確認しただけであっさり通してくれた。

だけど、ランク1の認識票で出入りできるのは登録したこの町だけだ。確かトーラス伯爵領まではいくつかの貴族領を通るはず。自由民である私は大きな町に入るたびに銀貨一枚もの大金を払わないといけないが、ヴィーロはあまり町に寄らないつもりらしい。

「貴族領を抜けるだけなら、俺の同行者として俺の認識票で通れるはずだ。そうでないとランク違いのパーティーを組んで遠征ができなくなるからな。さすがに外壁のあるような町だと無理だが、基本は主街道を使っても、寝泊まりは山道にある小さな町や村で宿をとる予定だ。まぁ、ほとんど野宿になると思うが、お前なら問題ないだろ？」

「もちろん」

まずは南に向かうと聞いてあの孤児院のある町を通るのかと警戒していたが、あの町は南と言うより南東にあり、主街道とは繋がっていないそうだ。

このホーラス男爵領では、銀貨を取られるような壁のある町は先ほどまでいた町と他の貴族領に近い宿場町の二つだけで、その宿場町でも私たちの足で午前中に出て夕方には着く距離だ。けれどヴィーロが言うにはそこには立ち寄らず、そのまま次の貴族領に向かうらしい。

でも、そんな強行軍のような旅だと食料は大丈夫なのだろうか？　森で動物を狩れたらいいけど、それればかりをしていては行程も遅れて修行も滞る。

「食料なら安心しろ」

そうヴィーロが言って、自分の背負い袋を軽く叩いた。見た目は少し古びているが、頑丈そうでそれなりに高そうな革の背負い袋だ。だけど大きさ自体は私の背負い袋とそんなに変わらない。

「そんなものに入るの？」

「ああ、知らないか？　こいつは空間魔術のかかった袋で、中には見た目の五倍は物が入るし、重量も軽減される。とんでもなく高かったんだぞ」

「空間魔術……」

そう呟いた瞬間、〝知識〟からあの女の師匠の授業が浮かんできた。

空間魔術は闇魔術の一種だ。空間に干渉することで物体の重量を変えたり、ヴィーロが持つ袋のように内部の容量を拡張することもできるらしい。けれど、言葉にするほど簡単な魔術ではない。以前思い出した【空間転移】もそうだけど、実用レベルだとかなりの上位魔術になる。空間拡張だと最低でもレベル4以上。人が跳べるような空間転移になるとレベル6は必要になる。

私もヴィーロから闇魔術【幻聴(ノイズ)】の呪文を教えてもらったけど、いまだに魔術の発動兆候すら見えていない。何がいけないのか……。おそらく〝闇〟に関するイメージができていない気がする。

空間魔術。幻惑魔術。普通に考えれば闇とは関係ないように思える魔術が〝闇魔術〟であることこそが鍵となるような予感がした。

ヴィーロの最初の宣言のとおり、夕方近くに宿場町の壁が見えてきたが、外壁に沿うように外を回ってそのまま次の子爵領に入る。この子爵領は今までいたホーラス男爵領より小さかったけど、途中で立ち寄った大きな村などは、あの孤児院があった小さな町よりよほど豊かに思えた。

そうして元の町を出てから三日が経ち、立ち寄った村から出立したあと、途中で現れた三体のゴブリンを私が倒すように言われて、一体ずつ倒してみせると、それを見たヴィーロが無精髭を撫でながら、呆れながらも男臭い笑みを見せた。

「ここまで戦えるなら問題ないな。アリア。この辺りで山賊が出るとあの村の長が言っていた。今夜、お前の修行にその山賊を狩りに行くぞ」

「…………」

また、いきなり実戦訓練か……この男、やっぱり子どもに甘くない。

山賊のアジト攻略

山賊を狩る。私には唐突だったが、ヴィーロは最初から山賊か野盗崩れ、もしくはゴブリンなどの住処を襲撃して、私の修行のために〝使う〟ことを計画していたらしい。なかなかに酷い。

山賊と盗賊は若干違う。出現場所の違いもあるけど、一番大きな違いは、山賊は盗賊のように、盗賊ギルドのような組織に管理されていないという点だ。

盗賊は、スラム街の孤児のようにそれ以外で成り上がる術を持たず、悪事をすることの忌避感をなくしてしまった人間たちだ。それ故にヴィーロのような冒険者ギルドの斥候がスラム街の孤児を雇うのは、盗賊ギルドの構成員を増やさないようにする意味もあるらしい。

でも山賊は、食うに困った村人がなる場合が多い。農村などでは……特に貧しい農村の場合は、労働力として子どもを使うため子沢山になりがちだ。だけど貧しいから次男や三男以降は引き継ぐ田畑もなく、村や近くの町で仕事があればいいのだが、それからもあぶれた村人は、町で盗賊崩れになって捕まるか町の外で山賊になりやすい。だけどこのクレイデール王国は、ただ生き延びるだけなら比較的安易な国である。税率などはそれほど安いとは言えないけど、気候が温暖で森の恵みが多いので、大人ならよほどの事がないかぎり飢えたりしない。

要するに山賊をする大部分の人間は、他人から奪って楽をするという欲望に負けてしまった人間たちだ。しかも、盗賊ギルドの盗賊たちは事を大きくしないために、一般人の殺人を忌避する傾向があるが、山賊は旅人を殺すことを躊躇しない。護衛がいるような貴族は襲わず、弱い人間だけを狙い、領主などに知られないように口封じとして殺す。

商人などを人質にとって身代金を要求するような度胸のある人間はいない。元々が村人だったせいか、『臆病なので』悪事を知られることを恐れて殺すのだ。

「だから、山賊を見つけたら捕まえるよりもまず討伐が優先される。捕まえても衛士のいる町まで連れて行くことは難しい。引き渡しても賞金もかかってない山賊の懸賞金なんて微々たるもので、どうせ鉱山とかで死ぬまで強制労働なんだから慈悲をかける意味もない。理解できるか？」

「……うん」

近くの村から出発して数日ほど進んだ森の中で、焚火の炎で野鳥の肉を炙りながら話すヴィーロの言葉に、私は静かに頷いた。

山賊に人権はない。領主の法が届かないからこそ勝手放題しているのだから、彼らが法に守られることもない。そう考えればまだ盗賊ギルドの在り方のほうがまだ納得できた。彼らは勝手をするためにギルドという大きな力を作り、悪人なりの規律を守ることで自らの身を守ってきた。

だからこそ『山賊』という存在は、私の修行に〝使う〟のにちょうどいいのだろう。

「……そろそろ行くぞ」

「了解」

ヴィーロの言葉に立ち上がり、生活魔法の【流水（ウォータ）】で焚火に水をかけ、踏み潰して火を消した。あまり事を起こす前に魔力を消費するべきではないが、消費1くらいなら数分で回復する。

遠くの空はまだほんのりと明るかったが、街道から離れた森の中はもう何も見えないほど暗闇に包まれていた。その闇の中を気配が薄くなったヴィーロが歩き出し、私も気配を消して後に続く。

何も見えない暗闇でも私には暗視スキルがあり、ヴィーロも当然のようにそれを持っていた。

ヴィーロはまだ私が後をついてこられるように隠密を抑えてくれているが、これが暗視スキルも探知スキルもないスラム街の子どもだったら、ヴィーロはどうするつもりだったのだろう？

フェルドもそうだけど、ヴィーロも自分が出来ることを特別だと思っていないふしがある。普通なら接しているうちに『子どもがそんなことは出来ない』と気づくのだろうが、私が普通に森で焚火を熾して、暗闇でも平気で活動しているせいで、どんどん自重がなくなってきた。

隠密を抑えてくれているといっても、おそらくは自分の冒険者パーティーメンバーが気づける程度に無意識に抑えているだけで、子ども（わたし）を気遣っているのではないような気がしている。

それでも私の修行だとは覚えているようで、要所要所で色々と教えてくれた。

「山賊は、盗賊ギルドの連中と違って特に技術があるわけじゃねぇ。今回の連中は、多少知恵のある奴がいてアジトへの道を隠しているが、戦利品を運ぶためにおざなりになっている」

「うん」

街道から少し逸れたところに獣道のようだけど獣が通るには広い道があった。

「ここを見ろ。何日か前に雨でも降ったのか、乾いて固まった足跡が残っている。足跡が何種類あるか分かるか？」

「……そこまで見えないよ」

「お前、暗視スキルがあるんだろ？　身体強化の要領で視覚を強化するように意識してみろ。魔素の流れで形状が視えてくるはずだ。人種的限界で人族はレベル1までしか暗視を会得できないが、このくらいなら目を凝らせば見えるだろ」

なるほど……普通の《暗視スキル》はそうやって使うのか。私みたいに魔素の〝色〟で判別するのはやはり異端のようだ。本来の暗視スキルは視力を強化するだけじゃなく、気配や魔素の流れを『反射』として捉えて強化した視覚と合わせることで、脳内で実際の光景を視覚化するのだろう。

私も魔素の流れで気配を探知する訓練は続けている。私はそれに魔素の色を合わせることで暗闇を視覚していた。人族の暗視スキル限界はレベル1。それは基本的な身体能力の差で、獣人やドワーフだともっと上がるのだろう。〝知識〟によれば、地下に住む岩ドワーフなどは生まれながらに暗視スキルを持っているらしい。でも、通常の手段とは違う方法でスキルを得た私なら、通常の方法を会得できれば、もっとスキルレベルが上がるかもしれない。

とりあえず身体強化の要領で眼に魔力を流してみると、微かにだが凹凸を感じる。でも、このままだとよく分からないので私の暗視と同じように脳内で視覚化しようと試みると、確かに足跡のようなものが見えてきた。

「……五、六人？」

「もう少し多いが十人には満たないな。この二つの足跡は似ているが、こっちのほうがわずかに深い。体重が重いか荷物を担いでいたか……足跡が少し乱れているから後者の下っ端だな。これは遺跡探索で魔物の数を特定するのにも使える。歩幅や歩き方で相手の姿を〝想像〟しろ」

「わかった」

「……止まれ」

ヴィーロが不意に手を挙げて歩みを停めた。

「あそこを見ろ。道から外れた場所に不自然な場所がある。何があるか分かるか？」

目を凝らすと確かに枝葉の向きが不自然に違う場所がある。上のほうまで折れた枝があり、それをつけたモノを〝想像〟すると……。

「……罠？」

「正解だ。おそらくは侵入者対策と言うより獣対策用の熊罠だな。お前のような小さな体躯だと、挟まれたら【回復(ヒール)】だと治しきれないので注意しろ」

「了解」

「見える罠は念のために解除しておく。音を立てない方法は眼で覚えろ」

罠を解除しながら進んでいくと森の隙間の向こう側に、微かな〝火〟と〝光〟の魔素が視えた。

私がその方角を無言で指さすと、ヴィーロもその方角に目を凝らしてから小さく頷いて、指の動きだけで『進め』と指示を出す。

そちらに進むと開けた場所が見えた。山賊だと洞窟辺りに住んでいるイメージがあったけど、ヴィーロが口の動きだけで『廃村』だと教えてくれる。

元々その村の住民だったのか住み着いたのか知らないが、静かにその小さな村を窺うと、荒れ果てた畑といくつかの朽ちた家屋があり、そして中心部の比較的まともな家屋のある場所では、山賊たちが焚火を囲んで酒を呑んでいるみたいだった。

「……少し多いな」

場所を確認したことで声を出すことにしたヴィーロの言葉に私も頷く。足跡は十人弱。留守番役を含めて十人強だと想定していたが、見えるだけでも十五人以上の山賊が見えた。

中央の焚火の側に十人ほど。そこから離れた屋根のある場所でも、見張りを兼ねた数人の男達が酒を呑んでいる。その近くに戦利品と思しき派手に血が飛び散った跡がある馬車があり、私たちは相手がただの村人や旅人ではなく山賊だと確信する。

「少しずつ減らすぞ。怖いならここにいていいぞ？」

「ううん」

私が首を振るとヴィーロがニヤリと笑う。……いや、こんな場所まで連れてきて今更子ども扱いは困るけど、本当に私が子どもだと覚えているのだろうか？


気配を完全に消したヴィーロが大気の魔素の流れに沿ってするりと動き出す。目の前にいると分かっていても、私には魔素の色で〝人の形〟を追うだけで精一杯だった。

これが『隠密スキルレベル4』……か。私も彼の動きを目に焼き付けるようにして後を追う。

隠密レベル1の私と違って、本気になったヴィーロは恐ろしいほど速かった。ふらふらと千鳥足で人の輪から抜けてきた男の一人に音もなく忍び寄ると、腕を首に巻き付け、『ゴキッ』と幻聴が聞こえるような動きで首をへし折り、廃屋の裏側に音もなく寝かせる。

「俺は見張りどもを先に始末する。お前はあの連中を見ていろ。見張りのほうへ動き出したら知らせに来い」

こくりと頷いた私の頭をポンッと叩いて動き出したヴィーロの姿は、数十メートルも離れると完全に見えなくなった。

四、五人程度の見張りならヴィーロには問題ないだろう。普通の子どもだったら山賊のいる場所で一人残されるのは不安になるのだろうが、私は自分の仕事をこなすべく、鑑定水晶を取りだして山賊たちを調べはじめた。残りの廃棄水晶も少なくなっていたが、いまだに鑑定スキルは得ていない。これも何かコツがあるのか、後でヴィーロに聞いてみよう。

山賊たちの戦闘力は40から70ほどだった。一人だけ高い人間がいたけど、他は普通の村人とあまり変わりない。でも考えてみれば、盗賊や冒険者と違って元が村人である山賊はスキル持ちが少ないのだろう。農民に魔術や探知スキルなどあるわけがなく、精々、剣術か弓術を1レベル持っている程度なのだと理解した。

少し経って焚火の輪の中からまた一人の男がこちらに歩いてくるのが見えた。

少しまずい。用を足しに来たのか、さっきの男を捜しに来たのか分からないが、死体を見られて騒がれたら、ヴィーロは全員を相手にすることになる。

ヴィーロに知らせるか、私がこの男をなんとかするか……決断を迫られる。

「………」

私は感情を心の奥へ沈めて静かに目を細める。ショールで乱暴に頭の灰を拭うと、不自然な荷物は纏めて草むらに隠して、覚悟を決めて前に出た。

「おじさん」

「んん？　なんだぁ？　ガキかぁ？」

三十代くらいの腰に手斧を下げた薄汚れた男は、あきらかに酔っ払っているようで、不意にこんな場所に現れた怪しい子どもに警戒もせずに近づいてくる。

「男かぁ？　女かぁ？　よくわかんねぇなぁ。女だと高値で売れるらしいぞ」

「……そうなんだ。おじさん、ちょっとこれを見て」

「ん？　なんだぁ？」

私が向けた左手を覗き込むように男が不用意に近づくと、右手に隠していた、私の髪で作った紐分銅を魔力を込めて振り下ろす。

ゴッ！　と鈍い音を立て、分銅を脳天に叩き込まれた男が目を回したように仰向けに倒れる。すかさず黒いナイフを抜いて馬乗りになると、その重みで男がわずかに意識を取り戻した。

朦朧としていた男の瞳がナイフを構えた私を見て恐怖に揺れる。その咽が恐怖の叫びをあげる前に、私は黒いナイフの切っ先を男の顎下から頭に向けて突き刺した。

「……ぅが……」

「…………」

男の怯えた瞳に、あの女を殺したときのように無表情になった私が映る。ゆっくりと震える手が伸ばされ、私がナイフを捻るように引き抜くとドロリとした血が溢れて男の手が地に落ちた。

「……ふぅ」

少し緊張していたようで息を吐いてからナイフの血糊を男の服で拭う。

これで問題はないだろう。ヴィーロが見張りを片付けるまで、また来たら私が始末すればいい。命のやり取りで躊躇（ちゅうちょ）できるほど余裕はないので、命を奪うことに躊躇（ためら）いはない。

それにしてもこのナイフの切れ味は凄い。血糊も軽く拭っただけで漆黒の刃は本来の光沢を取り戻しているので、本当に良い物なのだとあらためて理解した。

しばらくして見張りのほうへ視線を向けると、明かりが消えて人型の魔素が見えなくなっていた。
見張りの始末は終わったらしい。これまでは暗殺者みたいな戦闘だったけど、焚火のところにいる六人に対しては『冒険者の斥候（スカウト）』としての戦いが見られるのだろう。
そんな集団戦に私が混ざるつもりはない。油断しているのならともかく、正面から複数を相手にするのはまだ危険で、下手な援護だけでもヴィーロの足を引っ張ることになりかねない。
私は少し離れた場所から見張りして、誰か逃げ出したらその位置を把握しておくか、倒せるような倒せばいいかと考えた。

「……六人？」

おかしい。確か……焚火のところには九人いたはずで、ヴィーロと私が一人ずつ倒して、残りは七人のはずだった。もう一人はどこに行った？　慌てて辺りを見渡しはじめた私の耳に、暗がりから放たれた声が聞こえた。

「お前、そこで何をしている！」

振り返ると、薄汚れた硬革鎧（ハードレザー）を着た男が警戒するように剣を抜いていた。

「…………」

ヴィーロはまだ戦闘を始めていない。ここで騒ぎを起こして彼に助けを求めれば、ヴィーロは足手纏いを連れた状態で戦闘をすることになる。
仕方がない……。私はヴィーロの戦闘が終わるまでの時間を稼ぐため、黒いナイフを引き抜いた。

山賊長

「何か音が聞こえたと思ったら……このガキ、お前がそいつらを殺(や)ったのか？」

暗がりの中に仲間の死体を見つけて、剣を抜いたその男がナイフを構えた私を睨みつけた。

殺したときの音を聞かれたのだろうか。どちらにしろ、もうただの子どもだと油断させることは無理そうなので、私も黒いナイフを男に向ける。

ヴィーロや鍛錬として殺したゴブリンのことを無しにするのなら、これが私の初めての実戦になる。それでもフェルドやヴィーロの殺気を経験しているので、男から放たれる殺気に緊張はしても萎縮するほどの恐れは感じない。

硬革鎧(ハードレザー)に片手剣(ロングソード)。装備自体は古びているが一般的な『戦士』の装備だ。年の頃は三十代の前半。一人だけ戦闘力が１００近い周囲より強めの山賊がいたけど、それがこの男なら、山賊でも村人ではなく脱走兵か冒険者崩れだと推測する。私の両親が亡くなった魔物の大発生でも、人間しか相手をしたことのない兵士の何人かは、魔物との戦いから逃げ出したと聞いたことがあった。

「…………」

もし脱走兵なら、この男が逃げなければお父さんは死ななかったかもしれない。あくまで結果論なのは分かっているけど、思わず冷めた視線を向けてしまうと男が露骨に顔を顰めた。

「……薄気味悪いガキだな。やはりお前が殺ったのか」

こんな森の奥に現れ、剣を向けても怯えない子どもなんて私でも不気味だと思うが、私もここで退くつもりはない。もしこの男が脱走兵でも憎しみはない。でも、怒りの代わりにドロリとした冷たい殺気が滲み出て、私の《威圧》に男が息を呑む。

怒りにまかせて突っ込んでこられるよりも、警戒されたほうがまだやりやすい。１００ほどの戦闘力ならランク２の戦士だろう。この戦闘力なら、おそらくは剣術スキルがレベル２で、防御と体術スキルがレベル１くらいだろうか。魔力値が確か50程度だったので、たぶんその年齢でその魔力値なら、魔術は覚えていないと判断する。

飛び道具は、元兵士なら弓程度は使えると思うが、《弓術》は《投擲》が無くても単独で使えるスキルなので、ナイフ等の飛び道具の警戒は魔術共々小レベルとして心に留めた。

自分でも驚くほど冷静に解析しつつ、互いに殺気を放ちながら武器を構え、ジワジワと時計回りに位置を変える。

この男……とりあえず『山賊長』と仮称して、その戦闘方法を模索する。

山賊長の戦闘スキルは剣術レベル２だとして、まともに打ち合うと小さな私はそれだけで吹き飛ばされてしまう。まともには戦わない。油断もしない。フェルドとヴィーロのせいで価値観がおかしくなっているけど、この男の戦闘力でも充分脅威なのだ。

シュッ！

「くっ！」

私が不意に投げた鉄串を山賊長が大げさに避ける。おそらく酒を呑んでいるのだろう。子ども相手ならその程度の酒は問題ないと思っているのだろうが、それは酒のせいで判断力が低下しているからだ。投擲スキルのない私ではこの男の鎧で弾かれてしまうのに、私を警戒してくれたおかげで必要以上に体勢を崩すことができた。

その隙に攻撃……なんて馬鹿な真似はせず、後ろ向きのまま跳び退がるように距離を取る。

「逃げるかっ！」

距離を取り、後ろ向きから普通に走り出した私を山賊長も追ってくる。

山賊長の心理を考察すると、仲間を殺し、子どもながらに殺気と威圧を放つ私を警戒している。けれど、私が子どもなので仲間を呼ぶような恥知らずな真似はできず、子どもだから剣を持つ自分に怯えて逃げ出したのだと考えている。警戒はしているつもりだけど、子ども相手に警戒しすぎることを、山賊の頭（かしら）としての自尊心が邪魔をしている感じだろうか。

だから山賊長は、焚火の光が届かない暗がりに逃げる私を躊躇せずに追いかけてきた。

私がこの男に勝つ必要はない。ヴィーロが来るまで時間を稼げればそれが私の勝ちになる。私にとっては、あの場で騒ぎを起こして他の山賊を巻き込んだ乱戦になるのが一番困るのだ。

大人と子どもでは速力に差はあるが、荷物を下ろした身軽な私と、鎧を着て武器を抜いたままの山賊長なら同程度だろうか。私の思惑に乗って追いかけてきた山賊長だったが、月明かりさえ届かない森の中に入るとあきらかに速度が鈍り、わずかな木の根に躓いて体勢を崩していた。

「くそっ、……【灯火（ライト）】っ！」

山賊長が生活魔法を唱えて、ロウソクより少し明るい程度の小さな明かりを剣の先に灯す。

「【暗闇（ダーク）】」

それを私が離れた場所から魔素を飛ばしてあっさり相殺すると、再び森は闇に包まれた。

「くそっ！」

敵情報追加。山賊長は暗視スキルを持っていない。

「【灯火（ライト）】っ！」

「【暗闇（ダーク）】」

それから何度か唱えた山賊長の【灯火（ライト）】を私の【暗闇（ダーク）】が消していく。闇属性の魔素は、明かりの範囲に飛ばせば勝手に相殺してくれるので消すこと自体は難しくない。

山賊長の魔力値は50程度。それに対して私の魔力値は70ほどもある。それだけでなく山賊長は私に剣を向けてからずっと身体強化を使っていた。戦いはじめてから約十数分。身体強化はおよそ百秒で1ほど魔力を消費するので山賊長の魔力値はその間も減り続けている。

私はそもそも戦闘以外で身体強化を使ってさえいないので、終わりの見えない魔力の消費合戦に、山賊長はついに【灯火（ライト）】を使うことを諦めた。

「このガキが！　正々堂々と戦え!!」

大の大人が子ども相手に無茶をいう。そして敵情報追加。森に入ってから私の位置を把握さえできていないので、山賊長は探知スキルも持っていないと思われる。

それでも気配を察することはできるのだろう。私が動き出すとわずかな足音で剣を振ってきた。

「【斬撃（スラッシュ）】っ！」

剣術レベル1の戦技、【斬撃（スラッシュ）】が私のいた真横の闇を切り裂いた。やはり剣術レベル2は侮れるレベルじゃない。初めて自分に向けられた【戦技（せんぎ）】に、手の平にじっとりとした汗が滲んでいた。

互いに決め手がない。私では隙を衝かないとダメージを与えられない。山賊長も私が攻撃をしてこないと攻撃ができない。でも私と山賊長では決定的な違いがある。それは攻撃の主導権を持っているのが〝私〟ということだ。

受け身の山賊長は身体強化を切らすことができない。私は時間を稼ぐことが目的なので焦らずに魔力を温存できる。だけど、ヴィーロの戦闘が終わりそうな時間に達する前に、【灯火(ライト)】を使いすぎた山賊長の魔力が限界に達したのか、身体強化が消えてその足がわずかにふらついた。

「くそっ……」

ようやく不利を悟った山賊長が、顔を歪めながら村の方へ走り出す。身体強化など使わなくても私より強いのに、私を警戒しすぎたせいで魔力を使い果たし、逃げなくてもいいのに逃げ出した。

判断が悪い。自尊心はあるのに〝覚悟〟がない。

ただ、それを黙って見逃しては私の〝修行〟の意味がない。

私が木の陰から飛び出すと、わずかな物音に反応した山賊長が背後に剣を振る。けれどあきらかに剣が鈍い。身体強化をできなくなっただけでなく、元は職業戦士だった山賊長は、戦闘職の常識から身体強化のない状態で戦うことに身体が萎縮してしまっているのだろう。それでもレベル２の剣速は鋭いが、体術レベル１の私でも、暗闇でなら躱せないほどではなくなった。

「ぐあっ⁉」

私のナイフが男の脚を浅く斬り裂く。ナイフは鋭くても、私の筋力で大人の筋肉は深く斬り裂けないが、それは大きな問題じゃない。

「このガキがっ‼」

怒りで叫び声をあげて威嚇しても、私はお前に怯えない。逆に暗闇で斬り裂かれる恐怖に、男の剣先は剣術スキルで補正できないほど、どんどん大振りになっていく。

「くそがっ‼」

それから時間をかけて何度も隙を見て山賊長の脚に斬りつけた。森から逃がさない意味もあったが、私の身長ではかなり踏み込まないと大人の上半身に届かないからだ。私自身の戦技を試してみたい気持ちもあったが、大振りになる戦技は、この場では自重したほうが賢明だ。

山賊長は私よりも強い。だから一撃を与えたら即座に距離を取る。だからこの暗闇からは絶対に逃がさない。与えた傷はどれも致命傷ではない。斬り裂かれた面積が多く、下半身は血塗れになっていたけど、まだ重要な器官に傷はない。

だけどその時、ついに私が恐れていた事態が起きた。

「……は、ハハッ！　ついに見つけたぞ、ガキっ‼」

朝がきて、わずかに差し込んだ朝日が、灰を落とした私の桃色がかった金髪を煌めかせる。

「もう終わりだ、このクソガキが‼」

「…………」

時間切れか。もう〝修行〟も終わりだ。

「ハァアっ！　……が、……なっ？」

ようやく私を見つけて斬り込もうとした山賊長が、その場で崩れ落ちるように膝をつく。その手からも剣が滑り落ち、困惑する山賊長の土気色になった顔に私は冷めた視線を向けた。

「もう朝だよ？　あれから何時間経ったと思っているの？」

私が狙ったのは『出血死』だ。そのためにあえて深追いせず、出血だけを増やす傷をつけていった。私は自分に【回復（ヒール）】をかけて徹夜して減った体力を戻すと、山賊長の手から落ちた片手剣（ロングソード）を蹴飛ばしてから油断なくナイフを構えて近づいた。

「まだ戦える手段は残っている？」

「………」

「そう。じゃあ、さよなら」

半分怯えた、睨むような瞳を真正面から受け止めながら、冷酷に山賊長の首元をナイフで横薙ぎに斬りつける。ここで油断して踏み込む必要もない。その傷から溢れた血が絶望に染まった彼の命の灯火を消すまで、私はナイフを構えたままジッと最後まで見つめ続けた。

＊＊＊

すっかり明るくなった朝の光の中、戦利品の片手剣（ロングソード）を引きずりながら廃村に戻ると、広場の中央に積み重ねられた山賊たちの死体の脇で、水筒の果実酒を飲んでいた無傷のヴィーロが軽い仕草で片手を挙げた。

「よぉ、遅かったな。強敵だったか？」

「たぶん、山賊の頭かな？　これ戦利品」

もう少し心配してもいいと思うんだけど？　ヴィーロは私が手渡した片手剣を受け取り、目を細めて検分する。

「これは貴族が発注した廉価品だな。柄にホーラス男爵の印があるが……お前、よく勝てたなぁ。まあ、死んだ山賊の素生など関係ないか」

「そうだね……」

「それよりも火をつけてくれよ。死体に油は撒いたが、火口箱の火が消えていて煙草に火もつけられねぇ」

「了解。……煙草は止めたら？」

つけた火が広がらないかだけ見届けると、美味そうに煙草を吹かしたヴィーロと乾パンを齧った私はそのまま廃村を後にする。

「ふわぁ……さすがに徹夜はもうしんどいわ。次の街に着いたらいい宿をとるか。山賊がある程度持ってたんで、半分やるから自分で払ってみろ」

「ありがと……」


そうして私たちは旅を続け、その三日後、この辺りの大都市であるトーラス伯爵領に到着した。

旅の目的地

この地域で一番の大都市、トーラス伯爵領の街に着いて二日が経った。この街で何かする予定はないのだけど、どうやら私はかなり疲労が溜まっていたらしく、到着して早々熱を出して丸一日眠っていたらしい。

子どもの身体で旅をして、徹夜で戦闘とかしたのだからある意味当然かも……。それから体力が回復して熱が下がってから鑑定水晶を使ってみると、少しだけステータスが変わっていた。

▼アリア（アーリシア）　種族：人族♀・ランク1
【魔力値：47／77】△7UP　【体力値：52／55】△3UP
【筋力：4（5）】【耐久：5（6）】【敏捷：7（8）】【器用：6】
《短剣術レベル1》《体術レベル1》
《光魔術レベル1》《無属性魔法レベル1》
《生活魔法×6》《魔力制御レベル1》
《威圧レベル1》《隠密レベル1》《暗視レベル1》《探知レベル1》
《簡易鑑定》NEW
【総合戦闘力：39（身体強化中：41）】△3UP

ようやく《鑑定》スキルを覚えた。そのせいか魔力も増えたので戦闘力も若干上がっている。

ただ一つだけ誤算だったのは、今までの水晶を使っていた鑑定と違い、スキルの《鑑定》は魔力を5ほど消費した。起きたばかりで魔力が減っているのはそういう理由がある。

それは気をつけていれば気にするほどでもないけど、今気になるのは、起きてみると身体が身綺麗になって、着ていた服が平民の女児が着るような薄い寝間着に替わっていたことだ。


「…………」

部屋にある銅板の鏡に、まるで街に住む普通の女の子のような私が映る。でも、やっぱり目付きは悪い。初めて使うような柔らかいベッドに清潔なシーツ。どうやらこの宿は高ランクの冒険者であるヴィーロが泊まるような、そこそこのランクの宿屋らしい。

ヴィーロは私の世話を女給に金を払って頼んでいたようで、目を覚ました私のところへ女給が現れて、彼女の弟が昔使っていたというまともな古着を貰った。今まで着ていた貫頭衣はかなりボロになって、洗濯すると破けてしまったそうだ。彼女から『服をダメにして、お父さんにごめんなさいと伝えてくれる？』と言われたけど、もしかしてヴィーロと親子設定になっているの？

丸一日の絶食で空腹を覚えた私が、一階の食堂で野菜スープとパンという久々に『まともな人間の食事』を味わっていると、外から戻ってきたらしいヴィーロが私を見つけて、女給に煮出し茶を頼みながら私がいるテーブルの向かいの席に腰かけた。

「おう、もういいのか？」

「オハヨウ、オトーサン」

「だから俺はまだ三十五だと言っただろう」

だから私のお父さんより年上だ。

「体調が戻ったのならすぐに出るぞ。行けるか？」

「問題ない」

多少の倦怠感はあるが動くのに問題はない。ヴィーロの表情と口調から察するに、これも私を依頼主に紹介して仕事を任せられるかの試験も兼ねているのだろう。

「それにしても……目立つな」

「ん？」

残りのパンを胃に詰め込んでいると、ヴィーロが私のピンクブロンドの髪を指さしていた。

ああ、なるほど……。今まで灰をまぶして光沢を抑えていたけど、行水ではなく久々にお風呂に入ったせいか、私の桃色がかった金髪は以前よりも光沢が増している気がする。

「釜戸の灰でも貰えるかな？」

「ああ、後で頼んでみるか。だけどな……その髪の艶は魔力が増えた影響だと思うぞ。そのうち灰程度じゃ誤魔化せなくなるかもな」

「……そっか」

髪に灰をまぶしていたのは、危険に巻き込まれないように目立たないためだ。今ならヴィーロがいるので身の危険はないが、後々独り立ちするなら灰に代わる何かを探さないといけなくなる。

「それならコイツで勉強しておけ。お前に属性があるのなら、将来的に〝幻惑〟で誤魔化せるかもしれんぞ」

少し考え込んだ私を揶揄するようにヴィーロが一枚の紙を差し出した。

「……闇魔術の呪文？」

その紙には、以前教えてもらった【幻聴（ノイズ）】の他にも、もう一つのレベル1呪文である【重過（ウェイト）】の呪文まで記してあった。

闇魔術のレベル1である【重過（ウェイト）】は、物体の重さを変える魔術らしい。

呪文は『モバサオーイアーニデレクレス』……やはり微妙に覚えにくい。一般的な呪文の言葉としては『その物の重さを変えろ』という意味になる。

ヴィーロによるとこれも光魔術の【治癒（キュア）】同様、あまり使い手のいない呪文で、一度使うと数分間、両手に抱えられるまでの物体の重量を一割ほど変えられるらしい。……確かに微妙。もう一つも【幻聴（ノイズ）】のような音を出すだけの呪文なので、闇魔術の使い手が少ない理由も納得できる。

けれど、この呪文を知ったことで私は、ずっと考えてきた闇魔術の疑問が少しだけ解消された気がした。たぶんだけど……闇属性の魔素は本物の闇とは違う。

「ありがと」

「気にすんな。それとコイツを持っておけ。お前は金串を使っていたが、あれは投げには向かないから、遠隔スキルを覚えるのは難しいぞ」

ヴィーロがテーブルを滑らせた布に包まれた物を開いてみると、中には刃渡り十センチ、刃幅が二センチ、柄の長さが七センチほどの投げナイフが数本包まれていた。

私が投げに使っていた三本の鉄串は何度か戦闘に使ったことで残り一つになっている。私も何か補充を考えていたけど、ヴィーロは私の使う武器をよく見てくれていたようだ。この手の投擲武器は、暗殺にも使える『暗器』の類になるので普通の店には売っていない。専用の店まで行って買ってくれたヴィーロに私がまた礼を言うと、彼は必要経費だから気にするなと軽く手を振った。

あの山賊の根城には金貨数枚分の金銭が隠してあったそうで、私はその分け前として金貨三枚分の報酬を受け取っている。宿を出るとき、私の世話をしてくれた女給に、服の礼だと銀貨一枚を渡すように頼んでおいた。安い宿なら着服される恐れもあるが、一泊が銀貨二枚の宿ならそんなことはないだろう。……金貨の一枚は、ガルバスに返すために大切に仕舞っておこう。

「では先を急ぐとするか」

「了解……」

……宿を出るとまたいくつかの視線が纏わり付いてくる。視線だけで確認すると若い男性も確認できた。私の髪の色が珍しいのだろうか？　それとも髪の艶が戻ると女に見えている？

いいや、髪を切ってから一ヶ月くらい経っているので髪も数センチ伸びているから、少年らしさが薄れているのかも。たった一ヶ月で伸びるには少し長いような気もしたけど、身体の成長と同じで髪が伸びるのも早いのかもしれない。

とりあえず路地に入って灰をまぶすとそれなりに視線も落ち着いた。この伯爵領の街はかなり裕福な印象がしたけど、それでも路地に入るとそれなりに嫌な視線も感じる。

光が強い場所は闇もまた深くなる。辺境とはいえトーラス伯爵領でもこれなのだから、どこか遠くに行こうと思うのならかなり強くならないといけない。

「……ねぇ、そろそろ目的地を教えてくれる？」

正門から街を出て、東の方角へ進みはじめてから私がそんな言葉を口にすると、ヴィーロは少し悩むようにしながらも、意外と簡単に口を開いた。

「そろそろ教えてもいい頃か。俺達が向かう場所はここから東にあるダンドール辺境伯領だ。そこの避暑地に、とある貴族がお忍びで療養に来る。そこの周辺警護の一部を担うのが俺たちの仕事だ」

「……貴族」

やはり貴族絡みか……。しかもお忍びで療養だとすると、それなりの地位を持つ貴族である可能性がある。確かに私にとって危険には違いないが、力を得ることは貴族との絡みもある程度は許容しなければいけない。

　それにしてもかなり重要なことをよく身元不明な浮浪児に話したな。私もヴィーロを悪人だとは思っていないけど、ヴィーロも私みたいな浮浪児を信用できると思ってくれたのだろうか。

「でも、それにどうして私みたいな子どもが必要なの？」

「それについては依頼主からの要請だ。まぁ多少は予想がつくが……。たぶんその療養に来る貴族が〝子ども〟だから……かもな」

「……ふぅ～ん」

　さすがにまだ依頼主の名前までは教えてくれなかったが、その貴族が子どもと言うことで私を捜している血縁者ではないと少しだけ安堵する。今の私だと血縁者に見つかれば強制的に貴族にされる。そしてあの女の〝知識〟にあった『主人公（ヒロイン）』のように、色々な男を手玉にとって、色々な人を不幸にするような人間にされてしまうかもしれないのだ。

　力のない状態で貴族と関わるのは危険だと分かっている。でも今回のことは私が乗り越えなければいけない壁だと感じた。それからも逃げるのなら、私は一生逃げ続ける人生になるだろう。

　私は運命を乗り越えられる力を手に入れる。

　それからヴィーロといくつかの貴族領を越えて東を目指す。子ども連れということで襲ってきた野盗やゴブリンなどもいたが、すべてヴィーロによって私の修行の〝糧〟とされた。

　私自身はランク１のままで戦闘力もほとんど変わっていないけど、〝経験〟という面で、私は確実に成長していた。

そして一週間後――

「ここが、ダンドール……」

なだらかな丘が続く平地が広がり、涼しげな風が吹くこのダンドール辺境伯領が、私が〝私〟として初めての仕事を貰う場所だった。

そしてこの地で……私は、人生に関わる『悪役令嬢』と呼ばれる少女たちと出会うことになる。

第二章　暗部の戦闘メイド

王国の闇

「殿下は問題なく王都を出立されたか？」

サース大陸南方の大国、クレイデール王国の王都にある王城の一室にて、その部屋の主である男の一言に若い執事が静かに口を開く。

「第一王女殿下におかれましては、特にお身体の不調を訴えられることもなく、本日王都から離れられました。道中に問題がなければ、予定通り二週間後にダンドール辺境伯領に入られます」

「そうか。城内におけるエレーナ殿下の我が儘にも困ったものだが、向こうに着けば、後は祖父であるダンドールの奴に任せられるな」

この部屋の主であるクレイデール王国宰相ベルト・ファ・メルローズ辺境伯は、学生時代より旧知の間柄であるダンドール辺境伯の顔を思い出しながら、椅子に深く背を預ける。

このクレイデール王国は、元は三つの国であり、北方のダンドールと南方のメルローズの二つの旧王家は、その地の辺境伯として残された。本来なら辺境伯はその地方の纏め役であるのだが、統合当時の政治的な問題により、旧ダンドール公国と旧メルローズ公国の貴族や民の不満を抑えるため、二家の当主は伝統的に国の重役に就くことになっている。

ダンドールは軍事面を担当し、歴代の総騎士団長である元帥はダンドール当主一族が就任する。

メルローズは内政面を担当し、歴代の宰相はすべてメルローズ当主一族の者が就いていた。

統合から百年以上経ち、すでに一つの国家として旧国家間の貴族のわだかまりは薄れていたが、いまさら伝統を変えるのも難しく、いまだに二つの辺境伯家は二つの重役を占領している。

話題となった第一王女エレーナは、ダンドールの姫であった第二王妃を母に持つ。

当時は公爵家に年回りのよい令嬢がおらず、本来ならそのダンドールの姫こそが、家格も美貌も第一王妃に相応しいとされていたのだが、当時王太子だった青年が正妃に選んだ女性は婚約者候補にすら名前のなかった、魔術学園の同級生である子爵令嬢だった。

正妃となったその子爵令嬢は、現王との間に無事次代の王太子になる男児をもうけ、第二王妃となった姫はその翌年にエレーナを産むことになる。

当時、愛する婚約者を横から奪われた形となった第二王妃は、せめて我が子だけでも次の王にするべく躍起になっていたが、産まれた子が女児であったため、その望みはほぼ絶たれてしまった。

だが諦めきれなかった第二王妃は、エレーナが物心つく頃から異様なまでの英才教育を施し、その結果、エレーナは四つの魔術属性を持つに至ったが、その多すぎる魔力のせいか身体の丈夫さを失った。すべては正妃が産んだ王子を越えるため。だが、皮肉なことに身体が弱くなったエレーナを気遣い、その心を支えたのは、正妃が産んだ王子であった。

幼いエレーナは腹違いの兄に対して兄妹とは思えないほどの強い好意を示しており、それが少々行きすぎだと感じた王は、一旦王太子と距離を置くため、エレーナを母である第二王妃の生家であるダンドールで〝療養〟させることにした。

現在ダンドールには、現王太子の婚約者候補の一人である、クララ・ダンドール嬢がいる。

兄に好意を持つ第一王女を、兄の婚約者に近づけて問題はないのか心配になるところだが、エレーナとクララは従姉妹同士で幼い頃よりの遊び相手であり、エレーナもクララにだけは牙を剝くことはない、と言うよりも、エレーナは英才教育の成果か、兄が目の前にいないかぎりは落ち着いた性格の非常に優秀な少女だった。

「ベルト様は現地に向かわれないのですか？」

「オズ……宰相の儂が向かってどうする？ 殿下の療養は公にされていないとはいえ、保養地の警備は暗部の者が仕切っているのだろう？」

「我が姉であるセラが担当しておりますので、問題はないと思われます」

内政面を担当するメルローズ家は、国の裏側で情報を集め、要人を警護し、危険ならば排除する組織である『暗部』の室長も兼任している。

このオズと呼ばれた青年も旧メルローズ王家の家臣だった家系の者で、宰相の執事でありながら暗部の騎士の一人でもあった。

現在、王の子は王太子と第一王女、そして産まれたばかりの第二王子のみであり、王もまだ若いとはいえ、この規模の国家からするとあきらかに少ない。

それ故に王に側妃を送り込もうとする一部の上級貴族家が暗躍しており、王太子やエレーナは、一部の利権を欲する者たちから何度か命を狙われたこともあるが、それは常に身の回りで警護する暗部の騎士たちによって人知れず排除されていた。

現在のメルローズの領地はベルトの長男が領主代理として治めているが、今も複数の業務を兼任しているベルトは、これ以上仕事を増やすつもりかと、オズをジロリと睨みつけた。

魔力が多い貴族なので、ベルトの外見はまだ四十代の半ばほどだが、実年齢はすでに五十代の後半に達している。

ベルトとしては、すでに王位を現王に譲り、楽隠居と称して王太后である妻と旅行三昧している前王や、元帥の地位を息子に渡して領地で孫に囲まれているダンドール当主のような生活をしたいのだが、なかなか周りが許してくれない。

(孫……か)

そのベルトの呟きは声に出てはいなかったが、表情から察したオズがその話題を振る。

「ですが、お嬢様が、ダンドールからそう遠くない、ホーラス男爵領で見つかったとの報告もありますが……」

オズの一言に、わずかに思いを馳せていたベルトの片眉が微かに動く。

ベルトには二人の息子と一人の娘がいた。末子であり初めての娘であるその子をベルトは大層可愛がり、娘は今の王の婚約者候補の一人とまでなっていた。

だが娘は、あろうことか騎士見習いと密かに想いを通じ合わせていた。娘に苦労をさせたくなかったベルトはその仲を認めてやることができず、思い悩んだ娘はその騎士見習いと十年ほど前に駆け落ちしてしまったのだ。

風の噂では娘と騎士見習いの青年は北方に流れ着いたとされ、その消息が判明したときには娘とその地で兵士の職に就いていた青年は、町を襲った魔物の大量発生に巻き込まれて死亡していた。

けれど二人は、その間に一粒種である一人の娘をもうけていた。

旧メルローズ王家の家紋である『月の薔薇（メルローズ）』……その別名である『アーリシア』の名を付けられたその子も魔物の襲撃に巻き込まれて死んだものと思われていたが、ホーラス男爵領にある小さな町の孤児院に、該当する少女が見つかったとの報告が舞い込んだ。だが——

「……その話は手の者から聞いた。だが、髪の色は娘と似ていない赤毛に近い暗い金髪で、瞳の色も黒に近い青だ。見た者の話では、顔立ちも娘に似ているとは思えん」

「けれどそれは、そのお嬢様の父である騎士見習いの血の影響もあるのでは？」

「……我が家の女系は、皆、『月の薔薇』と同じ桃色がかった金髪だ。娘だけでなく、儂の姉も叔母二人もそうだった。その見つかった娘だけがどうして違う？」

旧メルローズ王家の直系女性は、全員が桃色がかった金髪（ピンクブロンド）を持つ。だが、不思議なことにメルローズの家から出て直系と見なされなくなると、数代でその特徴はなくなるらしい。

だが、ベルトの娘は駆け落ちしたがまだメルローズ家に籍が残っていた。故に外で産まれたアーリシアもメルローズ家の直系である『姫』となる。その見つかった少女は、自分で『アーリシア』と名乗り、自分の亡くなった母親が南方の貴族の娘だったと話しているそうだ。その証言だけではベルトの孫だという証拠にはならないが、確かに髪の色だけで違うと断定するのも早計だろう。

「その娘に関しては、その孤児院に暗部の人間を管理者として送り込み、数年は証言に齟齬がないか見極めさせろ。それで言葉に偽りがないと分かったら……」

「メルローズ家で、身柄を引き取られますか？」

「……いや、成人するまでは他家に出す。そうだな……分家のメルシス子爵辺りがよかろう。才は人並みだが人柄は信頼できる」

「メルローズ家の直轄地を管理しているあの方なら適任でしょう。それで、ベルト様はいかがなされますか？」

それこそ産まれた頃から知っているオズの言葉にベルトは顔を顰める。オズも同様にベルトの性格をよく知っていた。

「……確か、隠居したホスは、儂の娘の顔を知っていたな？」

「はい、私ども姉弟はあまり面識がございませんが、お屋敷の執事として働かせていただいていた祖父なら、間違いはないと存じます」

「ならば、ホスを孤児院の管理者として現地に送る。先行させて、その娘の顔を確認させてからダンドールに寄越せ。儂がそこで直に報告を聞く」

＊＊＊

私とヴィーロは無事にダンドール辺境伯領へと到着した。ダンドール辺境伯は、クレイデール王国北部にある、領地を持つ四十もの貴族家を寄子にする大貴族だ。辺境伯は名目上では伯爵位だが爵位の階級としては侯爵と同等になる。特にこのクレイデールにある辺境伯二家の場合、公爵家を越える財力と政治力を有するそうだ。さすがにその大貴族が依頼主ではないみたいだけど、その地にある保養地を借りた貴族からの依頼らしい。

辺境伯の住む街は十万人以上の民が住む大都市だったが、そこには冒険者ギルドへの報告だけに立ち寄り、一泊もせずに石造りの街並みと遠くに見える要塞のような巨大な城を横目に見ながら、私たちは南にある保養地を目指した。……あのお城は少し見たかった。

ダンドールの首都から徒歩で丸一日ほど進むと、森の切れ間から湖が見えるようになり、かなり大きめな湖を回り込むように進むと、湖の畔に建つ小ぶりの城が見えた。もちろん小ぶりとは言ってもダンドール城に比べてなのでそれなりの大きさはある。そこが目的地かと思ったがヴィーロはそこへは向かわず、その隣にある三階建ての白い屋敷の門を叩いた。

「依頼を受けた『虹色の剣』のヴィーロだ。執事のカストロに取り次いでもらいたい」

虹色の剣……？　察するにヴィーロが冒険者たちに呼ばれている異名か、彼が所属する冒険者パーティーの名前だろうか？

「虹色の剣……ッ。分かった、すぐに確認してくるから待っていてくれ」

門番の一人が少し驚いた顔をして屋敷のほうへ向かう。その門番の態度からは、ヴィーロ個人にではなく、『虹色の剣に関係するヴィーロ』への驚きが感じられた。

それからしばらくすると、屋敷のほうから背が高くて痩せている、少し人相の悪い三十歳ほどの執事が門番と共にやってきた。

「よぉ、カストロ。息災だったか？」

「ヴィーロ、遅かったな」

その男はヴィーロの気安い挨拶にも気にした様子もなく、彼の背後にいた私に視線を向ける。

「そいつか。予想よりも小さいな……使えるのか？」

「最低限のことは仕込んである。それに、こいつをそこらのガキと一緒にしないほうがいいぞ」

ニヤリと笑うヴィーロに、その執事、カストロが微かに顔を顰めた。

「お前がそこまで言うとはな……。ヴィーロ、お前はセラ様のところに顔を出せ。そこの子ども、お前はついてこい」

そう言うとカストロは屋敷のほうへ歩き出し、私がヴィーロに視線を向けると、彼は肩をすくめて苦笑する。

「あいつは人相が悪いし愛想もないが、ただ融通が利かないだけだから安心しろ。とりあえず一旦ここで別れる。奴から仕事を教えてもらえ」

「……分かった」

それのどこに安心できる要素があるの？　ここからはヴィーロと離れて一人になる。それでも、彼もこの場所で警備の仕事をするはずだから、また会う機会はあるのだろう。

とりあえず先に進んだカストロを追って私も屋敷の裏手のほうへ向かう。その後ろ姿や歩き方だけを見てもそれなりに実力がありそうな感じがした。

▼カストロ　種族：人族♂
【魔力値：123／130】【体力値：244／260】
【総合戦闘力：355】

でもヴィーロほどじゃない。執事の格好をしているけど、たぶんランク3くらいの斥候（スカウト）かもしれない。たぶん、彼が身体強化を使ったら戦闘力は400を超えるだろう。

「っ！」

カストロに追いついた瞬間、予備動作もなくカストロから何かが放たれ、彼を警戒していた私がそれを飛び避けるように躱した地面にやたらと細いナイフが一本突き刺さっていた。

私がそれを一瞬だけ目に留め、体勢を低くしながら腰のナイフに手を伸ばすと、カストロから微かに漏れていた薄い殺気が消える。

「ほぉ……ヴィーロの戯言も、まるで嘘ではなかったようだな」

「……なんのつもり？」

私を試したのだろうか？　ただ、本気ではなかったのだろうが、私がただの子どもだったら足を貫かれていたはずだ。

「これで怪我をするようなら、それを理由に解雇した。だが、セラ様の仰ったとおり、子どもの監視人がいれば役立つ場面もあるだろう。ヴィーロが連れてきたのだから雇いはするが、一つだけお前に言っておく」

ゆっくり振り返るカストロが見下ろすように私を睨む。

「俺は、お前のようなスラムの人間を信用しない」

最初の任務

……こいつは何を言いたいのだろう？

私が腰のナイフの柄に手を添えたまま、カストロの射るような視線に目を合わせていると、そんな私の態度も気に入らなかったのか、片眉をわずかに上げるようにして言葉を吐き捨てる。

「スラムの人間は『何もない』という環境に甘えて、真っ当に生きようとする気概をなくした人間どもだ。だから息をするように犯罪に手を染め、仕事を与えてもわずかな欲で他人を裏切る。そんな人間をどうして信用できる？」

「………」

私がその言葉に反応することもなく視線を逸らさずにいると、カストロは「チッ」と口の中で小さく呟いて背を向けた。

「そのニードルダガーと仕事だけはくれてやる。お前の持ち場はこっちだ」

「……わかった」

カストロが投げ放った細いナイフ……ニードルダガー？　を地面から引き抜いて彼の後を追う。

スラムの人間は、ジルやシュリの兄妹のように親がなく仕方なくそこで生きている者もいる。それと同様にあの二人から金を巻き上げて酒を呑んでいた、どうしようもない大人たちもいた。

スラムは普通に生きられない人たちの受け皿となる面を持つ。真実は一つではなく多方面から見なければ理解はできない。彼の過去に何があったのか知らないけど、私はスラムの住人ですらないただの浮浪児だから、何か反応を期待されても困る。

カストロに連れて行かれたのは、城の裏手から西方向に進んだ森の中だった。こんなところで何をするのかと思ったら、カストロはさらに森の奥を指さした。

「ここらから先は、どの貴族領にも属さない森林地帯だ。保養地があるので定期的に森林警備隊の兵士が見回っているが、ごく稀に、はぐれ狼などの獣が入り込んでくる場合がある。お前の仕事はここの見張りだ。ヴィーロがあれだけ大口を叩いたのなら狼の一匹ぐらい追い払えるだろう？」

ずいぶんと大雑把な任務だ。見張り自体は子どもでもできるけど、普通の子どもがやらされたら数日で逃げ出してしまうと思った。

「……期間は？」

「最低一ヶ月だ。向こうの監視小屋に食料はあるはずだから勝手に使え」

「……了解」

本当にそれだけのことしか告げず、カストロは森の中に私を残して屋敷のほうへ戻っていった。どうやら彼には『信用できないスラムの子ども』に、まともな仕事を与える気はないらしい。

彼やヴィーロの言葉から察するに、本当の依頼主の意向としては護衛対象が子どもなので、その視点の監視者が必要だと考えたのだろう。我が儘な子どもなら、自分の危険を理解できずに大人の目を盗んで逃げ出そうとするかもしれない。そんな事態を考慮したのだと思うけど、カストロとしてはそれに否定的らしい。……いや、違うか。『スラムの子ども』を使うことに否定的なのだ。

まぁいい。私からしてみれば貴族と絡むような仕事よりも気が楽だ。とりあえずカストロが言っていた監視小屋とやらがあるほうへ向かってみると、そこには小屋とは名ばかりの半分朽ちたような納屋が建っていた。

「……けほ」

ほとんど用を成さない朽ちた扉を開くと、中は埃だらけで空の酒瓶が無造作に転がり、何年も使われた様子がなかった。おそらくは夜間巡回する警備員が使用して、予備の食料なども備蓄されている名目で予算が申請されているのだろう。当然まともな食料が残っているはずもなく、あったとしても虫食いだらけのカビた干し肉があった程度で、とても食べられる物ではなかった。

「……仕方ない」

私は背負っていた荷物を下ろして現在の持ち物を確認する。

武器は黒いナイフと予備の鋼のナイフが一本ずつ。投擲用のナイフが六本に、鉄串が一本ある。他には私の髪で編んだ紐分銅と、以前作ったスリングショットくらいか。あのニードルダガーもあるけど、使い方はよく分からない。厚みがあって側面に刃がないので突き刺す専用の武器かな。

手持ちの食料は干し肉が少量、黒パンが一個、ナッツが袋に少量、氷砂糖と塩が少しずつ。

その他には、あの女が魔術の師匠のところから盗んできた小さな野草本と、治癒ポーションが二本あるけど、たぶん使うことはないだろう。

「……【流水(ウォータ)】」

とりあえず生活魔法で埃の付いた手や顔を洗って咽を潤すと、私は下ろした荷物を担ぎ直す。

「まずは、拠点と食糧の確保かな……」

この小屋は拠点には向かない。防衛力は無いに等しく、それでいて居場所を明確にしてしまうからだ。それに埃臭い。

それからその周辺を見て回り、湖以外は水場がないと確認してから、小屋から五十メートルほど離れた木の上を仮の拠点に決める。体術スキルを使って木に登り、荷物を隠してから周囲の森を散策して、目的のものを見つけた私は腰からナイフを引き抜いた。

「──【突撃(スラスト)】──ッ！」

単音節の無属性魔法、短剣の【戦技】を放つと、高さ三メートル近い若木がメキメキと音を立てて倒れた。

鍛錬を兼ねて戦技を使ってみたが魔力は10ほど消費されている。少ないように思えるけど、身体強化を使いながらだとそれほど連発できるものじゃない。魔力が増えるまで一度の戦闘では二回までに留めたほうがよさそうだ。それでも三本ほどの若木を切断して枝を払って持ち帰り、直径五センチ程度の棒にした若木をツルで縛って身体強化で木の上に引き上げる。三本の木の棒を木の枝に渡してツルで結ぶと、簡易的だけど寝場所が完成した。

のちのち棒を増やしていけばもう少しは楽になる。念のために切り落とした枝を結びつけて寝場所を隠し、除虫草でいぶしながら黒パンと水で食事をして、それから食糧の確保に向かった。

この辺りは大きな樹木が多く、低木の黒ベリーはあまり見かけなかったが、その代わりに黒い殻のナッツと、ツルに生った濃い紫の果実を見つけた。

投擲の練習もして、たまに緑蛇を見かけてナイフを投げてみるが、いまだに投擲スキルを得てない私では小さな的には刺さらなかった。

そのままカストロも様子を見に来ることなく夜になる。それどころか巡回の兵士も見なかった。暗くなった森を暗視と隠密を駆使して拠点に戻り、濡れた布で身体を拭いてから木の上で食事をする。一応、監視任務なので夜に火を焚くのは良くないと考え、ナッツ類と果物だけの食事をして一息吐くと、旅の疲れが出たのかすぐに睡魔が訪れた。

次の朝は、朝日が昇る前のわずかに変わる空気の質で目が覚める。

私は基本的に熟睡をしない。しっかり休息ができたとは言えないが、それでも私にとって一番危険な『他の人間』がいないことで、だいぶ目覚めは爽やかだった。陽は昇っても狼どころか誰も来る様子はない。そもそも監視に交代要員もいない子どもが一人ということがおかしいのだけど、それでもし狼でも見逃したら、私を連れてきたヴィーロの評価が下がるのだろうか？

朝もナッツと果物だけの食事をして森の中を見て回る。巡回の意味もあるけど、まだスキルレベル1しかない私にとっては行動のすべてが修行になる。今は使える技能(スキル)を増やす時期だろう。欲を言うなら、どれか一つでもスキルをレベル2にしたいが、たぶん、無理だと考えている。

一般の平民では二十歳以下でスキルレベル2になるのは稀である。それはおそらく技能の練度というよりも、体格的に無理があるのだと思う。今の私は急激に魔力が増えたことで実年齢より成長しているけど、それでも体格的には十歳以下の子どもにすぎない。その成長も魔力の伸びが落ち着いたのか通常に戻りかけていた。だとしたら魔力を増やす修行を優先するべきだろうか？

その日は投げたナイフが命中して兎を狩ることができた。夜に火は使わないので明るいうちに森の奥で兎を焼く。あらためて気づいたが、毛皮を剝ぐには切れすぎるナイフは向かないと思った。

帰りに少し変わった野草を採取する。記憶が確かならアルコールと混ぜることで強心剤になる野草だったはずだ。ただし、量が多いと心臓発作を起こす毒にもなるらしい。何かに使えるかな？　そろそろ毒も使うことを考えよう。

少し早めに木の上の拠点に戻り、焼いた残りの兎肉を口に運びつつ闇魔術の考察を始める。

私はまだ、闇魔術を覚えていない。たぶん、呪文の意味や発音よりも〝闇〟に対する明確なイメージができていないのだろう。

光は太陽があるように明確なエネルギーがある。でも闇は光が当たらない〝陰〟でしかない。そこには何も存在しないのだ。だから私は、実際の暗闇と闇属性の魔素は別物だと考えた。

それでも暗闇の中から闇の精霊が喚び出され、暗闇の魔素は闇属性となる。……もしかしたら、闇属性とは暗闇から発生する魔素そのものを指す言葉なのかもしれない。

光があるから陰ができるのではなく、闇属性とは光を遮る物理エネルギー体なのではないだろうか？　だとすれば……闇を粒子として扱うことでそれに包んだ思念――音やイメージを飛ばすことができるのかも。いや、闇粒子そのものに投影するのが『幻術』なのか。

光属性は純粋なエネルギーなので、それを生命力に変換することが可能なのだろう。そして闇属性は他の属性のように形状がない。ヴィーロの拡張鞄の中は真っ暗で何も見えなかった。形状がないからこそ、イメージ次第で鞄の容量を増やすようなことも出来るのだと考えた。でも、もしかして……空間拡張は鞄という形状に拘る必要すらないのかも？

「………？」

その時、視界の隅で魔素の〝色〟が動いた気がした。明確な形が分かる景色として認識するなら三十メートルが限度だけど、単純な魔素の動きだけならその倍くらいは見て取れる。

風の動きじゃない。本当に狼でも出たのか、それとも巡回の兵士でもようやく現れたのか。

「……違う」

動く物体は五、六体。徐々にこっちに近づいているのか、意識を向けたことでその形状が徐々に明確になってきた。

「……ゴブリン？　でも……」

一体だけ大きな個体がいる。ゴブリンは子どものような体躯の低級な魔物だ。それでも一般の大人程度である40くらいの戦闘力はあるが、私でも倒すことはできる。……でもあの個体は？

魔力の消費を惜しまず私がそれを鑑定すると、〝知識〟から該当するその正体が浮かんできた。

▼？？ゴブリン
【魔力値：66／68】【体力値：332／340】
【総合戦闘力：101（身体強化中：116）】

「……ホブゴブリン？」

ホブゴブリンはゴブリンの上位種で確かランク2の魔物だ。はぐれ魔物だろうか？　どうしてこんな場所にいるのか分からないけど、今の私では手に余る。でも、ホブゴブリンたちは面倒なことに、獲物を探すようにゆっくりと私がいる木のほうへ近づいてきた。

わずか五メートル下まで近づいたゴブリンたちが通りすぎるのを、息を潜めて待っていると、監視小屋のほうに歩いてくる小さな灯りに気がついた。兵士……じゃない？　このシルエットはメイド？　たった一人で？　小さなランタンと小さな籠を持った小柄な女性が、暗闇に覚束ない足取りで近づいてくる。ここで私が声をかければ私も彼女も気づかれる。でも放っておけばこのまま彼女はゴブリンたちに見つかる可能性が高い。

「…………」

仕方ないな……。私は内心溜息を吐いて静かに心を奥底へ沈める。

黒いナイフではなく貫通力の高いニードルダガーを抜き放ち、魔素の流れに沿うように音もなく枝を蹴り、両手でしっかりとダガーを抱えたままホブゴブリンの真上に飛び降りた。

ガキンッ!!

『グガアアアアアアアアアアアアアアアアッ!?』

ダガーは頭蓋骨を貫通できず、滑るように顔面を抉りながら首元に突き刺さる。ホブゴブリンの悲鳴が上がり、噴きあげた返り血が私を赤黒く染めた。

とりあえずお前は死ね。

ホブゴブリン戦

「誰か、ミーナを見ませんでしたか?」

陽も落ちた頃、城の隣にある屋敷の中で他のメイドたちに指示を出していた淡い小麦色の肌をした侍女は、一人の少女の姿が見えなくなっていることに気づいた。

湖畔の城はダンドールが有する迎賓館の一つで、療養する第一王女のために王家で借り受けたものだ。城といってもさほど大きな物ではなく、兵士や下働き、そして一般のメイドはその隣にあるこの屋敷に部屋を与えられる。王宮からも侍女は派遣されているが、数十名単位の侍女を出すわけにはいかず、ダンドールやその縁者である貴族家から数十名のメイドが手伝いに送られていた。

そのミーナという成人したばかりの少女は、そういった貴族家から派遣されたメイドの一人で、行儀見習いで働いている商家の娘だと裏は取れていた。彼女は働き者だが若干浮世離れしており、自分の昼食を野良猫に与えるなど行動が読めない面があって、その侍女はミーナを注視していた。

王宮に勤める王家付き上級侍女であるその女性が視線を巡らすと、屋敷に待機していたメイドの一人が怯えたように手を挙げる。

「あ、あの……セラさん。ミーナはたぶん、新しく来た子どもに食事を持っていったのかと……」

「子ども？　誰が連れてきた子ですか？」

「一昨日来た冒険者が連れてきたと……私は見ていませんが」

「……ヴィーロですか」

セラは以前、信用のある者たちに目端が利く子どもを紹介するようにお願いしていた。

でも、ある士爵が連れてきた九歳の子は親戚の子どもだったようで、ある程度は利発だったが下働きのような仕事をしたことがなく、数日で限界になって辞めていった。

ある商家の者が連れてきた十歳の子は、利発でどんな仕事でも喜んで行っていたが、どうやら親に何かを吹き込まれていたらしく、あきらかに上位貴族家との接点を得ようと画策しており、それに気づいた紹介者が頭を下げて連れ帰った。

セラが『子ども』と指定したのは、子ども視点の監視者が欲しかったのもあるが、将来的に使える人材を今のうちに確保しておく意味合いもある。ただの監視者なら、連れてきているセラの息子で事足りる。将来的に我が子が頼れる同僚になれば良いと、王太子が王となった時代を見据えての計画だったが、十歳以下で『使える子ども』を見つけることは、考えていたよりも難しいようだ。

セラはメルローズ辺境伯直属である『暗部の騎士』である。暗部の騎士は総勢四百二十七名いるが、そのほとんどが王都ではなく国中に散っている。メルローズ配下の一族やその分家、その他にも軍部や信用のある伝で知り合った斥候などを雇い入れて人員を補充しているが、国中……それだけではなく他国の情報まで纏めるとなると、とてもではないが人手が足りなかった。

まだ二十代の後半で婚姻して裏方に回っていたセラが、現場に復帰して指揮をとらなければならないほど、暗部の騎士が……特にセラのように直接敵を追い詰める〝戦闘〟を行える者が不足していたのだ。

そして二日ほど前、期限ギリギリになって冒険者であるヴィーロが一人の子どもを連れてきた。

冒険者パーティー『虹色の剣』はこの国でも有数のランク5パーティーであり、メンバーの何人かは入れ替わったが、百年以上前からメルローズ家は虹色の剣と懇意にしており、現在、虹色の剣は休止状態だが、ヴィーロには個人的な依頼で周辺の警備を一部受け持ってもらっていた。

その依頼時に、気まぐれで使える子どもを紹介するように軽い気持ちで頼んでいたが、挨拶に来た彼も何も言ってこなかったので、セラも今の今まで忘れていた。

紹介された子どもは元冒険者の斥候であるカストロが管理をしていた。彼もヴィーロの紹介で、融通の利かない性格に難のある男であるが、生真面目で裏方仕事を任せられる人物でもある。

そんなカストロが、その子どもをどこに配置したのか？　二日もあれば使えないとしても何かしら報告があるはずだが、彼からは何もない。そして懸念があるとするなら、数日ほど前に隣接する領境でゴブリンの討伐が行われ、数体のゴブリンを討ち漏らしたとの情報があった。

配置された場所がこの城の敷地内でなら問題はないのだが……。

「カストロを呼びなさい。今すぐに」

＊＊＊

『グガアアアアアアアアアアアアアアアアアアアアッ⁉』

頭蓋骨に突き刺さるはずだったニードルダガーが弾かれ、顔面を抉るようにダガーを首元に突き立てられたホブゴブリンが苦痛の叫びをあげた。

……奇襲失敗。瞬時にそう判断した私は、暴れはじめたホブゴブリンから即座に蹴るように飛び離れ、いまだに状況を把握できずに唖然としているゴブリンの一体に目標を定めて、横回転するように腰帯から引き抜いた紐分銅を振り下ろした。

ガゴンッ！

『……グカァ……』

硬貨を増やして十五枚にした銅貨の塊は、脳天に命中したゴブリンの意識をあっさりと刈り取った。練習の甲斐もあり、私の髪を編んだ紐に魔力を流せば、止まっている目標にならほぼ確実に当てられる。私は倒れる途中のゴブリンの咽にニードルダガーを突き刺すようにして致命傷を作り、ゴブリンたちから転がるように距離を取る。

『グガガガッ』

痛みに耐えるように顔面を押さえていたホブゴブリンが、指の間から怒りと憎しみの瞳を私に向け、ようやく敵がいることに気づいた残り三体のゴブリンも、慌てて錆びた短剣を構えた。

「…………」

それにしても頭蓋骨が厚すぎでしょ……。私が非力なせいもあるけど、全体重をかけた真上からのに魔物は生命力が強い。

奇襲で殺せないとは計算外だ。しかもその衝撃で私の手にもわずかな痺れが残っていた。行動に支障が出るほどじゃないが、少しだけ気に障る。これが人間相手なら首の傷だけでも致命傷だが、さすがに魔物は生命力が強い。

▼ホブゴブリン　ランク2
【魔力値：63／68】【体力値：214／340】
【総合戦闘力：96（身体強化中：111）】▽5DOWN

でも体力はかなり減っている。顔面を抉ったときに左目も潰していたようで戦闘力も下がっていた。でも、よく見るとニードルダガーの切っ先が曲がっていた。鋼かと思ったら鋳鉄製か……。どうしよう？　今の私にゴブリンたちを相手にしながらホブゴブリンを殺す手段が見あたらない。

『グォオオオオオオオオオッ!!』
『グギャ』『ギャギャ』『ギャガッ！』

片手で顔面を押さえたままホブゴブリンが私を指さすと、配下のゴブリンたちが喚きながら襲いかかってきた。でもホブゴブリンのそんな行動に、私の中にわずかにだが勝機が見える。一斉に襲いかかってこられたら体力が尽きるまで逃げ回るしか手段がなかった。でもホブゴブリンが自分で動かなかったのはきっと訳がある。

頭の中に知識から湧き出したいくつかの可能性が浮かび、その中で一番あり得そうな理由を直感で選び、私が背を向けて逃走を始めると、ホブゴブリンは怒りの叫びをあげてゴブリンだけが私を追ってきた。……たぶん、正解かな？

　私の手が痺れ、ダガーの切っ先が曲がるほどの衝撃を受けて脳が無事であるはずがない。きっとホブゴブリンは脳震盪を起こしているような状態にある。その証拠に私を追いたくて踏み出した足が微かによろめいた。でもホブゴブリンだけに注意を向けていられない。私を追ってくる最下級と呼ばれるゴブリンでも、私と同程度の戦闘力を持っているのだから。

　ゴブリンと何度か戦ったことがある。街道で襲ってきた三体のゴブリンをヴィーロに修行のためだと一体ずつ単独で殺すように言われた。数は同じだが今回は三体同時に相手をする必要がある。

　ゴブリンの戦闘力は町の大人とほぼ同じだが、ヴィーロが言っていたように戦闘力はあくまで目安でしかない。魔力が高ければ戦闘力は高くなる。だがそれはあくまで戦技の回数が増えて、身体強化が持続しやすくなり、戦闘持続力が高くなるためで、魔法職でなければ攻撃力が上がるわけではない。ゴブリンの場合は、愚かだが狡猾で残忍であり、躊躇なく弱い部分から襲ってくるが、それが付け入る隙にもなる。

『グギャ？』

　逃げながら、わずかに先が曲がったダガーを投げ渡すように放ると、先頭のゴブリンが大げさに避けた。時間にして約一秒。その視線が間違いなくダガーに吸い寄せられているのを見て、がら空きになった咽に投げナイフを投擲した。

『ギャッ』

　刺さったのは咽ではなく肩だったが、私はその瞬間に踏み込んで紐分銅を振り下ろす。

　ガコンッ！　と鈍い音を立てて分銅がゴブリンの側頭部に直撃する。少しズレた。ゴブリンの意識は途切れてないと確認して、私は次の行動に移る。その個体にトドメを刺す前に迫ってきたゴブリンを見て、私がダガーを拾うべきか躊躇うような仕草を見せると、そのゴブリンはニヤリとして錆びた短剣を捨て、見た目は立派なそのダガーを拾って襲いかかってきた。

ザクッ!!

『……グッギャ』

普通の短剣と同じように振ってきたダガーが私の肩を打ち、私の繰り出した黒いナイフがゴブリンの首を切り裂いて、そこから血飛沫が噴き上がる。

夜行性と言われるゴブリンだが暗視スキルがあるわけじゃない。野生動物と同程度に光を捉えることができるだけで、ダガーの側面に刃が無いことにすら気づいていなかった。

実験終了。個体差で暗視を持っているゴブリンもいるかと思ったが、そんな様子もなさそうだ。

予定通り数が減ったので気配を消して木の陰に紛れ込むと、突然私を見失って戸惑う三体目のゴブリンの背に忍び寄り、斜め後ろから骨を避けるようにして心臓にナイフを突き立てた。

『……グ、グギャ……?』

そこでようやくダメージから回復した一体目のゴブリンは、死んだ仲間を目にして私を捜すように辺りに視線を巡らせるが、隠密で隠れた私を見つけることはできなかった。でも私は油断して不用意に近づいたりせず、投げナイフを数本取りだして真剣に狙いを定める。

『ギャアッ!?』

投げたナイフがまたゴブリンの肩に刺さる。一撃で戦闘力を奪うにはどこを狙う? 一撃で殺すにはどこを刺す? 実戦に勝る修行はない。命の危険がある戦闘ほどその効果は高いはず。

次のナイフは腕に刺さり、ゴブリンが持っていた錆びたナイフが暗闇に転げ落ちた。そしてついに逃げ出したゴブリンの背にナイフを投擲すると、思っていたよりも綺麗に飛んでゴブリンの延髄に突き刺さった。もしかして……覚えたかな？

気にはなるけどのんびり検証している時間はない。投げたナイフを急いで回収していると、ついに動けるようになったホブゴブリンが追いついてきた。

……もう血が止まっているのか。これだから生命力の強い魔物は厄介だ。

『グゴォオオオオオオオオオオオッ!!』

配下を殺されたからか、傷をつけた私を見つけたからか、ホブゴブリンが怒りに満ちた雄叫びをあげ、私はそれを冷めた目で見つめる。

何を怒っているの？　お前は敵でしょ？　敵と敵が殺しあってなんの問題がある？

そんな私の心の声が聞こえたように、ホブゴブリンは再び怒りの叫びをあげた。

（よし……）

ウザかった痺れもほぼなくなり、指を確認するように動かしながらホブゴブリンを考察する。

首の傷は人間なら致命傷なのに、出血がもう止まっている。だけどかなりの深手なので体力値は半減し、左目が潰れたせいで総合戦闘力が下がったままになっていた。それでも戦闘力は私の倍以上ある。普通なら真正面から戦って勝てる相手ではないのだけど、格上の相手が手負いで片目に慣れていないという好機はもうないだろう。

ホブゴブリンは隠密している私を見つけた。なので《暗視》か《探知》のスキルを持っていると思われるが……木の上にいた私に気づかなかったので、おそらくは前者かな。

返り血の匂いという可能性もあるが、ホブゴブリンも血塗れなのでその可能性は薄いと考える。……でもそうなると、暗視持ちの場合は隠密レベル１の私だと、存在がバレていればさすがに見つかってしまうのか。

コイツの武器は……手斧？　木こりが使うような斧だが、大柄なホブゴブリンが持つと手斧にしか見えない。ホブゴブリンはランク２の魔物なので所有スキルは《斧戦術》レベル２だと仮定する。

高ランクなら種族的に《威圧》を持っている魔物もいるけど、あれだけ騒いで威圧されないのなら本当にないのだろう。他のスキルがあるとしたら防御と体術くらいだろうか。属性魔術を使えるゴブリン種もいるらしいけど、もし魔術を使えるのならもう少し戦闘力は高いはずだ。

暗視持ちらしいが慣れない隻眼で斧や石を投げてくることはないだろう。逆に投げてくれれば私が攻撃する隙にもなる。とりあえず、魔術や遠隔攻撃の警戒は小レベルとしてあるとしておこう。

「………ふぅ」

ゆっくり息を吸いわずかな怯えを払うように息を吐く。コイツとはここで決着をつける。逃げたほうが賢く、正しい選択だと理解しているけど……お前は、私の強さの糧となれ。

『グガァ……ッ！』

戦って殺す、と言う私の覚悟を感じたのか、ホブゴブリンは焦れながらも私を警戒しつつ、錆びた手斧を右手に構えてジリジリと近づき、私も黒いナイフを構えながら、コイツの潰れた左目の死角に回るようにして右手に移動する。もう隠密する必要はない。ほとんど差はない気はしても意識をすれば、そちらに気を取られてわずかに運動能力が低下する。……生き残れたら修行しよう。

足運びに注意して身体強化を全力で使いながら、私はカストロがやったように予備動作も見せずに死角からナイフを投擲した。

『グガッ！』

何か投げられたと気づいたホブゴブリンが、とっさに左腕でナイフを受けた。コイツは山賊長と違って思い切りがいい。元から油断できる相手ではないが私は警戒を一段階引き上げた。

『ガァアアッ‼』

勢いよく踏み込んできたホブゴブリンが手斧を振り下ろし、私はそれを飛び避けるように右側の死角に避ける。本当だったら、そこで体勢を崩した私はそのまま斬り殺されているのだろうが、まだ隻眼に慣れていないホブゴブリンは死角に逃げた私を追い切れない。

『ガアッ！』

それでも見えない死角にデタラメに斧を振ってくる。一撃でも受けたら死が見える。私は怯えそうになる心をさらに奥へと沈め、冷静に死角へと回り込むように躱し続けた。

一瞬の油断が死に繋がる一進一退の攻防。コイツが隻眼に慣れる前に決着をつける必要がある。でも私がコイツを倒そうとするのなら【戦技（せんぎ）】に頼るしかない。でも、その一撃で倒すことができなければ、軽い反撃をされただけでも戦技を使った後で動きを止めた私は、容易く致命傷を受けてしまうだろう。残った片目を潰せれば勝機も見えてくるのだが、さすがにそれはホブゴブリンも警戒しているのか、狙ったナイフは確実に弾かれた。

何か手はないのか……いや……一つだけあるか。ただし、これに失敗したら私はさらに窮地に追い込まれる。けれど、無謀に突っ込むよりも、このまま体力を削られるよりもたぶんマシだ。

生か死か。さあ、決着をつけよう。

『グガアアアアアアアアッ!!』

背後の森の暗闇に後ろ向きのまま逃げようとした私を、ホブゴブリンは確実に私の姿を確認して追いかけてきた。

私の策は、コイツに《暗視》スキルを使わせること。私の〝色〟を視る暗視と違って、通常の暗視は、大気に満ちる魔素が風や生物が動くことによって起こる魔素の〝反射〟を、脳内で映像化することで〝視る〟スキルだ。人族が暗視を1レベルしか会得できないのは、亜人や魔物に比べて基礎感知能力が低いからだとヴィーロに教わった。魔物であるコイツは、普段から暗視を使うことに慣れているのだろう。だからこそ、私の策が有効になる。

予定通り暗視が必要な暗い森の中に入り、即座に隠密を使いながら私は魔術に集中する。

「――トーン・プレ――」

闇魔術【幻聴(ノイズ)】の中に見つけた『その場所に』という単語を使う。後はイメージと魔力制御、そして魔素の〝色〟を見る私の感覚に頼るしかない。

周囲に満ちる闇の魔素だけを呼吸で取り込み、自分の魔素を闇色に染める。その魔力を魔力制御で放出して指定した場所に放つと、一気に魔力が減って足下がふらついた。

『ガアアアアアアアアアアアッ!!』

一瞬動きを止めた私に、追いついてきたホブゴブリンは勝機と見て斧を高く振り上げる。

おそらくは斧戦術の戦技、【粉砕(ブレイク)】だろう。魔力と共に振り下ろされた斧から衝撃波が放たれ、私がいた空間を粉砕する。レベル2の戦技なら、まともに食らえば子どもの私なんて文字通り粉砕してしまうはずだ。でもね――

ガツッ！

『ガッ……!?』

真横から不意に刃を突き立てられ、攻撃を受けたホブゴブリンが混乱したように腕を振り回し、真横にいた私を吹き飛ばした。

「………………」

吹き飛ばされた私は痛みに耐えながらも立ち上がり、切れた口の中に溜まった血を地面に吐き捨てる。その間、ホブゴブリンは私を襲ってこなかった。私を襲うことができなかった。

ホブゴブリンの顔……その残った右目に深々と鉄串が突き刺さり、コイツから完全に視力を奪っていたのだから。

『グガァアアアアアアアアアアアアアアアアアアアアアッ!!』

視界を闇に閉ざされたホブゴブリンが夜に吠える。

お前が斬った『私』は、闇の魔素で作った私の〝人型〟だ。明るい場所ならすぐにバレてしまうが、暗視に慣れた者ほど初見で騙されてしまう。闇の魔素は粒子であり無形である。故に魔力とイメージ次第で大抵のことは可能になる……と仮説を立てたのだけど、上手くいって良かった。

ただ、これは『魔術』であり『魔法』でもあるので、私の残った魔力を限界一歩手前まで消費してしまった。少しだけ魔力枯渇に近い飢餓感を覚えて、顔に飛んだホブゴブリンの返り血を舌で舐めると、血の味でわずかに気が高ぶるのを感じた。

「さて……」

『グガァ……ッ』

私が呟くと、声を聴いたホブゴブリンがビクリと身体を震わせ、追い詰められた獣のように唸り声をあげた。もう私に戦技や身体強化を使える魔力は残っていない。お前を一撃で倒す力はもう私にはない。でもお前は、目が見えないだけでまだ戦う力は残っているのでしょ？

お前は生きるために命懸けで足搔け。

最後まで……お前が死ぬまで私が付きあってあげるから。

＊＊＊

「ミーナっ!!」

「……あっ、セラさん！」

セラが闇の中でミーナを見つけると、彼女は安堵したようにへたり込んだ。

屋敷でセラがカストロを問い質すと、あの子どもは領境の森に見張りとして放置したらしい。カストロはスラムの出身で、過去に自分が犯してしまった罪の重圧により、同じスラムの出身者を嫌悪していた。彼の過去に何があったのか知らないが、そのせいかカストロは仲間を裏切る者を嫌悪し許すことはない。そんな彼だからこそ信用できていた面もあるのだが、まさか幼い子どもにまで当たるほど、こじらせているとは思ってもいなかった。

しかも配置した森にゴブリンが流れてくる可能性があり、その情報はカストロまで届いていなかった。そんな場所に浮世離れしたミーナが子どもに食事を持っていこうと考え、下手をすれば二人の犠牲者が出ると知ったカストロもさすがに顔を青くした。

そこで二人を急いで確保するべく、取り急ぎセラとカストロの二人で捜索に向かうことになった。

「落ち着きなさい、ミーナ、何がありました？」

「そ、それが……森から複数の魔物の叫び声が何度も聞こえて、私……怖くて逃げ出して、でも、子どもがいるから……でも……でも」

その証言に、本当にゴブリンが出たのかとセラとカストロが視線を合わせる。

「わかりました。カストロ、彼女を送ってからヴィーロを連れて戻ってきなさい。私はその子どもを捜します」

「ここは俺がっ！」

カストロも子どもを死なせるつもりはなく、ただ嫌悪するスラムの子どもを追い出したかっただけだった。その顔に浮かぶのは後悔か……だが、セラはそんなカストロに首を振る。

「あなたの処分は後で決めます。今は私の指示に従いなさい」

「……かしこまりました」

命令違反に近いことをした自覚があるのか今度は大人しく引き下がる。そんなカストロにミーナを任せ、セラは闇に溶け込むように駆けながら、両方の袖口に隠していたミスリル製の細いナイフを両手に構えた。

ヴィーロが連れてきた子どもならゴブリンの一体程度は倒せるかもしれない。けれど自分に驕った若者は、勝てない数の敵に手を出して返り討ちにあうことも多かった。勝てない数なら逃げればいい。けれど……逃げられない状況だったらどうなるのだろうか？

ミーナは複数の魔物の声を聴いた。ならばかなり近くにいたはずで、叫び声なら戦闘中の可能性もある。戦っている相手は誰か？　それほど近くにいたミーナが逃げられたのは何故か？　そしてその子どもが戦っているのなら、逃げなかった理由は何か?

(まさか……)

カストロは子どもの外見からスラムの人間だと言っていた。だが、スラムで生きてきた子どもどころか、暗部の一族として幼い頃より鍛えていたセラや彼女の息子でも、誰かを救うために勝てない相手に挑むことは簡単ではない。

もしそうなら、その子どもはもう生きていないかもしれない。最悪の場合は、その子を連れてきたヴィーロに子どもの死体を見せることになると、セラは気が重くなった。


森の中で血の臭いを嗅ぎつけ、音もなく駈けていたセラが方向を変える。

その血の跡はすぐに見つかった。だがそこには一体のゴブリンの死体があるだけで、複数いるという他の魔物も、子どもの姿も見つけられなかった。

セラは4レベルの《探知》スキルを駆使して血の跡を追う。そして森の向こうの暗闇に何かを見つけて――

(……何かいる)

闇の向こうから放たれる鋭い殺気にセラが思わず足を止めた。

こんな殺気はゴブリンが出せるようなものじゃない。少なくともランク2……下手をするとランク3相当の魔物がいる。ランク3以上の魔物を相手にするには少し装備が足りないが、それでもセラは臆することなくナイフを構え、そちらに足を踏み出した。

「……これは」

そこにあったのは事切れて地に伏す三体のゴブリン。そしてあきらかにホブゴブリンと思われる魔物の死体は、その激しい戦闘を物語るように全身に無数の傷がつけられていた。

そして……そのゴブリンとホブゴブリンらしき死体を前に、氷のような冷たい殺気を放つ血塗れの子どもが、ナイフを構えたまま手負いの獣のように佇んでいた。

勧誘

「あなたは……」

セラが血塗れの子どもに声をかけると、警戒していた氷のような殺気がわずかに和らいだ。それでも子どもとは思えないほどの鋭さは消えておらず、ナイフを構えたまま警戒を続けていた。

セラはその様子を見て不意に悟る。この子は他人を……〝大人〟を信用していない。

「……あの子は無事ですよ」

再びそう声をかけると、ようやく敵ではないと判断してくれたのか、まだ残っていた殺気が夜に溶けるように消えて、ようやくその子は真正面からセラに視線を向ける。やはり、この子はミーナから魔物を引き離すために無謀な戦いに挑み、そしてこんなボロボロになりながらも、ランク2の魔物であるホブゴブリンを倒してしまったのだ。

この子は人を信じていなくても、まだ〝人〟として歪んでいない。

（……似ている）

真正面からセラを見据えるその子の瞳は、その色もその強さも、セラの上司である辺境伯閣下と似ているような気がした。この子は何者なのか？　子どもとは思えない胆力と殺気、そしてその戦闘能力は物心ついたときから鍛えていたセラの息子さえ越えていると感じた。

その答えを求めるようにセラが思わず一歩踏み出すと、セラから逃げるように距離を取ろうとしたその子どもの身体が揺れて、気を失うように崩れ落ちた。

「っ！」

数メートルの距離を一瞬で詰めたセラが、頭から倒れる寸前で子どもの身体を抱きとめる。

「…………」

とても細くて軽い小さな身体だった。そんな子がホブゴブリンと戦い、精も根も使い果たしたのだろう。眠っていればただの可愛らしい子どもで、同年代の子どもがいるセラは母親のように血に汚れたその頬を指で撫でる。

「……帰りましょうか」

その子が落としたナイフや装備を拾い、その中のひとつである紐分銅の、髪で編んだほつれかけた紐を見つけたセラは、何か心に引っかかりのようなものを感じてその紐を懐にしまい込んだ。

＊＊＊

「…………」

目を覚ますと知らない部屋にいた。確か……ホブゴブリンが死ぬまで戦って……どうしたんだっけ？　途中からよく覚えていないけど、最後にメイドのような姿を見た気がする。

……まぁいいか。何故か久しぶりにお母さんの夢を見て少し気分がいい。

身体は少し怠いけど大きな怪我が残っていないので安堵する。というよりも、傷がぜんぜん残っていない。昔からの傷はともかく、この一ヶ月でついた傷が跡形もなく消えていた。

誰か、かなり念入りに【治癒(キュア)】でも使ってくれたのかな。

まずは、とりあえず自分の状態を確認する。あの血塗れだった服は脱がされたのか、どこにでも売っている寝間着にするような貫頭衣を着せられていた。身体はさっぱりしていたけど、お風呂に入ったように完全に綺麗になっているわけじゃない。細かい塵が取れているのに泥のような大きな汚れはまだ微かに残っているから、何か魔術的な方法で汚れを除去したのかもしれない。

身の回りに武器はない。あの場に置いてきてしまったのか……。せめてガルバスの黒いナイフとフェルドのナイフだけは回収したかったけど、命があるだけ幸運だったと思うしかないか。

それよりも気になることがある。魔力の質……じゃないな。それもあるけど魔力の流れ自体がやけに滑らかな気がして自分を《鑑定》してみると、ステータスがとんでもないことになっていた。

▼アリア（アーリシア）　種族：人族♀・ランク1

【魔力値：107／112】△35UP　【体力値：48／60】△5UP

【筋力：4（5）】【耐久：5（6）】【敏捷：7（8）】【器用：6】

《短剣術レベル1》《体術レベル1》《投擲レベル1》NEW

《光魔術レベル1》《闇魔法レベル1》NEW　《無属性魔法レベル1》

《生活魔法×6》《魔力制御レベル2》△1UP

《威圧レベル2》△1UP《隠密レベル1》《暗視レベル1》《探知レベル1》
《簡易鑑定》
【総合戦闘力：58（身体強化中：63）】△19UP

……なにこれ？　《投擲》スキルはなんとなく覚えていると思っていた。

でも……《闇魔法レベル1》ってなに？　闇魔術じゃないの？　そのせいなのか魔力制御がレベル2になっているし、ランクは1のままだけど、魔力も随分増えて戦闘力も上がっていた。

そして何故か《威圧》までも上がっているのは、意味が分からない。

魔力の質が上がったのは……ステータスを見てなんとなく理解した。たぶんだけど、私の身体の中に闇属性の『魔石』が生成されたんだ。何度もその属性の魔術を使わないと魔石は生成されないと思っていたのに、こんなことでも出来ちゃうんだね……。試しに【暗闇（ダーク）】を使ってみると、染めてもいないのに私の内側から闇属性の魔素が溢れてきた。

「……まぁいいか」

別に悪いことじゃない。魔石のせいか魔力制御のおかげか、魔力の流れが滑らかになった分だけ体調は以前より良い気がする。

（……ん？）

その時、何者かがこちらに近づいてくる気配が、私の《探知》に引っかかる。大雑把な歩き方の振動……それでも無意識に体重を消すようなこの歩き方は……。

バタンッ！

「よう、起きてるかっ」

「……やっぱり、ヴィーロか」

まだ寝ていたらどうするつもりだったの？　いや、ヴィーロのことだから、ここに来るまでに私が起きていたと気づいていたんだと思う。だから挨拶代わりに気配を出して近づいてきたんだ。

勝手に入ってきて勝手にベッドの脇の椅子に腰掛けたヴィーロは、呆れながらも揶揄するような視線を私に向けてきた。

「ホブゴブリンを倒したんだって？　お前も無茶するなぁ。お前の戦闘力でホブゴブリンとゴブリン四体を同時に相手にするなんて、普通は死ぬぞ」

「次はもっと上手くやる」

私が気負いも反省もなくそう言うと、ヴィーロがさらに呆れた顔になった。

「……それはなに？」

ヴィーロの手に良い匂いのする籠があり、それを指摘すると思い出したように籠の蓋を開ける。

「アリア。お前また丸一日寝ていたんだぞ。腹減っていると思って、俺の朝飯ついでにお前の分も貰ってきた。食え食え」

「……肉……」

朝は朝でも、昨夜の翌日かと思っていたらその次の日だったみたい。でも、ヴィーロが持ってきた『朝食』は、茹でたソーセージとぶ厚く切ったハム。そして骨付き羊肉の炙り焼きという朝から肉ばっかりのメニューだった。男やもめの冒険者らしいと言えばらしいけど、丸一日以上胃に何も入れていないのなら、もう少し軽めの物が良かったが……。

「……食べる」

一度魔力が枯渇しかけたせいか、身体が凄く食べ物を欲しがっていた。それに次はいつ食べられるか分からないので、毒でないのなら私は食べる。それでも油の味に胃から何かがこみ上げそうになったので、チマチマ小動物のようにハムを齧りながらヴィーロから必要な情報を聞き出した。

どうやらあのホブゴブリンたちは本当に『はぐれ魔物』だったようで、他の地域で巣の掃討をして討ち漏らした数体のゴブリンがここまで流れてきたらしい。その報告を受けたダンドールが昨日のうちに騎士団を派遣したらしく、ダンドール騎士団の威信にかけて、この周辺の魔物は掃討してくれるそうだ。

「……それで、私の仕事はどうなるの？」

ホブゴブリンは倒したけれど、監視任務を優先するのなら見かけたメイドには警告だけをして、彼女の安全よりも報告を優先するべきだった。だけど私はそれをしなかった。しかもその後に気絶して丸一日仕事をさぼった状態になっているので、あのスラムの子どもを嫌悪していたカストロが私をこのままにしておくとは思えない。そんな意味合いを込めて訊ねると、ヴィーロは食い千切った羊肉を（朝から）果実酒で胃に流し込みながら、考えるように腕を組む。

「それなんだが、お前には新しい仕事があるそうだぞ？」

「新しい仕事？」

「おう、……と、ちょうどいいから本人から聞くといい。セラか、入っていいぞ」

ヴィーロが背後に呼びかけると同時に部屋の扉がノックされ、その扉から淡い小麦色の肌をした凄い美人のメイド？　……が入ってきた。

ヴィーロは気づいていたみたいだけど、私では彼女が近づいてくる気配を察知できなかった。

▼美人メイド　種族：人族♀
【魔力値：178／220】【体力値：245／260】
【総合戦闘力：929（身体強化中：1126）】

……ただのメイドじゃない。ヴィーロとほぼ同等の戦闘力を持つ、とんでもない手練れだった。

この肌の色は……クルス人？　その単語が自然と頭に浮かび、関連した知識が浮かんでくる。

亜人である獣人に『犬種』と『猫種』がいるように、人間種にも種族ごとに人種が存在する。ドワーフには木工や細工物が得意な『山ドワーフ』と鍛冶が得意な『岩ドワーフ』がいて、エルフだと『森エルフ』や『闇エルフ』がいる。

そして人族の場合は、この大陸だと二つの人種があり、小麦色の肌の『クルス人』はこの大陸の先住人種で、属性魔術はあまり得意ではないが、敏捷と器用度が高く戦闘が得意な人種のはずだ。

もう一つの私やヴィーロのような肌の白い人族は『メルセニア人』と呼ばれていて、千年くらい前に北の大陸から移住してきた人たちの末裔らしく、このクレイデール王国は七割がメルセニア人で、二割が亜人で、クルス人は一割しかいない。

そのクルス人らしきメイドであるセラは、ヴィーロが持ってきた『朝ご飯』に底冷えするような冷たい視線を向けると、手に持っていた金属のお盆からドーム状の蓋を外す。

「病み上がりの子どもに何を与えているのですか。そこのあなた、こちらを食しなさい。ミルクの麦粥(ポリッジ)

を作ってきました」

そう言うと、仄かに甘い匂いのする麦粥をずずいと私に突き出した。意外と押しが強くて強引に受け取らされてしまったけど、肉より遙かにマシだし、正直言うと胃に溜まれば拘りはない。

「食べながらでいいので話を聞きなさい。まずは現場で回収したあなたの装備を返却します」

私が食べはじめたのを満足げに見ていたセラは、ヴィーロを押しのけるようにして椅子に腰掛けると、私の装備をベッドの脇に置く。……追加情報。ヴィーロは妙齢の気の強い女性に弱い。

「この魔鋼のナイフは良い物ですね。他にも金銭類がありましたから、私が保管していましたので確認しなさい」

「……紐分銅は？」

黒いナイフ以外は代えが利く物ばかりで、無ければ仕方がないけど、投げナイフや予備のナイフの他には歪に曲がった銅貨があるだけで、私の髪で編んだ紐が見あたらない。

「あれはかなり痛んでいて再使用はできないと判断しましたので、私の一存で処分しました。問題ありませんね？」

「……うん」

使えないなら仕方ない。とはいえ、荷物にある残りの髪では、新たに紐を編むほどの量は残っていなかったはずだ。……何か新しい代わりの武器を考えないと。

そんなことを考えながら麦粥を完食すると、器を片付けたセラがあらためて私に向き直る。

「では本題に入ります。あなたに新しい仕事を用意しました。あなたはランク1ですが一応は冒険者だと聞きましたので、これはヴィーロ経由ではなく、あなたへの直接依頼になります」

「依頼？」

そう返した私の言葉に頷くと、セラは依頼の内容を口にする。

「私の下でメイド見習いとして働き、『護衛メイド』の鍛錬をいたしませんか？」

メイドの仕事とクルス人の少年

「……護衛メイド？」

聞いたことのない言葉に私が思わず呟くと、その言葉を発したセラがゆっくりと頷いた。メイドって……やっぱり女だとバレていたか。そのことにヴィーロも反応を示さなかったので、彼も気づいていたのだろう。

「説明の前に……あなたのお名前は？　それと現在おいくつになりました？」

「アリア……七歳」

「なにぃいいっ!?」

歳を言うと、性別では反応がなかったヴィーロが今度は声をあげた。

「アリア、お前、まだ七つだったのか？」

何故か驚いているヴィーロに、セラがチラリと冷たい視線を向ける。

「何を驚いているのです。七つなら、私がメイド見習いをはじめた頃と一緒ですし、普通なら親の手伝いをはじめてもよい頃ではありませんか？　ヴィーロ……あなた、自分で連れてきたのに、年齢を知らないとはどういうことですか」

「いやいや、さすがにまだ七歳なら、ゴブリンを単独で殺させたり、山賊退治に連れ出したりしねぇよ。……やけに胆力があるから、てっきり小柄な十歳児くらいかと思っていたんだが……」

なるほど……。どうりであまり幼児扱いされないと思った。

「スラムの孤児なら栄養不足でそういうこともあるのでしょうが、この子の魔力値を見れば、成長が早まっていると理解できるでしょうに」

「確かにそうだけどよ……」

「それは確定？」

大人二人の会話に割り込むように声をかけると、セラが私に視線を戻す。

「お話の途中でしたね。それは、仕事を受けるかどうかの話なら、断るのでしたら無理強いはしません。半端な人間はいりませんから」

少し煽るような言葉で冷たく言い放ったセラは、薄く笑みを浮かべて言葉を続ける。

「ホブゴブリンにギリギリ勝てるような強さで、あなたは満足なのですか？」

「…………」

私がヴィーロの誘いに乗って、貴族と関わる危険を知った上でここの仕事を受けようと思ったのは、その危険さえ乗り越えられる〝強さ〟を得るためだ。護衛メイドと言うからには貴族や要人との関わりがさらに強くなるだろう。けれど、目の前にいるセラの強さや、その鍛錬によって得られる強さは、私が求めているものに近い気がした。

「受ける」

「よろしい。では自己紹介を致しましょう。私はセラ・レイトーン。この屋敷と隣の城にいるメイドたちの取り纏めと、裏側からの警備を受け持っております。それでは自己紹介を」

「アリア……身寄りのないただの冒険者だ」

私の自己紹介の意味を察してセラの浮かべていた微笑みがわずかに深くなる。

「あなたには期待をしています。あなたならいずれ、私と同じような『戦闘侍女』の役割もこなせるかもしれませんね」


その日から私は『メイド見習い』として、この屋敷で働くことになった。保護者であるヴィーロとはまた離れることになるけど、どっちみちあの男は放任すぎて保護者としての意味がない。

本来メイドたちの仕事場は隣の城だけど、仕事の仕方さえ知らない浮浪児を教育もなしに貴族の前には出せないそうだ。普通のメイド見習いなら他のメイドについて、裏方の手伝いからさせるそうだが、私は『護衛メイド見習い』なので、直属の上司であるセラの指示で動くことになる。

セラ・レイトーン。その立ち振る舞いや立場から、彼女も貴族ではないかと思っていると、私の顔に出ていたのかあっさりと心を読まれた。

「私は領地すらなく、地方都市を統治している、しがない準男爵の妻ですよ」

「…………」

ただのしがない準男爵の妻が、1000以上の戦闘力を持っているはずないでしょ……。

これが『戦闘侍女』か……。彼女は自分を戦闘侍女と呼んだ。通常、セラの仲間たちは護衛や諜報を主な仕事にして、要人の護衛に就く護衛侍女や護衛メイドは、自分を盾にして攻撃や毒から要人を護るのだが、襲撃者を追い詰めて始末をするような戦闘巧者は少ないと言っていた。

私にそこまでの役割がこなせるとは思わないが、セラはいずれ、私がそうなれるのではないかと考えているらしい。今はそれ以前に、普通のメイド業務さえできるか分からないけど。

「説明を続けます。一般メイドの場合、貴族出身者に『さま』をつけてしまう場合がありますが、担当の職場長の場合は『さん』をつけて、一般同僚の場合は出自に関係なく呼び捨てになります。ですが、私のことでもお客様の前で名を呼ぶときは呼び捨てで結構です」

「了解」

「そこは、『はい』もしくは『かしこまりました』と言うように」

「……はい」

「それと……ミーナっ。ミーナはいますかっ」

「はーい」

屋敷の廊下を歩く途中でセラがその名を呼ぶと、どこかの部屋から間延びした声が聞こえて十代半ばの女の子が現れ、セラと一緒にいる私を見て少しだけ目を見開いた。

「セラさん、もしかして……あの子ですか？」

「そうです。ミーナ、あなたは今日の仕事はいいので、この子を洗って、サイズに合う仕事着を選び、着方やこの屋敷のことを教えてあげなさい。この子の部屋は、あなたの部屋の近くにある空き部屋にしますので案内をしてください」

「はーい、わかりましたーっ」

「アリア。あなたの仕事は明日の朝からになります。それまでに最低限の常識を覚えてください。明日は陽が昇ると同時に仕事着で裏庭まで来るように」

ミーナという女の子はあの森で私が見かけたメイドらしく、自分が助かったのは私のおかげだと教えられたようで、喜んで色々と教えてくれた。

「セラさんのような侍女は温かなお風呂が使えるけど、私たちのような一般メイドは、その残り湯を貰って身体を清めるの。疲れていても毎日清めないとセラさんに怒られるから気をつけてね」

「うん」

私は侍女とメイドの区別があまりついていなかったけど、メイドはいわゆる家政婦のような役割で、貴人に仕える侍女とは役割が基本的に違うそうだ。

頭から人肌程度の残り湯をかけられ、石鹸のようなもので丸ごと洗われた。洗われたことで少し伸びた桃色がかった金髪が本来の輝きを取り戻して頬にかかる。

「はい、綺麗になった。次はメイド服を選びましょう」

セラの着ていた侍女服は、首元や手首まで覆う極度に露出の少ない黒一色のロングワンピースだった。けれど、ミーナや私が着るメイド服は、白いブラウスの上にロングワンピースを着て、さらにエプロンドレスやカフスを着けるらしい。私みたいな子ども用のメイド服なんてあるのだろうか……と思っていたら、お手伝いのメイドが補充されるらしく、その人たちのために十歳児用のメイド服から大きなサイズまで、大抵の物は用意してあるそうだ。

「アリアちゃん、布靴を直に履いたらダメ。こっちの靴下を履いてからね」

「……うん」

今まではずっと裸足か革のサンダルで、人生初めての靴を履くことになったけど、色々と面倒なことが多い。十歳児用のメイド服は今の私には少し大きかった。ミーナは可愛いと言ってくれたけど、それってペットに服を着せたような可愛さなのではないだろうか。

それから屋敷内を見て回り、どこにどんな物が置いてあるのか、メイドたちがどんな仕事をしているのか、大雑把にだけど教えてくれた。食事は早朝から夜遅くまで食堂で料理が作られており、そこにあるシチュー類とパンを仕事が空いた時間に自分で取って食べるみたい。

「私は平民の商家出身だけど、メイドの中には貴族の縁者の人とかいるから気をつけてね。平民が先にお風呂に入ったりご飯を食べていると、不機嫌になる人もいるから」

「へぇ……」

武器は持っていたほうがよさそうだ。

それからミーナは言葉遣いや立ち振る舞いを軽く教えてくれる。基本は走らない、騒がない。歩くときも背筋を伸ばして、真っ直ぐ前を見て頭を不用意に揺らさない。メイドが直接貴族に話しかけることはない。用はあるときは侍女を通すが、貴族や客から言われたときはそれが優先される。

実感としては、初めてのことばかりだが、〝知識〟にその手の情報もあったのでそれなりになんとかなりそうだと実感した。例えて言えば、今まで食事は、手づかみかスプーン程度しか使ったことはなかったけど、〝知識〟があるから、ナイフとフォークの使い方で戸惑うことはない。

夜になって陽が完全に沈むとメイドの仕事は終わりになる。時間帯をずらしてもっと遅くまで働くメイドもいるけど、ランプの明かりでは仕事が捗らないので必然的にそうなるようだ。

「それじゃ、おやすみなさい、アリアちゃん。明日から頑張ってね」

「うん。ありがと、ミーナ」

私の部屋はミーナの隣だった。四×三メートルほどの部屋にベッドとクローゼット、物書きをするような小さなテーブルと椅子がある。

頼めばロウソクを支給されるみたいだけど、私には必要ない。私はメイド服を脱いで簡素な寝間着に着替えると、ベッドに置かれていた毛布を丸めて人の形に整え、黒いナイフを持ったまま部屋の隅で膝を抱えて、気配を殺しながら静かに眠りに就いて、その日を終えた。

その翌日、朝になる前の空気で目が覚める。

「……【灯火(ライト)】」

まだ慣れていないメイド服を着るために生活魔法で明かりをつけた。寝間着を脱いで白いブラウスを身につける。ボタンを嵌めるのも初めての経験だったが慣れれば帯で縛るより早いのかも？

白のブラウスだが、襟と袖口だけは汚れやすいからか取り外せるようになっていた。胸の部分はぶかぶかで余裕がある。ミーナが言うには『擦れないため』らしいけど、ミーナほど大きいとまた別に専用の胸当てが必要になるそうだ。あとは靴下と布靴を履き、足首近くまである黒いワンピースを着て、エプロンドレスを着ければ見た目はメイドが出来上がる。

……でも武器はどこに隠そう？　投げナイフはいいけど、私の身体もまだ小さいので袖に隠すには大きすぎる。胸元に隠そうにも引っかかりがないし、エプロンに隠すのは目立ちすぎる。

「……ここしかないか」

私は以前使っていたサンダルから、ナイフで革紐を回収すると、黒いナイフと投げナイフをそこに括り付け、必然的に着られなくなった、昨日支給されたばかりのぶかぶかの『ドロワーズ』を、ベッドの隅に放り投げた。

メイド服に着替えた私は、二階の窓から忍び出て隠密を使いながら、森に隠していた仮拠点に向かう。荷物は少ないけど金銭類や野草の本は重要だ。他の物はまだそこに隠して置いてもいいが、野草の本とポーション類だけは回収して、念のために除虫草でいぶしてからセラに指定されていた裏庭へと向かった。

辿り着いた屋敷の裏庭は、屋敷からは見えない位置にあり、人が来たら分かりやすいので隠れて鍛錬するには良い場所に思えた。

「…………」

指定された『陽が昇ると同時』に裏庭に辿り着いたのに、セラはまだ来ていない。少し早かったかと思ったが、セラに隠密を使われたら私では気づけなかったことを思い出す。もしかしてこれも鍛錬の一部かと《探知》で注意深く辺りを探ってみると、林の中に小さな〝気配〟を見つけた。

「……へぇ。わかるんだ」

私がそこに視線を向けると声が聞こえて、私よりも少し小さな人影が林の中から姿を見せる。

「そこそこ出来るみたいだね。君が噂の〝新人〟さん?」

「……だれ?」

淡い小麦色の肌に黒い髪。……この子もクルス人か。やけに顔立ちが整ったその少年は、碧灰色の瞳を好奇心に輝かせながら私の全身をジロジロと見て、私の問いに答えず悪戯っ子のような笑みを浮かべて近づいてきた。

「大人に認められたからといっていい気にならないでね？　僕だってきっとゴブリンくらいなら倒せるし、世の中、君の知らない攻撃もあるんだから」

「……たとえば？」

「そうだねぇ……」

ここの関係者だろうか？　攻撃と言いつつ少年からは殺気は感じない。ニヤニヤとしながら散歩でもするように近づいてきたその少年が、不意に私の視界から消えた。

「こんなのとかーっ」

バサァッ！

予想外の動きに予想外の攻撃。命を狙われたのなら対処はできたと思うが、一瞬で身を伏せたその攻撃とは思えない攻撃に、私のスカートがほぼ全開まで捲り上げられた。

「っ⁉」

少年の目が驚愕に見開かれる。おそらくは私がスカートの中に隠している、太股と脹ら脛に括り付けた投げナイフと黒いナイフを見たのだろう。

少年の動きが狼狽するように止まると、その瞬間身体強化を全開にした私は、一瞬の踏み込みで少年の顎を蹴り上げ、仰向けに倒れる少年にのし掛かるようにして、脹ら脛から抜いた黒いナイフを咽に突きつけた。

「……ゴメンナサイ、ユルシテクダサイ。ソンナツモリハ、ナカッタンデス。セキニントルカラ、ホントウニ……」

「………」

敵じゃないのなら殺すつもりまではないけど……。

私が睨むようにジッと見つめると、何故かカタコトになった少年は、何故か小麦色の肌を耳まで真っ赤に染めて、私から目を逸らすように両手で顔を隠した。

護衛メイドの修行

「……何をしているのですか？」

クルス人の少年を押し倒して咽にナイフを向けていると不意にセラの声が聞こえた。相変わらず足音も気配もない。それでも声の大きさからまだ数メートルの距離があると察して、ナイフを構えたまま少年から目を離さずにいると、少年が救いを求めるように「母さんっ！」と声に出した。

「………」

セラの子どもだったのか……うっかり殺さなくてよかった。今の私では、セラと敵対したら確実な死が待っている。セラと敵対しないことを示すように、私が刃を離しながらそっと少年から距離を取ると、セラは息子ではなく私に訊ねてきた。

「何がありましたか？」

「スカートを捲られた」

「……そうですか」

セラは顔を真っ赤にしたままの息子を見て少し不審げに眉を顰めると、軽く溜息を吐くように私を正面から見て頭を下げる。

「女性に不埒な真似をしたのなら仕方ありませんね。母としてお詫びします」

「問題ない」

「それでは、この話はこれで終わりとして……セオ、早く立ちなさい。鍛錬をはじめますよ」

「……母さん」

セラが息子に厳しい……。そのセラの息子、セオが少し拗ねたように母を見ながら立ち上がり、私を見るとまた顔を赤くして視線を逸らした。

「〝自己紹介〟は済んでいるようですね。これが私の息子のセオで、こちらがメイド見習いになるアリアです。セオは通常訓練を続けるとして、アリアには十日後に到着する予定の〝護衛対象〟が余計な行動をしないか監視する任務のために、最低限、貴族の前に出られる教育を施します」

子どもの監視任務……それが私の仕事になるらしい。

「……教育？　礼儀作法？」

「それもありますが、そちらは通常業務の終わった夜に行います。朝の時間は、セオと一緒に体術関連の修行をします」

「魔術は？」

セラの魔力値なら何かの魔術を会得しているはず。私の傷を癒したのがセラでなくても、できれば光魔術のことを学びたいと考えて私が口にすると、セラが私を見極めるようにジッと見つめた。

「時間がないので考えていませんでしたが……あなた、ご自分の属性は分かっていますか？」

「光と……闇」

「二つも属性があるのですね。闇魔術はヴィーロに習いましたか？　光魔術でしたら私が２レベルまで使えますので、時間があれば教えましょう」

「やっぱり……私に【治癒（キュア）】をかけたのはセラさん？」

「その通りです。光魔術を使えるのなら【治癒（キュア）】は必ず覚えてください。私たちは仕事柄、傷を受けることはありますが、護衛メイドは貴族の前に出る必要があるので、見える部分に傷があるのは目立ちます。仕事中、着替えることもあるでしょう。出来る限り傷跡は消すようにしてください」

「……はい」

「僕だって風魔術を教えられるよっ！」

突然セオが私に迫るように話に割り込んできた。なるほど……スカートを捲られたとき、私が反応できる間合いでなかったのは、たぶん生活魔法の【流風（ウィンド）】も併用していたのだろう。でも。

「私は風魔術を使わない」

「……そう」

「でも、対風魔術の訓練はしたい」

「うんっ、任せて、アリアっ！」

……蹴り倒してナイフを向けたら懐かれた？　世の中変な男の子が多いな。

「アリア、あなたの足運びなどを見るに、自己流である程度は鍛えていると分かりますが、それを矯正します。具体的に言えば、『護衛メイド』が使う独特の体術で、スカートのままでも戦える足運びです。少し見せましょう」

そう言うとセラの身体が、そのまま音もなく真横にスライドする。

「……わからない」

「もちろん、そう簡単ではありません。足を見せますので見逃さないように」

セラは足首まであるスカートを膝まで持ち上げ、同じ動きを見せてくれた。すり足、交差、加速と減速……かなり高度で複雑な足運びをしている。これを会得できれば隠密にも戦闘にも応用が利く。

こういう動きは〝知識〟にはなかったので、私は食い入るように見て目に焼きつけた。

「本来なら子どもの場合、セオのように私たちの動きを基本から叩き込むところですが、アリアはある程度の下地も実戦経験もありますし、時間もないので、手取り足取り教えたりはしません。目で盗んで覚えなさい。ある意味、ヴィーロなどと同じ扱いになりますが、構いませんね？」

「問題ない……です」

「よろしい」

……知り合う大人はみんな子どもに厳しいな。でも、知識だけで実戦して覚えるのはいつもと同じだ。言われたことを思い出して敬語を使う私に、セラが初めて少しだけ笑みを浮かべた。

「それと武器を支給します。一般メイドは武器等の所持は厳禁ですが、私たちは兵士などと同じように最低限の武装を許されています。それでも外部から来た人間は屋敷に入る際に武装を預かるのですが、あなたの場合は、『虹色の剣』のヴィーロと私が保証人になることで許可しました」

そう言うとセラは布に包まれた物を私に寄越す。

「その武器で、あなたがおかしな真似をすれば、私とヴィーロがあなたを始末することになりますので注意するように」

「……はい」

それは確実に命がない。

「それと……先ほどの黒いナイフはどこに隠していましたか？」

「脹ら脛に革紐で……」

「それくらいなら許可しましょう。他の者には見つからないようにしなさい」

「「………」」

脹ら脛に……の時点で、太股にも投げナイフを隠していると知っているセオが何か言いかけたが私が睨んで止めさせた。使える武器はいくつあってもいい。余計なことをするつもりはないけど、命の危険があれば躊躇(ちゅうちょ)なく使う。特にこんなヒラヒラした物を着ているので、私なら戦闘は投擲が主体になるはずだ。

支給された武器は細いナイフが二本に投擲用の投げナイフが四本だった。細いナイフは黒いナイフの逆側につければいいだろうか。それでも二本だと重くなるので一本は予備にする。

投げナイフは……太股にすべて括り付けるには私の脚の太さが足りない。ヴィーロに貰った投げナイフより細いから一本ずつなら袖に隠せるだろうか？　そのうち専用のホルダーを作るか買うしかないか。

それから、足運びや細いナイフを使った戦闘術、そしてメイド服のままでも戦える、投げや極めの体術も教えられた。さらにその体術を扱ううえで、体格が近いセオと格闘の模擬戦もやらされる。

「あ、アリア？　蹴りとか使ったらダメだよっ⁉」

「分かっている」

何故かセオは私のスカートが気になるらしい。セラもスカートで足下が隠れている状況を活かすため、蹴り技などは奥の手にするのが良いと言っていた。

セオは私よりも一つ年下の六歳だった。六歳にしては背が大きいけど、私と同じように魔力のせいで成長が早まっているのだろう。

私は対人戦の技術が不足している。実際に修行を始めて二ヶ月程度しか経っていないのだから、足りていないのは当たり前だが、正面からの技の応酬では正式な訓練をしているセオに対して何度も土がつく結果となった。

「そろそろ朝の訓練を終わります。汗と埃を消しますので、二人ともこちらにいらっしゃい」

「……？」

なんだろう？　と思いながらセラの近くに寄ると、彼女は何か呟きはじめ、その手に光の魔素が集まりはじめた。

「――【浄化(クリーン)】――」

その光を受けると私の身体から汗の臭いが消えて、メイド服のわずかな土埃が消えていった。

「これは……」

「レベル2の光魔術、【浄化(クリーン)】です。本来は障気などを浄化するための魔術ですが、こうして身体に付いた細かな汚れや臭いを消すこともできます。大きなゴミは無理ですが……いかがでしたか？」

「覚えたい……」

「是非ともお願いします。職場に使える人間が少ないので、光属性のあるあなたには期待します」

光魔術のレベル2は【浄化(クリーン)】と【解毒(トリート)】だ。見るのは初めてだけど、【浄化(クリーン)】は目に見える穢(けが)れを消して、【解毒(トリート)】は体内の微少な異物を消す、私からするとかなり有効な魔術だった。

でもセラが言うには、どちらの呪文も術者がその〝汚れ〟を理解している必要があり、障気も実際にそれが障気だと理解が必要になる。

解毒もなんの毒か分かっていないと消せないらしく、使い勝手の悪さから治療師と冒険者くらいにしか使い手がいないそうだ。軽い解毒をする薬草もあるし、使いこなすには専門の知識が必要になるので、そこら辺が高レベルの光魔術師が少ない理由かもしれない。

「それからアリアは、今日からこれを朝に飲むように」

鍛錬の最後に、セラから陶器の瓶に入ったポーションを手渡された。

「……何これ」

「『なんでしょうか』と言うように。それとこれは〝毒〟ですよ」

なんでも特別な調合をした弱い毒で、苦痛を感じることはないが、丸一日は体力値が一割ほど減少したままになるらしい。どうしてそんな物を……と思ったら、それを続けることで《毒耐性》のスキルを得られる可能性があるみたい。護衛メイドは主人の毒味役もしなければいけないそうなので、死にたくなければ真剣に飲むようにと言われた。……やっぱりこの人、部下に厳しい。

朝の鍛錬の後は朝食になり、セオと一緒に食べることになった。

以前は私たちの他にも子どもの見習いがいたらしいけど、すぐに辞めていったそうだ。だからか知らないけど、私は一部のメイドたちからは胡乱な視線を向けられた。でも、今更その程度のことは気にならない。せめてホブゴブリンくらいの殺気なら気にはするけど……と思いながら彼女たちに視線を向けると、何故か目を逸らされた。

「……アリア、目付きが悪いよ？」

「知っている」

朝食の後は、セオは執事見習いの仕事があるらしくここでお別れになる。別れ際にまた頬を赤く染めて『セキニントルカラ』とか言っていたけど、私の仕事で彼が関わることがあるのだろうか？

午前中はミーナについてシーツの回収や洗濯の手伝いをした。掃除や洗濯にも注意点があり、その点では、あの女は師匠の所でも適当だったみたいで、〝知識〟はあまり役に立たなかった。

それでも教わったことをゆっくりでも丁寧に仕上げる。それは武術の修行と一緒だ。丁寧に覚えることが第一で、速度や威力はその後でもいい。

昼食は朝とほぼ同じメニューだった。ミーナによるとシチューは大鍋で一気に作るそうで、それが無くなるまで違うメニューにはならないらしいが、毎日蛇と兎を食べていた私からすると気になるほどじゃない。午後はミーナではなく直属の上司であるセラと辺りを見て回り、屋敷の中や城の周りの警備の注意点を教えられた。

「…………」

途中でカストロとも再会した。彼は私を見ると何か言いたそうに口を開きかけて、結局セラに頭を下げただけでそのまま去って行った。

「あれでも、あなたに悪いとは思っているのですよ」

「ふぅ～ん……」

正直に言うと、あの男のことは会うまで忘れていた。

そのまま夕方になってまた食事になる。魔力が増えてまた身体がまた成長しはじめているのか、それなりにお腹は減っていたので黙々と食べる。

夜はセラと付きっきりで礼儀作法を教わる。歩き方や姿勢の矯正をされ、お辞儀の角度も直された。私の場合は〝知識〟があるので下地はできている状態だが、それでも覚えるのには苦労した。

貴族に対する作法や言葉遣いを念入りに叩き込まれ、四時間ごとに鳴る六の鐘が聞こえた後も、暗闇での文字の書き方や、この北部地方にいる貴族の名前やその領地を覚えさせられた。


夜は夜で、私は個人的にやることがある。

それは私の《闇魔法》の把握だ。闇魔術ではなく、うっかり闇魔法を覚えてしまった私だけど、そのおかげか、それまで使えなかった【幻聴（ノイズ）】の魔術が使えるようになっていた。

レベル1魔術の消費魔力は10前後になるのだが、試しにそれと同じことを闇魔法でなんとか再現してみると、魔力を20以上消費していた。魔法は魔術と違って色々と応用は利くけど、使い勝手が悪い。

やはり魔法が廃れて魔術になっていったのには理由があるのだ。

例えば、一人分のシチューを材料から揃えて作るよりも、味の好みさえ気にしなければ、屋台でシチューを食べたほうが安くて美味いものが食べられる。それでも、肉の量や香辛料を省けば、かなり安くて簡単に作れるレシピがあるのではないだろうか。

強い〝威力〟と〝効果〟を両立させる必要はない。魔術は汎用性を求めて完全な物を作るが、闇系の幻惑魔法なら完璧な物を作る必要すらなく、私はホブゴブリンの時のように一瞬でも騙せれば充分なのだ。

「……何を〝騙す〟か？」

目や耳を騙す魔術はある。視覚や聴覚の他に何がある？　嗅覚？　味覚？

「触覚か……」

呟きながら眠気覚ましと毒耐性の鍛錬を兼ねて、乾燥させていた強心作用のある薬草を少しだけ噛み千切る。

私はかすかに思いついた〝何か〟を形にするべく、眠気の限界が来るまで森の仮拠点で闇魔法の修行を続け、徐々に迫りくる『貴族』との邂逅に備えた。

邂逅

「はぁ～……」

夜も更けたダンドール城のリビングで、香り高い紅茶を飲みながら一人の幼い少女が息を吐く。

「どうしたんだい？　クララ。溜息なんてついて」

「……お兄様」

話しかけてきたその少年に、前世の記憶を持つクララ・ダンドールは笑みを浮かべて首を振る。

「あと少しでエレーナ様がいらっしゃるので、楽しみにしているだけですわ」

「殿下とクララは仲が良いからな。私も従姉妹殿と久しぶりに会えるのは楽しみだよ」

「はい、お兄様」

クララは朗らかに笑う今世の兄を複雑な気持ちで見つめる。

前世の記憶……それによれば、自分は乙女ゲームの『悪役令嬢』と呼ばれる存在で、この目の前にいる一つ上の兄も『攻略対象者』の一人だった。

ロークウェル・ダンドール。クララと同じ赤い髪に灰色の瞳を持った、驚くほどの美少年だ。

性格は誠実で高潔。それでいて朗らかな性格は、クララだけでなくダンドール家のすべてから愛されていた。だが彼は『主人公（ヒロイン）』と出逢ったことで初めての恋に落ち、それ以外のことが見えなくなったロークウェルは、ヒロインが王太子と結ばれても愚直に彼女の幸せだけを想い続け、最後には妹のクララでさえわずかな証拠で断罪するのだ。

他の貴族ならいざ知らず、ダンドール辺境伯家の嫡男である実兄からの告発なら、正式な証拠と見られかねない。そして断罪された場合、ゲームのクララは北方の他国にある極寒の修道院に送られ、二度と外の世界を見ないまま生涯を終えることになるのだ。

そんなことは嫌だ。平凡な人生のまま若くして亡くなり、せっかく生まれ変わったのに人並みの幸せを求めて何が悪いのか。ゲームでのクララは〝ゲームらしく〟嫌な性格だったが、今のクララとロークウェルは良好な関係にあるので、ヒロインが王太子と結ばれてもクララを告発しない可能性もあった。けれど、クララが王太子の正式な筆頭婚約者となったら、クララが舞台から降りないかぎりヒロインと王太子は結ばれない。

ヒロインと敵対しない。仲良くするという選択肢もあるが、たとえクララが何もしなくても、もしヒロインに嫉妬した令嬢たちが何かをした場合、『王太子の婚約者であるクララ様のため』という大義名分で祭り上げられ、知らないうちに首謀者にされてしまう可能性が高かった。

婚約者候補から辞退するのも考えたが、叔母が正妃になれなかったことで、その兄でありクララの父である総騎士団長とその妻は、娘のクララを次の正妃とするべく躍起になっていたのだ。

そしてクララは、この優しい兄の信念さえ歪めてしまう主人公（ヒロイン）の〝魅力〟を何よりも恐れた。

ヒロインが他の攻略対象を選ぶのならいい。兄を選んだとしても、クララは他国へ出される程度で済むかもしれない。

でもここは何度も繰り返せる〝ゲーム〟ではなく、一度しかない〝現実〟なのだ。

（失敗は許されない……）

ゲームのヒロインは子爵令嬢だったが、王太子と結ばれる場合のみ、その出自がメルローズ家であることが明かされる。祖父から聞いた話では、未確認情報だが行方不明だったメルローズの姫が見つかったらしい。

その真相はどうなのか、クララも極秘裏にダンドールの間諜を使って調べさせたが、その間諜によるとこの国の暗部組織はメルローズ家が取り仕切っており、これ以上調べるとクレイデール王国の暗部すべてを相手にする覚悟がいると言われた。

そして何より、メルローズ家当主とダンドール家前当主である祖父は学生時代からの友人関係にあるので、ダンドールの人間を使ってメルローズ家の姫に先手を打つことはまず不可能だった。

何かの伝手（つて）がいる。ダンドール家とは関係なくヒロインを排除できる伝手を、クララはゲーム開始時の魔術学園入学までに探さなければいけなかった。

ゲームの悪役令嬢は三人。一人は王太子の婚約者であるクララで、もう一人は筆頭宮廷魔術師の伯爵令嬢で、最後の一人が今こちらに向かっている第一王女のエレーナになる。

だが、エレーナは悪役令嬢に分類されていても、兄である王太子に関わるヒロインに嫉妬して小言を言う程度で、イベントを経て好感度が高くなると最終的にヒロインを認めて味方になるので、実質はクララと伯爵令嬢の二人がメインの悪役令嬢になる。

それならば、エレーナにヒロインを排除させるべきかとクララは真剣に考えはじめた。

＊＊＊

「よろしい。それで最低限の足運びは出来るようになりましたね。ですが、まだ初歩段階にすぎません。鍛錬を怠らないように」

「はい」

朝の鍛錬の時間、セラからやっと合格を貰えた。護衛メイド見習いの修行を始めてから九日目、私は監視対象者が来るギリギリになってようやく足捌きの基礎を体得できた、とはいっても集中してなんとか数歩だけ使える状態なので、まだ戦闘に使うには難しい。

けど、セラが言うには十歳以下でこの足運びをわずかでも使えるようになった者は、セラの組織でも数人ぐらいしか記憶にないそうだ。

「ちなみに私も、七つの頃には使えました」

「僕も六つだけどできるよっ」

「……セオだってもうすぐ七つでしょ」

セオとは朝だけだが一緒に鍛錬を続けている。一つ年下のセオが私より高度な技術を使っていたので、これが普通かと思っていたけど、どうやらセオは才能があっても、今まで飽きっぽい性格だったらしく、私と鍛錬をするようになってから真剣に取り組むようになったそうで、セラにこっそりお礼を言われた。……私は何もしてないけど。

その他に会得できたのは、闇魔術のもう一つのレベル1呪文である【重過（ウェイト）】だ。【重過（ウェイト）】は、抱えられるほどの物体の重量を一割程度増減できる魔術で、その呪文は『モバサオーイアーニデレクレス』――その物の重さを変えろ、という意味になる。

これも呪文の単語を探すところから始めたので大変だったが、闇魔法を会得していたことでわずかな発動兆候も分かるようになり、数日で覚えることができた。

短縮された呪文を展開すると、『任意（イアーニ）』と『方角（ディレクレス）』という二つの単語が見つかり、この呪文が『物体の重さを変える』魔術ではなく『物体を動かす』魔術だと判明した。

そこから呪文の中に『重さ』の単語はないと分かって、ようやく【重過（ウェイト）】の呪文を発動することができたのだ。……誰だ、こんな適当な意訳をしたのは。

見て分かるとおり、これも使い勝手の悪い魔術だけど、手元を離れてもわずかな効果が残っていることに闇魔法の感覚で気づいてから、意識して使うことで遠隔武器の飛距離と命中率を上げることができるようになった。

闇魔法を使った『触覚』の幻惑も少しは形になってきた。今はまだわずかな効果しかないけど、初見なら一瞬の気を引く程度はできるだろう。

▼アリア（アーリシア）　種族：人族♀・ランク1

【魔力値：111／115】△3UP　【体力値：55／64】△4UP
【筋力：4（5）】【耐久：5（6）】【敏捷：7（8）】【器用：6】
《短剣術レベル1》《体術レベル1》《投擲レベル1》
《光魔術レベル1》《闇魔法レベル1》《無属性魔法レベル1》
《生活魔法×6》《魔力制御レベル2》
《威圧レベル2》《隠密レベル1》《暗視レベル1》《探知レベル1》
《簡易鑑定》
【総合戦闘力：62（身体強化中：66）】△4UP

ステータス的にはあまり変わっていないけど、細かな技術面で成長しているので、身体が成長すれば《体術》と《隠密》は上がりそうな感覚はある。

周りが化け物ばかりなので成長が遅いように思えるけど、十歳以下でレベル2のスキルがあるだけで驚異的なのだ。実際に私の戦闘力はセオより高い、それでいて組み手ではセオになかなか勝てないので、基礎になる技術が大事なのだとあらためて実感した。

でもまだ、光魔術の【治癒（キュア）】を覚えるには至っていない。セラに呪文の意味も知っているかぎり教えてもらい、唱えると発動の兆候はあるのに効果を発揮しないのだ。

『再生（リティース）』と『本当・姿（オストーリー・ステン）』という単語を見つけたけど、まだ何かが足りないのかもしれない。

なにかコツがいる。でもその〝コツ〟が分からない。

魔術の考察と研究をジックリしたいところだけど、もう〝お客様〟がいつ到着してもよい頃なので、メイドたちは見習いである私も含めてかなり忙しくなっている。

私も礼儀作法を最低限とはいえ覚えさせられたので、屋敷ではなく城のほうで仕事を与えられていた。けれど、セラから言わせると本当に最低限らしいので、貴族から直接声をかけられないかぎりは、基本的に無言のまま立っているだけでよく、仕事は裏方だけをすることになっている。

ただこちらの城には、執事たちを取り纏め、セラの同僚でもある怖い上級執事がいるとセオが言っていた。一度だけ遠目に見る機会があったけど、四十歳ほどの黒髪の執事で、見ただけで鑑定できる距離まで近づくのも危険に思えるほど剣呑な雰囲気を感じた。

「………」

夜も遅くまで自主鍛錬しているので大人しくしていると眠くなる。

今私は、一人リネン室でほつれた布製品の裁縫仕事をしている。〝知識〟で縫い方は知っているけど実際に裁縫をするのは初めてなので、ミーナに教わってもかなり時間がかかっていた。

「……っ」

一瞬眠気を感じて、針で指を刺してしまう。深く刺したようで指先に血の玉が滲む。【回復(ヒール)】で血を止めるか、修行のために【治癒(キュア)】が使えるか試そうか悩んでいると、血が垂れはじめて生成りの糸を赤く汚してしまった。

「はぁ……」

気が抜けている。何があるか分からないのだから油断する余裕はない。仕方なく糸の血で汚れた部分を切り、後で捨てようとポケットに仕舞おうとしたとき不意に糸が動いた。

「……これって」

私の髪と同じように、血で糸に魔力が通っている？

そして、ついに監視対象である貴族の子どもが、到着する日となった。

数騎の騎馬に護られ到着する馬車を、左右に並んだ執事たちと侍女たちが出迎える。私はメイドたちの一番端で同じように頭を下げつつ、瞳を身体強化しながら横目でその様子を窺う。

馬車の扉が騎士の手で開かれ、執事にエスコートされた綺麗な赤髪の少女が降りてくる。

年の頃は十歳前後で、魔力で成長しているのなら私とそう変わらない。この子が監視対象か……と思っていると、その後からさらに豪奢なドレスを纏った美しい金髪の少女が現れた。

理由はないが、彼女が〝監視対象〟だと理解する。

上級執事にエスコートされた金髪の少女が前を歩き、赤い髪の少女がその後に続く。そのまま入城すると思われた金髪の少女は、不意に頭を下げていた私の前で立ち止まると、優雅に辺りを見回してから鈴を転がすような声をふわりと風に流した。

「あなた、綺麗な髪ね。わたくしにこの子を下さらない？」

悪役令嬢

「もうそろそろ到着するはずですわ、エレーナ様」

「私は町中のほうが良かったのですけど……」

時は少し戻り、ダンドール家所有の迎賓館の一つである湖畔の城へ向かう馬車の中。その服装や態度から、貴族のご令嬢……しかもかなりの上位貴族だと思われる二人の少女が語り合う。

赤い髪の少女はダンドール辺境伯直系の姫であるクララで、まだ幼いながらも知性ある瞳と落ち着いた雰囲気で、いずれ大輪の花となる美貌の片鱗を覗かせた。

そのクララが敬うように接している相手は、クララに勝るとも劣らない美貌を持つ美しい金髪の少女だったが、その顔には不満が表れており、そんな友人であり従姉妹でもある第一王女エレーナにクララもわずかに苦笑を浮かべた。

第一王女エレーナは兄である王太子エルヴァンを慕い、それが目に余るようになって一旦距離を置いて頭を冷やすため、第二王妃である母の生家になるこのダンドールに〝療養〟に出された。

だがエレーナは我が儘でも愚かでもない。エレーナが我を忘れるときは兄が絡んでいるときだけで、それ以外では凛とした王族の顔を見せている。母の拷問のような英才教育のせいで丈夫な身体ではなくなってしまったが、その教育はエレーナに七歳とは思えない理知的な精神を与えていた。

そのエレーナが王女の顔ではなくわずかでも不満を見せているのは、この場にいるのが従姉妹であり友人であるクララだけだからだ。兄に会えない不満はあるのだろうが、エレーナは自分が父王や正妃に心配をかけていると分かっているのだ。

そんなエレーナを見てクララが何か言いたげに、微かな息を漏らす。

（どう話を切り出そうかしら……）

悪役令嬢の一人であるエレーナに『主人公（ヒロイン）』を排除させる。久しぶりに従姉妹だけで会話がしたいと、クララがダンドールの城からエレーナと二人きりの馬車にしたのは、そんな思惑もあった。

乙女ゲームのエレーナは王太子が興味を持ったヒロインに嫉妬して、小言のような文句をつけ、悪戯めいたこともするが、物語が進んでヒロインが王太子と恋仲になると、ヒロインを認めて味方になる。今の段階なら、王太子と恋仲になっていないヒロインの味方にはならないが、王太子と接触をしていないヒロインに、エレーナの敵意を向けることは難しかった。

下手な嘘を言えば、聡明なエレーナはすぐに違和感を覚えてしまうだろう。だからこそこの話題は慎重を期する必要があった。

（でもまだ時間はある。この療養の間に、ヒロインに対して害意を持たせれば……）

そんなことを考えていると、クララの心の声が聞こえたかのようにエレーナが彼女を見る。

「クララ？　今日は随分と大人しいのね。何か考え事かしら？」

「……いいえ、なんでもありませんわ」

しばし無言のまま馬車だけが目的地に進む。以前は本当の姉妹のように仲の良い二人だったが、クララが前世を思い出してからわずかなズレが生じはじめていた。

そんな微妙な空気の中で窓の外を見ていたエレーナが、見えてきた湖に声をあげる。

「クララ、あの城ではありませんか？」

「はい、あの城がエレーナ様に滞在していただく迎賓館になります」

城が見えたことで自分の立場を思い出したクララが窓から周囲を窺う。従姉妹同士で幼い頃からの遊び相手でもあるが、彼女は辺境伯令嬢として第一王女を迎える役割も担っていた。

徐々に城に近づくと、門から玄関へと向かう道なりにダンドールと宰相が用意した使用人たちがずらりと並んでいる。王宮やダンドールからも人を出しているが、さすがにメイドや小間使いなどは他家からの応援に頼らざるを得ない。そう言った貴族の縁者たちの中にはダンドール家や王宮で働きたいと願う者も多く、彼らは時折意欲的……悪く言えば野心的な顔を覗かせていた。

（……え？）

その列の隅で大人しく目立たないようにしていたが、クルス人らしき小麦色の肌の少年がクララの目に映る。あの顔には見覚えがあった。セオ・レイトーン……まだ幼いが、あの少年はヒロインが魔術学園に入学するさい、執事として付き従う『攻略対象者』の一人だった。

その実態はメルローズの姫であるヒロインを陰から護る暗部の騎士であり、最初はなんの力もないヒロインに対して真面目に護衛をしていなかったが、地道に努力するヒロインの姿に感化され、いくつかのイベントを経て彼は恋するヒロインのために覚醒する。

まさかこんな所で出会うとは思っていなかったが、彼が暗部の関係者ならそれも納得がいく。

だが、クララが真に驚いたのは彼だけではなかった。執事見習いである彼の反対側、メイドの列の一番端に、ゲームで何度も目にした『桃色がかった金髪（ピンクブロンド）』を見つけて息を呑む。

（まさか……ヒロイン!?　ううん、そんなはずがない。ヒロインは今ならまだ孤児院にいるはずで、あのメイドもまだ子どもだけど十歳くらいだから、きっと何かの間違いよ……）

「クララ……？　どなたか気になる方でもいらしたの？」

「い、いえ、なんでもございませんわ」

「ふ～ん？」

目敏くクララの異変に気づいたエレーナが不審げに目を細め、カーテンの隙間からクララが見ていた光景を見渡し、微かに唇の端を上げた。

「さあ、到着したようですわ。クララ、案内をお願いしますわ」

「……かしこまりました、エレーナ様」

そして馬車から降りたエレーナは、その洞察力でクララが見ていたであろう方角から一人の少女を見つけ出し、彼女を欲しいと口にした。

＊＊＊

私が陰から監視するはずの金髪の少女が、私を『欲しい』と言った。

私からすれば、少女が同じ年頃の人間に興味を持つのはなんとなく理解できたけど、貴族の常識を持つセラたちは、貴族が仕事をできない人間を欲しがるとは思っていなかったらしく、セラとあの上級執事の二人は金髪の少女の説得を続けていた。

「あの者はまだ教育中で、ここでも下働きの予定でいます。とてもではありませんが、殿下のお側仕えに出すことはできません」

「教育が終わり、こちらで適性有りと判断できれば、あらためて王宮のメイド見習いとすることもできましょう。それまでに彼女が本当に必要かご再考を願います」

「市井の子でも見習いなら十歳にはなっているのでしょう？　わたくしも幼いメイドに、いきなり侍女の役目をさせようとは思っておりませんわ。けれど、わたくしはその子の見た目が気に入ったの。近くに置いて侍女に取り次がせる程度は出来るでしょう？」

城にあるリビングの一つで、私は部屋の隅に立たされたまま自分の立場が決まるのを待つ。

部屋にいる侍女も執事もそれらの会話に顔色一つ変えないが、同じく部屋の隅にいる、少女たちの家と繋がりを持ちたかった家柄の良いメイドたちは、オーガのような目付きで私を睨んでいた。

今更、戦闘経験もないお嬢様に睨まれても何も感じないけど、それより『殿下』ということは、あの少女は王族なのだろうか？　まだ国外に逃げるほどの力量はないのだから勘弁してほしい。

それから何度か問答が続き、上級執事が諦めたような深い溜息を吐く。

「この者はまだ言葉遣いも出来ていないただの子どもです。それが分かっておいでなら、この城に滞在する間だけ、部屋付きの一人に加えることにいたしましょう。それが最大限の譲歩です」

「もちろん、それで構いませんわ。それでももし、わたくしが気まぐれではなく、本当に彼女を気に入ったなら、教育後、正式な侍女見習いとして城に寄越しなさい。こちらもそれが最大限の譲歩よ」

「かしこまりました」

「……アリア、こちらに来てご挨拶を」

私の意志に関係なく私の立場が決まったようだ。最終的に身に危険があればお尋ね者になっても逃げ出す心の準備はするとして、今は監視任務が容易になったと割り切り、セラに従い前に出る。

今の私はセラや上級執事はもちろん、少女を護る騎士の一人にさえ及ばない。いずれ追いついてみせると心に決め、金髪の少女の前で教えられたとおりに頭を下げた。

「メイド見習いのアリアです。よろしくお願いします」

「アリア……ね。わたくしのことはエレーナと呼びなさい」

▼エレーナ　種族：人族♀
【魔力値：120／120】【体力値：33／35】

【総合戦闘力：50】

光魔術と闇魔法を覚えた私と、同等以上の魔力値を持つ子どもなんて初めて見た。

体力値を見るに近接戦闘技能はないようなので、おそらくは複数の魔術系スキルを持っているはずだ。彼女は〝知識〟にある貴族らしい尊大な物言いをするが、その声音は言葉よりもキツくない。でも、その後ろにいた赤毛の少女は、私に近づくことなく睨むような鋭い視線を向けていた。

＊＊＊

「アリア、あなたの監視任務は、あくまで私どもの補佐であることは変わりませんが、これからは連絡要員も兼ねてもらいます。よろしいですね」

「はい」

「それと部屋付きとなったことで追加の情報を開示します。エレーナ様はこの国の王族の一人で、もう一人の方はダンドール家のご令嬢、クララ様になります。この二人が監視対象になりますが、警護の優先順位はエレーナ様が上になりますので間違えないように」

「はい」

「そしてお二人が入城したことで、対象のどちらか、もしくは両方を快く思わない派閥から動向を監視する人間が現れたと報告がありました。直接の行動を起こすことはないと思いますが、もし、何かしらの手段を講じてきた場合は、近くにいるあなたも、殿下だけでもお護りするように」

「はい」

「それから、あなたは殿下から直接お名前呼びを許されましたので、殿下ではなくエレーナ様とお呼びするように。クララ様のことはお嬢様とお呼びしなさい」

「……はい」

セラから地味に長い変更事項を確認してわずかに頷くと、セラと一緒に、庭の散策を始めている監視対象者の下に戻る。

だからといって特にやることがあるわけではない。こんなことがなければ草むしりや雑用をこなしながら、彼女たちが突然いなくならないか『子ども視点』で見ているだけでよかったのだが、部屋付きになったことで、他のメイドたちの後ろでジッとしているのが私の新しい仕事になる。

「アリア、こちらにいらっしゃい」

「……はい、エレーナ様」

でもエレーナはそうさせてはくれないようだ。私の何を気に入ったのか分からないけど、給仕ができるわけでもない、本当に何もできない私を側に置く。

私が近づくとダンドールのお嬢様が怯えるように距離を取り、私がエレーナの名を口にしたことで、名を呼ぶことを許されていないメイドたちから憎悪に近い視線が向けられ、それに気づいたエレーナは愉しそうに口元を笑みに変えた。……彼女はなかなかいい性格をしている。

「アリアは、なかなかいい性格をしているわね。他人の評価は気にならない性格なのかしら?」

「……恐れ入ります」

どうやら私とエレーナは似たもの同士だったようだ。もちろん性格は違うけど、貴族としての修羅場があるのなら、彼女の肝が据わるような出来事があったのだろう。

言動が子どもらしくない。そんな子どもは大人から見れば奇異に映るのだろうが、私はその在り方が少しだけ好ましく思えた。

メイドたちは用が終われば部屋から出る。侍女たちも用がないかぎり必要以上に近寄らない。ダンドールのお嬢様も私がいるとその場から離れてしまうときがあるので、何日かすぎるとエレーナの近くにいるのは私だけになっていることが多くなった。

「本当に……お母様も心が弱すぎるわ。正妃となられたあの方はお優しい人だけど、所詮は王妃教育も受けていない子爵令嬢だから、第二王妃であるお母様がいないと、この国の政はまともに動かないのよ？　そこで国内外に地盤を作ればよかったのに……そうは思わない？」

近くに私だけしかいないとき、私にしか聞こえないような声でエレーナは愚痴を漏らすようになっていた。……彼女は本当に私と同じ子どもなのだろうか？

エレーナは母親から異常な英才教育を施されたと聞いている。彼女も詰め込まれた〝知識〟を使って、生きるために必死に足掻いてきたのだと思った。

「私には判断できない」

「アリアは本当に冷たいわね。でも、そのほうがあなたによく似合うわ。明日は街に買い物に行くから、あなたも伴をしなさい」

「了解」

二人だけの会話の時は、私がぞんざいな言葉を使ってもエレーナは咎めない。頭の良い彼女は、私の口調に合わせてくれたりもする。でも私たちは〝友達〟じゃない。彼女はメイドに対する主の立場を崩すことはなく私も必要以上に踏み込まない。私が彼女に仕えることはないだろう。でも、今感じているこの空気を、私はそれほど嫌いではなかった。

ゆっくりと静かに流れる時間の中、テラスの白いテーブルでお茶の香りを楽しんでいたエレーナは時折、青く澄んだ湖へ同じ色の瞳を向ける。

私と同じように詰め込まれた〝知識〟で、彼女は今まで何を見て何を感じてきたのだろう。そして今、彼女の瞳には何が映っているのだろう。私も彼女の斜め後ろに立ち同じ景色に目を向ける。無言のまましばらく二人でそうしていると、不意にエレーナが口を開いた。

「アリア……あなたには何が見えるのかしら？」

景色を見つめながらそう問うエレーナに、私も湖に瞳を向けたままゆっくりと言葉を紡ぐ。

「きっと……同じもの」


エレーナが入城してから一週間が過ぎ、彼女は城から出てダンドール城のある街に買い物に出掛けることになった。それでも公の立場で来ているわけではないので、目に見える護衛は三人の騎士だけで、あとは侍女三人と執事一人、メイドを四人だけ連れて行くことになる。そのメイド四人の中に私も含まれているが、侍女と執事の中にセラと上級執事の姿はなかった。

二人がどちらも城を空けると業務が滞るという理由だが、大きな原因は、口うるさい二人が来ることをエレーナが不満に感じていると知り、上級執事自身が市井に紛れて護ることを提案したらしい。彼の実力なら直接の襲撃を受けても問題はないだろう。それだけでなくセラの仲間の数人も紛れて警護に就いているので、よほどの事がないかぎり私の出番になることはないはずだ。

本当なら参加しなくてはいけないはずのダンドールのお嬢様は、（私が同行すると聞いて）体調不良でお休みらしい。

「さすがに王都に次ぐ大都会ですわ。平民でも手の届く服装関連のお店が揃っているようですね。アリア、あなたにも何か買ってさしあげましょうか？」

そんなエレーナの言葉に私が静かに首を振ると、彼女は私を見て笑うように目を細めた。

「そうよね。アリアは、欲しいものは自分の力で手に入れるほうが似合っているわ」


目的地の一つである高級服飾店に到着した。騎士の一人が裏手に回り、一人が入口の脇に立ち、一人が同行して中に入る。この店は本日貸し切りで他の客はいない。たぶん、何度も調べられているはずだが、店主の他には女の店員が三人いるだけで私の探知にも他の気配は感じられなかった。

「本日はお越しいただいてありがとうございます。是非ともゆるりとご覧下さいませ」

「そうさせていただきますわ」

店主と軽い言葉を交わして、エレーナが布地や既製品のスカーフなどを見て回る。

エレーナが私に何か買い与えると発言したのを誰かに聞いたのか、一緒の馬車で来られなかったメイドたちが物欲しそうな目でエレーナを見る。でも、彼女と見て回るのは侍女たちの仕事なので、私を含めて四人のメイドは離れて見ているしかない……が、

「……一人はどこにいったの？」

「私は存じません」

メイドの一人がいないことに気づいた私が訊ねると、私を敵視する貴族縁者のメイドがツンとした顔で横を向く。態度は悪いが彼女たちでも勝手にいなくなったりはしないはず。嫌な感じがして細か

く探知をしてみると、身体の寸法を測りに個室に入ったエレーナの気配が消えていた。

急いでその採寸部屋の扉に向かうと騎士の一人に止められる。

「いくらお側仕えを許されたお前でも、勝手に入ることは許さんぞ」

「エレーナ様の気配が感じられない、至急中を確認して。それと変な匂いがする」

「お前は何を……」

「分かりました」

私の能力をセラから聞いていたのか、外で待機していた侍女の一人がすぐに動いて扉を叩き、返事がないことを確認して扉を開く。

「殿下っ！」

その侍女を先頭に中に入ると微かな薬品の匂いが鼻につく。室内にエレーナの姿はなく、薬でも使われたのか一緒に入った二人の侍女が外傷もなく気を失って倒れていた。

「殿下はどこにっ」

「一緒に入った店員の女もいないぞ！」

「こちらの床に穴がありますっ！」

執事の声が聞こえてそちらに向かった騎士の後ろから覗き込むと、子どもか細身の女性なら通れるほどの穴が床に空いていた。

「地下だ！」

「階段はどこだ!?」

「私が先行する」

階段を探しはじめた彼らの間をすり抜けながら声をかけて、私はスカートの裾を傘のように折りたたんで、そのまま床の穴に飛び込んだ。

数メートルの落下を身体強化した脚のバネを使って着地する。

すぐに暗視で周りを確認し、奥の通路から魔素の乱れを視て先に進むと、そこにもエレーナの姿はなく、代わりに見えなくなった貴族縁者のメイドの姿があった。

「ここで何をしている？　エレーナ様はどこへ行った？」

「……し、知らなかったのよ。私、……ちょっとだけ情報を流したら、あの店員がお金をくれるって……でもこんなことになるなんて知らなくて……」

「エレーナ様は？」

「ひっ」

軽く威圧して正気に戻すと、彼女は怯えながらも地下室の隅にあった小さな横穴を指さした。

「…………」

店員の女が主犯か……。私は支給されていた木炭で、漆喰の壁に騎士たちに向けて必要な情報を書き連ねると、その小さな横穴に入って誘拐されたエレーナの姿を追った。

無事でいて……エレーナ。

誘拐されたエレーナを追って、私は小さな横穴の中を進んでいく。

あのメイドが情報を流していたとしても、事前にこれだけの穴を掘る時間があるはずもなく、おそらくは土魔術の使い手が誘拐犯にいるのだろう。

セラの仲間たちが見張っていても、地下までは調べられなかったか……。そもそも人手不足だから私のような子どもまで使っている。今回エレーナの側にいたセラの仲間は私の言葉に対応してくれた侍女一人だけだが、彼女も隠密や探知に長けているわけではなく、肉盾となるために騎士の技能をいくつか持っているだけだと聞いていた。組織の全員がセラのような高い斥候技能を持っているはずもなく、大部分は情報を収集する間諜のような人たちなのだろう。

だが今は、そんなことよりもエレーナだ。外にいる上級執事に連絡が取れても、追いつくまでに十数分はかかるはず。それまでにエレーナを発見して私一人で足留めをする必要がある。

こんな、子どもか細身の女性なら通れる程度の微妙な場所を、子ども一人を抱えて移動したのなら、相手は斥候職（スカウト）か盗賊（シーフ）系、もしくは……。

「……暗殺者（アサシン）か」

魔術を使う暗殺者なんて私が想定する最悪の相手だが、それでも追わないといけない。でもそれは請け負った〝仕事〟だからじゃない。

住宅三軒分の地下を進むと唐突に縦穴に変化した。私は隠密を使いながら身体強化をかけて土肌に指をかけながらスルスルと穴を登り、気配を探りながら穴の外を窺うと、一人の小汚い男が慌ただしく逃げ出す準備をしているのが見えた。

単独犯ではなく仲間がいたか。もしかしたらただの物取りという可能性もあるが、私はすでに攻撃することを決めていた。

「……【触診(フィール)】……」

私が口の中で魔術を唱えると、男は驚いたように入り口のほうを振り返り、その瞬間に飛び出した私が袖口に隠していた二本のナイフを投げ放つ。

「ぎゃっ⁉」

背中に二本のナイフを受けて体勢を崩した男の足に蹴りを入れて転がし、うつ伏せになった男の背を蹴るように片膝をついて、黒いナイフを首元に突きつけた。

「逃げた女と子どもはどこだ？」

「……な、なんだよ、お前は！　俺は何も……ぎゃあっ！」

とぼけようとした男の首から背中までナイフで切り裂き、再びナイフを首に当てる。

「時間がないから、回復(ヒール)で治るような拷問はしない」

威圧しながらナイフを滑らせて首を傷つけると、男の顔が一瞬で青くなった。

「お、俺は、金を貰って見張っていただけなんだよ！　勘弁してくれっ！」

「そんなことは聞いていない」

「ぎゃああっ！」

今度はナイフを背中に刺して抉ると、痛みに耐えかねた男が喋り出す。

「あの女は、子どもを抱えて右――いや、左の方へ行った！　そこに馬車があるっ！」

その滑らかすぎる物言いに私がさらにナイフで抉ると、本気だと悟った男が慌てて言葉を変えた。

「他に仲間は？　嘘だったら戻ってきて殺す」

「ほ、他にはいねぇっ！　街の外にいけば仲間がいるって言っていた！　嘘じゃねぇ！」

「分かった」

ゴッ！

「がっ……」

両手を身体強化して、ナイフの柄を頭に打って男の意識を落とす。これ以上は聞いても無駄だ。それに生かしておけば、追いついてきたセラの仲間がまた情報を聞き出してくれるだろう。

投げたナイフを回収して外に出ると人気のない細い裏路地だった。

男は左に行ったと言っていたが、最初は右と言っていた。念のために顔を地面にギリギリ寄せるようにして瞳を身体強化すると、確かに右の方に足跡が残っていたが、左手のほうに足跡を消したようなわずかな痕跡を見つけて、私はその方角へ駆け出した。

実戦では初めてだったが【触診（フィール）】の発動は確認できた。これは私が闇魔法で構成した、闇魔術で位置を指定し、闇魔法で効果だけを与える魔術と魔法の併用幻惑魔法だ。

その効果は、対象となる生物の『任意の場所』に『触れられる』感覚だけを与える単純な効果しかなく、実際に触れてもいないので木の葉一枚動かせないが、構成を出来る限り削った結果、魔力消費はたった5で抑えられた。

魔法は脳内で構成を組み立てなければいけないので、咄嗟に使うのはまだ難しい。でもこんな状況なら有効的に使えるし、消費も低いので慣れれば使える場面は多いだろう。

「……こっちか」

たまに足跡を確認しながら追跡を続ける。足跡は一つ。上手く足跡を残さないように歩いているけど、微かに荷物を抱え直すような擦れた足跡が残っていた。担いだエレーナが重かったのか、彼女に意識があって暴れているのか分からないけど、犯人の性別が女であることを考慮しても、それほど筋力は高くないと感じた。

追跡をしながら私はヴィーロに教わった通り、敵の姿を想像する。敵を暗殺者だと仮定したが、どうしてそいつはエレーナを殺さなかったのか？

セラは敵の姿を、敵対する派閥から送られてきた者だと予想した。それが正しいのなら誘拐犯の目的はエレーナを生きたまま連れ帰り、政治的に利用することだろう。だとするなら、暗殺者である必要はない。筋力の低さから相手は戦闘がメインではない盗賊系の斥候ではないだろうか？

ならば命までは取られない。そう仮定してもいいが、いざとなったらいつでも殺せるだろうと考え、甘い考えは止めておく。こちらの勝利目標は、第一がエレーナの命で、その次が彼女の奪還となり敵を倒すことが目的じゃない。敵の正体を調べるのも私の仕事ではなく、その辺りの優先順位を間違えると大変なことになる。

戦闘系ではない斥候でも、おそらく敵はホブゴブリン以上の強敵になるだろう。なら、私はどうしてそんな危険を冒してまで一人で追うのか……と自問する。

いつからだろう……エレーナと共にいるときは心の重圧が軽くなっていることに気づいた。

エレーナは〝灯〟だ。この歪で残酷な世界の中で、彼女は、暗闇を孤独に歩き続ける道を仄かに照らす、私の前に現れたたった一人の〝同類〟だった。

仕事だからじゃない。私は……エレーナに死んでほしくないだけだ。

裏路地を駈けていると、少し開けた場所に個人の行商人が使うような馬車が見えた。

「見つけた」

外には細身の影が一人、そして馬車の中から金色の髪が揺れるのを確認した私は、走りながらスカートを翻して脚に括り付けた数本のナイフを引き抜いた。

＊＊＊

エレーナに物心ついた時には、母による英才教育が始まっていた。母としての温もりを感じたこともなく、幼いエレーナはその温もりだけを求めて厳しい教育を受け続けた。その結果、四つの魔術属性と大人顔負けの知性を得るに至ったが、その代償としてわずか四歳で会得した属性と強い魔力は幼い身体を蝕み、同年代の子どもと走り回れるような身体ではなくなった。

貴族の間でもあまり知られてはいないが、多くの属性を得ると、強い力を得る代わりに術者の寿命を代償とする。エレーナの場合は、大人の身体になるまで成長できれば、子を生すことは難しくても普通に生きることはできるだろう。だがそれは、王位を得るには致命的であり、母の興味は急速にエレーナから離れていった。

母の温もりを得ることもなく、丈夫な身体さえ失ったエレーナを支えたのは、正妃が産んだ王太子である兄であった。穏やかで人の痛みを感じることのできる優しい兄。エレーナは彼を慕い、兄しか頼れる者がいないのだと思えるほど執着した……ようにエレーナは見せかけた。

　自分が母の言いなりになったままでは、国はいつか王家派と貴族派に分れて争うことになる。兄である王太子の優しさには救われた部分もあり、個人的に兄妹としての好意は持っているが、兄の持つ〝優しさ〟は二つに引き裂かれた国を纏めるほどの〝強さ〟ではなかった。

　まだ幼いエレーナでは、貴族派の言葉を退けることは難しい。だからこそエレーナは『王太子への執着』を演じてまで、王家派であると内外に示す必要があった。

　この事実を知るのは、現状では父である国王と、前国王と皇太后である祖父母、そして乳母を含めたわずかな側近のみで、もし王太子が次代の王として『弱い』と判断された場合、王太子の子が成人するまで『教育』を施し、国王代理としての『女王』の役目を果たすため、母である第二王妃に知られることなくエレーナの女王教育は続けられていた。

　正妃の子から王位を奪うべく教育した第二王妃の成果は、その母を裏切ってまで国の安寧を考える〝知性〟をエレーナに与えてしまったのだ。


　今回のダンドールへの療養も、いきすぎたエレーナの頭を冷やすことではなく、わずか七歳で王国内のバランスを調整しているエレーナを気遣った父から勧められた〝休養〟だった。

　その休養の地にダンドールを選んだのは、従姉妹であるクララがいたからだ。クララは三歳から六歳までの三年間を王都で暮らしており、その間、エレーナの遊び相手として登城していた。

　他の子どものように媚びを売るでも乱暴でもなく、ダンドールの姫としての気品を持つ一つ年上のクララを、エレーナは本当の姉のように慕っていた。だからこそ、彼女の癒しを求めてこの地まで訪れたのだが、二年ぶりに会ったクララは少し様子が違っていた。

微かな〝違和感〟と言えばいいのだろうか。穏やかな気質はそのまま、エレーナさえも知らない知識まで持つようになったクララに、最初はようやく話が合いそうな相手ができたと喜んでいたエレーナだったが、会話をしているうちに〝別人〟と話しているような錯覚を覚えた。

エレーナを見る瞳が、以前のような純粋な好意から警戒するような視線に変わっていた。この二年でクララに〝何か〟があった。そして彼女はその何かを隠している。

それを見極めるために……正確に言えば以前のような関係に戻りたくて、クララがエレーナに向けた警戒の色と同じ目を向けたメイドを強引に引き抜いた。確信があったわけではない。別に違っていてもよかった。その桃色の髪は先々代王妃の肖像画に描かれていた髪と同じ色で、今よりももっと幼かった頃は、金の髪よりも桃色の髪のほうが良かったと密かに憧れていた色だった。

その桃色髪の少女の名はアリア。年齢は聞いていないが平民なら十歳前後で、魔力で成長している今のエレーナと見た目はさほど変わらない。印象的だったのはその瞳……美しく華やかな人間を見慣れているエレーナから見ても可愛らしい顔立ちをしているのに、その翡翠色の瞳は、何かに立ち向かうような強い力を湛えていた。

その中身も普通に考える子どもとは違っていた。子どもとは思えないほど冷静で冷淡でありながら、細やかに人を見ていて、エレーナが何か欲しいときはすぐに気づいて近づいてくれた。

共感というのだろうか。孤高とも言えるアリアの在り方は、孤独に戦い続けるエレーナに自分が決して独りではないと思わせる安堵感を与えてくれたのだ。

一度だけ他のメイドが物を落としたとき、一瞬でエレーナを庇うように身構えていたので、もしかしたらアリアは、噂に聞く暗部の護衛メイドなのかもしれないと思うようになった。

そしてクララのことだが、彼女が気にしていたのはどうやらアリアで正解だったようだが、クララの反応を確かめる前に、その髪の色にトラウマでもあるのか、クララのほうから距離を置かれてしまった。だが、それならそれで構わないと思った。今はクララのことよりも、この世界でたった一人、自分と同じ目線を持つアリアと一緒にいることをエレーナは望んだ。

だから久しぶりに自分から外に出ようと思うようになった。だが、どれだけ知性があろうとエレーナはまだ子どもであり、その制御できなかった感情は油断となってエレーナを襲った。


王家派になったはずのエレーナは、いまだに貴族派の希望であると同時に、新たな貴族派を纏める象徴を立てたい貴族家にとっては、生きているだけで邪魔な存在でしかなかったのだ。

薬物でも盛られたのか、採寸部屋にいた侍女たちが倒れてエレーナも身体の自由を奪われた。その犯人は採寸をするはずの店員で、その女は自由の利かなくなったエレーナを担ぐと、家具をどかした床の穴からあっさりと外に連れ出した。

どこからエレーナが立ち寄る場所の情報が漏れたのか？　貴族派の使用人は雇っていないはずだが、連れ去られる途中で見た貴族縁者のメイドが情報を流したのだと察した。その顔は忘れないと目が合ったメイドを睨みながら、エレーナは心臓の魔石から光の魔素を生成して、全身に満たすことで毒物の中和を試みた。

「あら、もう動けるようなったの？　さすがは優秀と言われるお姫様ね」

「……殺さないの？」

いくらか毒を中和できたが、まだ身体は動かない。エレーナはこの歳で光魔術を2レベルまで使えるが、それでもなんの毒か分からなければ【解毒(トリート)】でも完全に除去することはできなかった。

それでも、少しでも動けると気づかれているなら、黙っているより情報収集をしたほうがいい。

「依頼主の希望よ。そもそも殺すような依頼なら、ギルド経由でも受けなかったけどね」

意外とお喋りなその女店員は、印象の薄い顔でニコリと笑いながらウインクまでしてみせた。殺しをしない。ギルド経由の仕事をする人間なら二種類しかない。それは冒険者か――

「……盗賊(シーフ)？」

「その通り。私たちは国や領主に尻尾を振る飼い犬になった斥候(スカウト)でも、殺すことしか能がない野蛮な暗殺者(アサシン)とも違う、技術を芸術の域まで極めた誇り高き盗賊(シーフ)さまよ」

盗賊ギルドに貴族の誰かが依頼したと言うことだ。魔物と戦う冒険者の斥候とも、対人戦を極めた暗殺者とも違う、侵入と盗みを極めた盗賊ならば誘拐任務には打ってつけだろう。

「賢くて可愛い女の子とお話しするのは楽しいけど、街を出るまでは大人しくしてね。今から追加の毒をあげるけど暴れてもいいのよ？　すごく痛くしてあげるから」

「……くっ」

あの手際を見るに暴れても無駄だろう。けれど、このままどこかの貴族の手に渡っても、おそらく何かしらの署名を強要され、情報を搾り取られたあげくに始末される可能性が高い。

舌が微妙に痺れて魔術が発動するか分からない。何もできないが、それでもエレーナが女盗賊を睨み付けると、それを見て嬉しそうな顔をした女の手がエレーナに触れる寸前――

カンッ！

「「!!」」

二人の間をすり抜けるように一本のナイフが馬車に突き刺さり、もう一本のナイフを女盗賊が短剣で弾き飛ばした。エレーナと女盗賊の目が一斉にナイフが飛来した方角へ向けられ、エレーナの碧い瞳に大きめのメイド服を着た桃色髪（ピンクブロンド）の少女の姿が映る。

「……アリアっ!!」

＊＊＊

女店員とその手を遮るようにナイフを投げ、不意打ちにもかかわらず傷を与えることもできなかったが、エレーナが私の名を呼んだことでその無事を教えてくれた。

「へぇ……ここまで追いつくには、もうしばらくかかると思っていたんだけど、もしかして君はあの穴を潜って追ってきたのかな？」

「…………」

それに答えず私が黒いナイフを構えると、女店員は怒るどころか手を叩いて笑いながら喜んだ。

「メイドちゃんいいねっ！　こんな仕事で、二人も普通じゃなくて可愛い女の子に会えると思わなかったわっ！　これだから貴族相手の仕事は面白いっ」

そんな奇妙な女を観察しながら、私は必要な情報を収集する。年の頃は二十代半ば。暗めの赤毛に茶色の瞳。顔立ちは整っているような気もするけど、全体的に印象が薄くて目を離すと顔を忘れそうになる。身長はそれほど高くもなく体付きも予想通り細身だった。おそらくは演技を止めたのだろうか、動けば服飾店の制服の上からでも、しなやかな筋肉がついていることが分かった。

その特徴から考えるとやはり斥候か盗賊系だろう。今回の誘拐も、あの店でずっと罠を張っていたのか、それとも印象の薄い人間を各地に配置することで、成り代わりを容易にしたのか？　女は単独犯に見えるが、それらを考慮すると組織だった背後関係を察した。だとするならここで女を逃がすわけにはいかない。下手に街の外に出られたら私では足取りを追えなくなる。この女は何者なのか？　ただの金銭目当ての誘拐犯にしては随分とふてぶてしい感じがする。

「この女は盗賊ギルドの者ですわっ、毒を使うから注意してっ！」

エレーナがその正体を暴露すると、その女盗賊は苦笑するようにエレーナを見て、芝居がかった仕草で肩をすくめた。……なるほど。エレーナの敵対派閥が依頼をした誘拐専門の盗賊か。

▼女盗賊　種族：人族♀
【魔力値：174／180】【体力値：155／170】
【総合戦闘力：388（身体強化中：440）】

暗殺者よりマシだけど、それでもカストロ以上の戦闘力を持っている。確かに戦闘力は高いが、魔力値からするとそれほど高い値ではない。確かヴィーロに聞いた話では、盗賊は隠密系の技術や体術技能系は高いが、戦闘に特化した者はそれほど多くない。この女盗賊もそうだとして、この身体強化の上がり幅なら……近接戦闘は2レベル相当だろうと推測する。

2レベルの短剣術ならやり方次第で私でも戦えないわけじゃない。けれど、2レベルの近接でこの戦闘力なら、たぶん……穴を掘った土魔術は3レベルまであると考えたほうがよさそうだ。

ランク3の盗賊(シーフ)……普通なら戦える相手じゃないけど、私もこのまま引き下がるわけにはいかない。

エレーナは無事なようだが動けない。言葉もわずかにおかしかったので、薬品で自由を奪われて魔術も使えないような状況だろう。

「エレーナ様を解放すれば追わない」

「それで取引のつもり？　やはり子どもね……と言いたいところだけど、時間稼ぎに付きあう気はないわ。仕事で殺しはしない主義なんだけど……我慢できなくなったらごめんね」

「っ！」

女盗賊の左手が微かに霞み、一瞬殺気のようなものを感じて仰け反るように避ける私の目前を、細いナイフが掠めるように飛び抜けた。カストロと同じで予備動作が見えなかった。私も練習しているけど上手く使えたのはホブゴブリンに使ったのを含めて数えるほどしかない。

だけど、そんな考察をする間もなく女盗賊から土色の魔素が膨れあがるのを感じて、私が飛び退くのと同時に女盗賊から魔術が放たれた。

「――【飛礫(ストンブリット)】――」

その発動ワードが聞こえた瞬間、周囲に土色の魔素が広がり、地面から跳ね上がるようにいくつかの小石が私に向かって飛んでくる。

「くっ！」

身体強化と体術を使い、身を捻るようにして石礫(いしつぶて)を躱した私は、さらに下がって伏せるように片手を地につけた。

「凄ぉいっ、まさか躱されるとは思わなかったわっ」

「……」

私の額から血が一筋零れて頬に流れる。……すべて躱しきれてない。少なくとも額に掠って肩にも一つ受けている。体力も減っていたが、まだ【回復(ヒール)】は使わない。

これが攻撃魔術か……実際に見るのは初めてだったが、私がまともに食らえば一撃で戦闘不能になりかねない。投擲を牽制に使って魔術を唱える時間を作っているか、戦いながら唱えているのかもしれない。戦闘における魔術の使い方を学ぶと同時に、敵の魔術使用パターンを覚えておく。

礫(つぶて)を受けた肩も動く……額の血も目に流れてこないならと放置して身構えていると、追撃をかけてくると思った女盗賊は、何かを耐えるように身を震わせながら自分の腕を抱きしめていた。

「いいわ、いいわっ、メイドちゃん。キレイな幼い顔に流れる真っ赤な血……これだから私は殺しに向かないのよ。殺すよりも苦しんでいる顔に興奮して、つい、いたぶっちゃうの……あなたたちのように可愛い子は特にね」

「…………」

……なるほど、変態か。盗賊は一般人の殺しをしないと聞いたが、単に殺しが向かないだけの奴もいるようだ。でもそれを知って安心できる要素なんて何一つなく、実際にエレーナは声も出ないほど顔を青くしていた。

「さあ、始めましょうか」

女が短剣を抜いて地面を滑るように右に移動する。ナイフを構えた私もそれに合わせて音もなく同じ方向に歩き出す。変態趣味を兼ねているのか、女盗賊は魔術を使わず接近戦をご所望らしい。

3レベルの魔術を使われるより遙かにマシだが、先ほどのように直接攻撃を牽制にして魔術を使う場合があるので、油断はできるはずもない。

　単純な近接戦ではランク2程度の戦闘力しかなくても、その戦闘力は伊達ではなく、切り札として使われれば一撃で私を殺すことができるのだから。

「「ッ！」」

　ガキンっ！

　ゆっくりと近づいていった私たちが同時に飛び出し、互いに繰り出した刃が火花を散らす。でも、スキルレベルと体格の差で私が弾かれるように数歩下がり、その隙を逃さず女盗賊が斬り込んできた。それに合わせて私も左手の投げナイフを放つが、女盗賊はそれも読んでいたのか短剣の軌道を変えてナイフを弾く。

「――【土煙（ダスト）】――」

　動きながら呪文を詠唱していたのか、女盗賊が魔術を使い、私に向けて土埃が吹きつける。

　まずい。色で魔素を視る私の場合、視界を塞がれると探知能力が激減する。慌てて距離を取るが範囲が広い。攻撃を受けることも仕方なしと割り切り顔を隠すように目を瞑ると、次の瞬間、腹部に衝撃を感じて数メートルも吹き飛ばされた。

「アリアっ！」

　エレーナの悲鳴が聞こえる。けれど腹部を蹴られた私はすぐには動けない。

「……げほっ」

　地面を転がりながら痛みで思わず咽せると、音もなく近づいていた足音がわずかに大きくなる。

「いいわ、いいわぁ！　今度はちゃんと切り刻んであげるからっ！」

そして、その声が女盗賊の位置と距離を私に教えてくれた。

ヒュンッ!!

「なっ⁉」

女盗賊の驚く声。私も女盗賊と同じように戦闘中に唱えていた【回復(ヒール)】を止め、手の中にある糸に魔力を通して引き寄せながら、今度は目を見開いて〝糸〟の先の〝刃〟を女盗賊に投げつけた。

「なによ、これっ⁉」

私の〝攻撃〟を理解できなかった女盗賊が慌てて距離を取る。けれど半端な間合いでは私の攻撃を躱せない。再び糸を引き寄せ、大きく弧を描くように二つ目の刃を投げ放つと、意識をそちらに取られた女盗賊の腕に私の投げたナイフが突き刺さる。

「つっ！」

素早く糸を引き寄せ刃を袖に隠した私と、女盗賊が最初のように距離を置いて今度は警戒するように対峙する。けれど、女盗賊に最初のような、馬鹿にしたような笑みは浮かんでいなかった。

「……今のなに？　あなたの魔術？」

「さぁ？」

今使った武器は、紐分銅の代わりに作った新しい武器だ。生成りの木綿糸に私の血を染みこませて数本縒り合わせ、魔力を通すことで髪と同様に私の意志である程度動かせるようになった。

尖端の刃は、紐分銅で歪んでしまった数枚の銅貨を、鍛冶ができる城の下働きに頼んで一つに固めてもらい、根気よく叩いて削り、刃になるまで研いだ物だった。私の寝不足の半分はこれのせいだが、そのおかげで、遠心力で高速横移動をする刃は見切りが難しく、威力は低いが無視できるほどダメージが軽くない、牽制にちょうどいい武器となった。

「……やってくれたわね」

最初の一撃か、女盗賊の頬が浅く切れていた。その流れる血と共に人相が変わり、女盗賊が赤髪のカツラを脱ぎ捨てると、短く切り揃えたくすんだ銀髪がきらめいた。

やはり盗賊の技術で化けていたか。魔術かスキルか知らないが、顔立ちはほとんど変わっていないのに化粧と仕草を変えるだけであそこまで別人に化けられるとは、盗賊系の技術も侮れない。

ともかく、ようやく相手が本気になった。普通なら油断させたほうがいいのだが私には計算できない相手よりもやりやすい。本気にさせて情報をすべて引き出し、勝利までの道筋を計算する。

そんな思いでナイフを握り直すと、女盗賊がわずかに目を細めた。

「ただの子どもではないと思っていたけど……あんた、何者？」

情報を漏らす意味はない。けれど女盗賊の意識を私に向けるため、あえて軽口に乗ってやる。

「私は……ただの孤児で、ただの冒険者で」

私をジッと見つめるエレーナに少しだけ目を向け、黒いナイフを静かに構える。

「私は彼女を護り、敵を殺すだけの『戦闘メイド』だ」

私の言葉に女盗賊の私を見る視線がわずかに変化する。

常に主人の側で自分を盾にしても護るのが『護衛侍女』だと聞いた。そして、主人のために敵を追い詰め、冷徹なまでに殲滅するセラのような人物を『戦闘侍女』と呼ぶ。

女盗賊の反応からすると、貴族や要人を護衛するメイドや侍女は嫌悪の象徴なのだろう。

私はまだセラのように強くない。けれどエレーナを取り戻すために私はあえて、護衛メイドではなく『戦闘メイド』を名乗る。

「へぇ……戦闘メイド、ね」

タンッ!!

「キャッ!?」

突然女盗賊が私に視線を向けたままナイフを馬車に放ち、ナイフが刺さった木の板の裏からエレーナの悲鳴が聞こえて、その場から魔素が拡散するのが視えた。

「お転婆なお姫様ね。魔力や声を抑えても呪文の韻が聞こえているわよ？　次に下手な真似をしようとしたら魔術で――」

ヒュンッ!!

「つっ！」

糸についた刃を真横から遠心力で投げつけると、一瞬気を逸らしていた女が仰け反るように身を退いて躱した。

「余所見をするな。お前の相手は〝私〟でしょ？」

「……このガキ」

女盗賊が意識を私に戻し、私はこちらを見るエレーナに、『何もするな』と小さく首を振る。

「それもそうね……時間もないし、遊びはここまでにしましょう」

そう言った女盗賊が服飾店の制服を脱ぎ捨て、身体にピッタリとした革の衣装に変わる。

確かにゆったりとした服は動きにくい。私もメイド服に慣れていないときは動きが阻害されるように感じたが、これはこれで利点もある。

女盗賊が使っていた短剣を捨て、新たに抜いた二本のダガーに不自然な光沢を感じた。おそらくは〝毒〟だ。毒にも種類はあるけど、この女盗賊が使うような毒なら掠るだけでもまずい気がした。

ヒュンッ！

「またその攻撃かっ！」

気配を察した女盗賊が飛び避ける。私は毒を使う女盗賊の間合いに入らないように糸の刃で牽制する。女盗賊もその攻撃が何か分からなくても、飛び道具だと察して気配だけで避けていく。

今の私の切り札は、この糸の刃と幻惑魔法だ。その一つである糸の刃を初見に使った時点で、ある程度のダメージは与えておきたかったが、効果的に使えないまま牽制に使うしかなくなった。

だが、毒を警戒して間合いを取ってもこの女盗賊には魔術がある。今はまだ、遠心力の速度で見切られていないが、この武器の正体がバレてしまえば、すぐに魔術で対処されてしまうはずだ。

それでも今はこれしかない。女の隙を作るために手持ちの武器で攻撃を続けるしかなかった。

「――【落穴(スネア)】――」

「っ！」

糸の刃をから逃れるため、女盗賊が魔術を行使する。突然私の足下に穴が空き、体勢を崩しながらもその魔術を転がり避けると、その隙を逃さず女盗賊がダガーの一つを投げつけた。

立ち上がれずに膝をついたまま私はナイフでダガーを弾く。だが投げると同時に突っ込んできた女盗賊は、そのまま大きく後ろに振りかぶるようにしてダガーの〝突き〟を繰り出した。

「――【二段突き(ダブルエッジ)】――っ!!」

短剣レベル2の戦技、【二段突き(ダブルエッジ)】だ。射程は通常と変わらないが、爆発的な瞬発力と速度の向上で、突きによる二回連続攻撃を可能とする。

体勢を崩した状態の私にこの攻撃は躱せない。でも――

「なっ!?」

膝をつくように身を低くした私の身体が真横にスライドして、女盗賊の戦技は私のスカートだけを斬り裂いた。普通なら躱せない。でも私は呪文という発動に時間のかかる手段より、時間のないことに焦った女盗賊が一撃の威力が高い戦技に頼るだろうと予測をしていた。だから私は広がった長いスカートで脚を隠したまま、セラから習った足運びを使って攻撃を回避することができた。

予測といっても半分は勘だ。でも、女盗賊が戦技を外したこの隙を逃す手はない。

片膝をしっかり地につけて身体を支えた私が、上半身を捻るようにナイフを背後に引くと、私のやろうとすることを理解した女盗賊の顔がわずかに歪む。

「――【突撃（スラスト）】――っ！」

私が戦技を使うのは、トドメを刺すときか明確に隙が生まれたときだけだ。敵がわざわざその隙を作ってくれたのなら、私が戦技を使わない理由がない。

「ちっ！」

だが、当たると思った【突撃（スラスト）】を、女盗賊は身体を横に折り曲げるようにして回避した。

知識から『軟体』という技術があると頭に浮かんできたが、こんな奇っ怪な避け方なんて想定外だ。それでも完全には躱せず、私の戦技は女盗賊の脇腹を浅く斬り裂き、女盗賊はそのまま横倒しに倒れるようにして鋭い蹴りを放ってきた。

立場が逆転して戦技を撃ったばかりの私が動けず、一瞬の判断で浮かした腰をわざと蹴られて距離を取りながら、その勢いを利用して跳ね上がるように起き上がる。

でも、その時には女盗賊も立ち上がって呪文の詠唱を始めていた。その魔素の量から大きな魔術を使うつもりだと判断して、スカートを翻して抜いたナイフを投げつけるが、一瞬早く女盗賊の魔術が完成した。

「――【岩肌（ロックスキン）】――」

ギンッと硬質な音がして、投げナイフが女盗賊の革服で弾かれた。攻撃魔術じゃなく防御系か。それを見極めるために糸の刃を投げ放つと、女盗賊はニヤリと笑って刃を素手で打ち払う。

「へぇ……。糸の先につけた刃物……ペンデュラム？　面白いモノを使うようだけど、もうこんな小賢しい攻撃は効かないわ」

「…………」

今のが魔術の効果か……。女盗賊の見た目は変わっていないが、その全身が土属性の魔素に覆われていた。たぶん、その効果から察するに魔術系の鎧だろう。

「もう終わりよ。本当に……ランク1程度の子どもに、こんなに梃摺（てこず）るなんて思ってもいなかったわ。私の奥の手を使わせたんだから、せめて良い声で啼（な）いてね。凄く痛くしてあげるから！」

女盗賊が歪な笑みを浮かべながら、再び魔術の詠唱を始める。それを阻止しようと糸の刃を投げつけるが、女盗賊は躱しもせずに、刃は女の頬で弾かれた。なんの魔術か分からないが私が的を絞らせないように走り出すと、それと同時に女盗賊の魔術が完成する。

「――【飛礫（ストンブリット）】――」

「っ！」

地面からいくつもの小石が弾けるようにして放たれる。私は頭部を護るように腕を十字にして飛び避けるが、それでも数個の小石が直撃して私を地面に転がした。

「く……」

「子どもなのに、我慢強いのね……ふふ」

体力値はまだ残っているが、身体の傷と体力は別物だ。体力が空になっても気絶して動けなくなるだけで、すぐに死ぬわけじゃないが、逆に体力が満タンでも心臓を刺されただけで人は死ぬ。

石礫は打撃系なので急所さえ防御できれば深刻なダメージはない。それでもあれほどの数を躱すことは難しく、一発でも急所に受ければ次こそ命がないだろう。もう時間を稼ぐどころの話じゃない。

こちらの攻撃は何も効かず、相手はダガーでも魔術でも簡単に私を殺せるのだ。

「もう、奇策のネタは尽きたのかしら？　子どもにしてはよく戦ったけど、厄介になりそうなあなたはここで確実に殺すわ」

「…………」

私には、もう一つだけ〝切り札〟がある。けれど、それはまだ使う条件を満たしていない。それを使うためにも、私は諦めずに敵戦力の分析を続けた。

魔術系の鎧は〝知識〟にあまり情報はないが、それでも掻き集めると、一定の累計ダメージで消滅するか、一定時間一撃の攻撃ダメージを一定量軽減するかのどちらかだ。おそらく土系なので前者だと考える。本人が奥の手と言うからにはレベル３の魔術で、絶対的な自信があるはずだ。だからこそそれが油断になると信じて、全身の痛みに耐えながらも魔術の鎧を削り続けた。

「あはは、無駄無駄!!」

投げたナイフもペンデュラムと言われた糸の刃も、女盗賊の肌で弾かれる。

女盗賊が防御もなしに真っ直ぐ突っ込んでくる。武器が効かないのなら体術で凌ごうとしたが、ダメージを受けた私の身体は本来の動きができずに、女盗賊のダガーが私の肩を掠めた。

「っ、……ぁあああああああっ！」

その浅い傷から激痛が私を襲う。その痛みに思わず声をあげると女盗賊の顔が恍惚に歪んだ。

「ああ……ようやく啼いてくれた。でも安心して。すぐに死ぬような毒じゃないけど……この毒は凄く〝痛い〟でしょ？」

「…くぅっ」

傷自体は深くないのに鋭い痛みに呻きが漏れる。

激しい痛みで筋肉が痙攣して呼吸も上手くできない。ただの子どもなら泣き叫ぶか気を失うかしかないが、私はここで気を失うわけにはいかなかった。

……もう少し……

女盗賊が見下ろすように笑いながら、まともに動けなくなった私を蹴り飛ばす。

地面を転がり、女を睨むように唇を噛んで悲鳴を漏らさずにいると、女盗賊は震えるように恍惚とした表情を浮かべて、仰向けに倒れた私を踏みつけた。

「いいわぁ、メイドちゃん。もっといたぶりたい……もっと啼かせたい。早く殺さなくちゃいけないのに、時間がないのに……ああ、もっと苛めたいのにっ！」

「…………」

「ああ、その顔ステキ！　もっと声を聴かせてっ！」

女盗賊は叫ぶようにして腕を振り上げると、毒付きのダガーを私の腹部に深く突き立てた。

「ああああああっ!!」

「そうよ、もっと泣いて啼いて！　もっと苦痛に歪んだ顔を私に見せてっ！　痛いでしょ？　苦しいでしょ？　あははははっ！」

「っ!!」

痛い、苦しい、……でもここで気を失うわけにはいかない。やっと……準備ができたのだから。

だから……お前に返してあげる。


「……【幻痛(ペイン)】……」


私の闇魔法が発動すると、女盗賊が一瞬キョトンとした顔をして、次の瞬間、顔を酷く歪ませた女盗賊が屠殺場の豚のような悲鳴をあげた。

「ひぃいっ!!　ああああああああっ!!　ぎゃあああああああああっ!!」

戦闘をあまりしない魔術師の盗賊だからか、あまり痛みの耐性はないようだ。恥も外聞もなく、それまで優位に立っていた女盗賊が、今は地面を転がりながら狂ったように悲鳴をあげていた。

幻惑系の魔術は、自分の知っているモノしか再現できない。

例えば【幻聴(ノイズ)】なら自分の知っている音を作り、【触診(フィール)】なら自分が肌に感じた感触を再現する。

私が使った【幻痛(ペイン)】は、私が知っている〝痛み〟を、闇の魔力に込めて撃ち込むことで、相手に〝痛み〟を〝錯覚〟させる闇魔法だ。

けれど、それを使うために私は、自分が死なないギリギリのラインでその基準となる〝痛み〟を知る必要があったのだ。痛みは与えても肉体的なダメージはない。構成も【触診（フィール）】とさほど変わらないのに、痛みの再現に魔力を20以上消費するので連発もできない。

それでも数秒間程度、相手の動きを止める効果を期待していたが、自分の痛みではなく、どこが痛いのかも分からない激痛は女盗賊の精神を混乱させ、痛みに騙された神経が痙攣を起こすまでの効果をもたらした。

カラン……。

「…………っ」

腹を貫いていたダガーが落ちて、私も同じ痛みに耐えながら、震える脚に力を込めて立ち上がる。

私の精神が痛みに強いわけじゃない。同じ痛みを感じていても、ようやく見えた光明は私の精神を高揚させ、痛みに耐えるだけの活力を与えてくれた。

「ひぃい、があぁ、や、やめ……くるな…もう動け…ぐあぁあっ」

少しずつ混乱から立ち直っているのか、女盗賊が途切れ途切れに声を漏らしながらも這いずるように私から距離を取ろうとする。でも、痙攣している身体は力が入らないのか、その動きは腹を刺されて身体を引きずるように進む私よりも遅かった。

女盗賊の神経が痛みの〝錯覚〟に慣れる前にここで決着をつける。女盗賊の身体はいまだに魔術の鎧に覆われ、刃物や打撃ではダメージが通らない。でも——

「ひっ」

身を退こうとする女盗賊の首や顎に私は糸を巻き付ける。固定するように何度も何度も糸を巻き付け、その首に膝を当てて渾身の力で糸を引くと私の刺された腹の傷から血が噴き出した。

「ひぉ……や、やめ……たすけ」

「ダメだ、お前はここで死ね」

私も最後の力を振り絞り、身体強化と膝を使ったテコの力で糸を引く。

「あがあがああがががあああっ!!」

「――っ!!」

軟体持ちでも限度はある。渾身の力を込める私に、女盗賊が痙攣しながらも首の力で耐えようとした。私はレベル2になった魔力制御を使って、全力の身体強化で糸を引くと、拮抗していた女盗賊の首が捻れはじめ、少しずつ捻られていったその首が――

パキン……ッ!

濡れ雑巾に包んだ枯れ枝を折るような音と共に真後ろを向く。

「「……」」

恐怖に引き攣った女盗賊の顔が唖然として私を見つめ、逆さになったその瞳に輝いていた生命の光は、無表情の私をその瞳に映したまま静かに闇へと沈んでいった。

エレーナとの誓い

首がへし折れた女盗賊が崩れ落ち、その全身から魔術の鎧が拡散するのを見て、その咽をナイフで切り裂き、完全にトドメを刺す。

「……ケホッ」

微かに咽せた私の口から血が零れる。腹を刺されたときに内臓を傷つけたのか、それとも毒が回ってきたのか、私が膝をつくように崩れ落ちて仰向けに倒れると、悲鳴のような声が聞こえた。

「アリアッ!!」

わずかに視線だけをそちらに向けると、だいぶ毒は薄れているようだが、まだまともに動けないエレーナが這いずるように私のほうへ近づいてくる姿が目に映る。……エレーナは無事だ。大きな怪我も見あたらない。任務は完了したと息を吐きながらも、私は最後まで足掻くために【回復(ヒール)】を使って、おそらく瀕死になっているだろう体力を少しだけでも回復した。

使った魔術や戦技を考えると、残りの魔力は半分程度。ここでさらに【回復(ヒール)】を使ったことで、残りは30から40程度だろう。それが私の『生命(いのち)の残量』と同義になる。

「アリアっ、何て酷い傷……」

私のところへ辿り着いたエレーナが私の怪我を見て顔色を変えた。

「……無事?」

「わたくしのことよりも、あなたですわっ！　こんな無茶な戦い方をして……ここまで傷が深いと【回復(ヒール)】では無理ですわ。わたくしがすぐに【治癒(キュア)】を……」

「それは……いい。それより……【解毒(トリート)】……使える?」

「使えますが……でも無理よっ！　毒の種類が分からなければ、異物を消去できないのっ！」

私が毒に冒されていると知ってエレーナが青い顔で首を振る。

「……キリグ草……岩蛇の毒腺……サクアルの実……時雨樹の花……」

「……え？」

「たぶん……このどれかが……使われている」

私はあの女が師匠の所から盗んできた『手書きの野草本』を、文字の読み書きのために何度も何度も読み込んでいた。いずれ錬金術も覚えるつもりだったので、それこそ細かい注釈にいたるまで暗記するほどに読み込んでいる。

それによれば、このような痛みを伴う毒で、この国周辺でも手に入りそうな毒の素材はこの四つだ。他にも種類はあるけど、ダガーに塗って常時使用できる状態にしておくのなら、手間のかかる稀少素材は使っていないと考えた。さっきの素材のどれか、もしくは複数が使われている。たぶん、他の素材を混ぜて効果を増しているとは思うけど、根本の毒素材を消せば時間で解消されるはず。

「き、キリグ草とサクアルの実は知っていますわ。でも、岩蛇の毒腺と時雨なんとかは、見たことがありませんわっ！」

「……なら……サジュアの種子とラベンダーの花を……イメージして魔術を使って。それが、……対抗素材……」

「アリア……あなた、どこでそんな知識を……」

「早く……」

「わ、わかりましたわ。でも、毒を消してもその傷は……」

「ポシェット……探って…」

「あなたの？　これかしら……」

エレーナが私の腰にあるポシェットから、陶器製の二本のポーションを取り出す。

「これを使えば良いのですね」

「キレイな…瓶は、安い奴……古い瓶が……強いポーション……」

それもあの女が魔術の師匠から盗んできた物だ。返せるのなら返そうと思ったが、そもそも死んでは返せない。エレーナが覚束ない手付きで封を切り、蝋で固められた栓を抜いて私の傷口に直接かけると、鋭い痛みを感じて私の口から思わず呻きが漏れる。

「このポーションだけでは治りませんわっ！　やはり最初に【治癒（キュア）】を……」

「エレーナは【解毒（トリート）】……使って。【治癒（キュア）】は……私が使う」

治癒ポーション類は〝再生〟ではなく〝回復〟寄りの効果なので、元よりこれで治るとは思っていない。私はまだ【治癒（キュア）】の魔術に成功したことがないけれど、それでも今の状態ではエレーナに毒を消してもらい、私が自力で【治癒（キュア）】を使うしか生き延びる術はなかった。

「――【解毒（トリート）】――」

「……【治癒（キュア）】……」

エレーナが呪文を唱えて私に【解毒（トリート）】を使う。私も途切れそうになる意識を痛みで繋ぎ止め、呪文を詠唱して【治癒（キュア）】を使うが、わずかに光るだけでそれもすぐに消えてしまった。

エレーナが不安そうに私を見る。けれど私は首を振って彼女に【解毒（トリート）】の魔術を続けさせた。

【解毒（トリート）】はすぐに効果が表れる魔術ではない。異物を理解して消去するには集中力が必要で、特に今回のように特定しきれていない場合はさらに時間がかかる。

私は以前失敗してから何故【治癒（キュア）】が発動しないか……そして、どうして使い手が少ないのか考えていた。【治癒（キュア）】の呪文の意味は、一般的には『身体を元に戻す』という意味で知られている。でも、その呪文を展開してみるとその中に『再生』や『本当の姿』という単語が隠れていた。

おそらくは私に知識が足りないのだ。それも生物学的な知識が。

仮説になるが【治癒（キュア）】には難易度がある。エレーナが使えると言っても、おそらくは見えている部分しか再生できないと思う。見えない部分……例えば内臓のような体内を治す場合は専門の知識が必要なのではないだろうか？

だから私は使えなかった。普通の傷は【回復（ヒール）】で済ませてしまい、見えない部分を漠然と治そうとして失敗した。セラのように人の急所を理解していないと使えないのだと思う。あの女も前世では学び舎で人体の構造は学んでいたが、内臓の正確な位置を知っているわけではなかった。

魔力残量を考えるともう失敗はできない。でも、今の私はその知識を補う手段を持っている。

「――【触診（フィール）】――」

この魔術の本来の使い方は、魔素を飛ばして『触れられた感覚を与える』のではなく、魔素を飛ばした先で『触れた感触を得る』ことだった。反射で感じる内臓の位置を把握して傷ついた部分を特定する。傷ついたのは……胃と肝臓の部分だ。

「――【治癒（キュア）】――」

唱えると私の指先が仄かに光り、ついに魔術が発動して内臓を傷のない状態に再生し始める。

胃と肝臓の〝知識〟にある機能を思い浮かべ、正確な位置に【治癒（キュア）】を当てると、痛みが和らぎはじめて、私の名を呼ぶエレーナの声を聴きながら私の意識は闇に沈んでいった。

＊＊＊

次に目を覚ました時には、また医務室を兼ねる部屋のベッドに寝かされていた。

あれから三日ほど経っているらしく、怪我は跡形もなく治っていたが、それでも内臓が傷ついたことで、しばらく安静にしているようにと、また肉を持って見舞いに来たヴィーロから聞いた。

セラからは賞賛と叱責の言葉をいただいた。あの女盗賊はこの辺りでは有名な、『誘拐屋』と呼ばれる貴族専門の盗賊だったそうで、それに気づいて阻止したのは良かったが、負ける可能性が高い相手に挑むよりも、目印を残しながら上級執事の到着まで追跡するのが正解だったらしい。

それでも私がまだ見習いで、警備内容を変えてまで王女の買い物を許しながら、地下の存在に気づけなかった上級執事が責任を取るらしく、私には叱責なしで報奨金も出るそうだ。

今回は手練れの斥候護衛をエレーナの感情に配慮して側に置けなかったのだから、ある意味不可抗力にも思えたが、そういう問題ではないらしい。実際のところ、エレーナが誘拐された瞬間から包囲網が展開されていたそうで、いかにあの女盗賊が貴族の誘拐に慣れていても、上級執事には取り戻す算段があったそうだ。

だから今回の件で私が報奨金を貰うのは、命懸けでエレーナを取り戻したからではなく、事態が大きくなる前に終息させ、表の警備であるダンドール辺境伯の責任問題を回避したからだと、こっそりヴィーロが教えてくれた。

だけどセラ的には、身体が弱いエレーナの負担を最小限に留めたことを高く評価してくれた。でもセオには、無茶をして怪我をしたことを泣きながら叱られた。でも、私は生きているし、傷跡もエレーナとセラが消してくれたみたいなので、仕事をするのにも問題ないと思うんだけど……。

そのエレーナとはあの日以来会えていない。

お忍びとはいえエレーナはこの国の王女で、私は浮浪児上がりのメイド見習いでしかないのだから、彼女が私を気にかける理由も私が彼女に会わなければいけない理由もない。

エレーナがこの地に滞在するのは、あと二週間。私もあと数日で体力も戻って仕事に戻れるとは思うが、その仕事である監視対象のエレーナがすっかり大人しくなっているので、私は残りの期間を休養するように言い渡された。

彼女が気にならないといえば嘘になるが、仕方ないと割り切り修行と痛んだ武具の修復に勤しんでいると、セラから一枚のメモを渡され、読んだ後はすぐ焼却するように命じられた。

「…………」


エレーナが王都に帰還する前夜、私は目的の場所へ向かうために、メイド服のまま城の壁に張り付いていた。

指定時間は、時計塔の一の鐘が鳴る午前零時。その鐘が鳴ると同時に、テラスにある手摺りにペンデュラムの糸を巻き付け、糸を魔力で強化しながらテラスに舞い降りると、夜着のままテラスのテーブルに着いていた少女が、少しだけ驚いた顔でふわりと微笑んだ。

「来たよ……エレーナ様」

「時間ちょうどね。いらっしゃい、アリア」

あのメモはエレーナからの招待状だった。今夜零時に誰にも見つからずに外から会いに来ることを指定され、外にはセラの仲間たちの気配が感じられたが、私を何事もなく通してくれた。

エレーナの部屋からは誰の気配も感じない。もしかしたらセラあたりは隠れているかもしれないけど、それを気にしはじめたら切りがないので、気にしないことにする。

「アリア、まずは助けてくれてありがとう。あなたのおかげで、体調を崩すことなく最後まで過ごすことができましたわ」

「問題ない。仕事だから」

「あなたはそうよね」

何故かエレーナはクスリと笑い、手摺りの側にいた私と同じように席を立って手摺りに触れると、私たちは互いの立場を示すように、手が届かない距離を置いて向かい合う。

「……アリア、あなたは何者？」

エレーナの真剣な瞳が私を映し、そこに映る私が小さく首を振る。

「ただの孤児で、ただの冒険者で、ただのアリアだ」

「そうね……」

なんの答えを期待していたのか、少しだけ寂しそうに見えた。

「アリア……あなたは、私の下には来ないのね？」

「私は誰にも仕えるつもりはない」

「ただの護衛としても？」

「私はただの冒険者だ」

一瞬風が吹き、エレーナの金の髪と私の伸びはじめた桃色の髪が踊る。

「アリア、私たちは〝友達〟じゃない」

「うん」

「私は王女で、あなたはただの冒険者で、私たちは決して同じ位置には立てない」

「分かっている」

「だったらっ……」

エレーナの声がわずかに大きくなり、言葉を探すように黙り込む。いつもの凛とした大人びた彼女は消えて、年相応になったエレーナの瞳が潤んで揺れる。その唇が彼女の立場と違う言葉を選ぶ前に、その代わりに私が口を開いた。

「私たちは同類だ」

「同類……」

幼さに合わない異様な知識を持ち、私たちは運命と孤独に戦い続ける。でも、決して独りじゃない。たとえ道は違っていても私たちの想いは常に互いの側にあり、同じ方向へ向かっている。

その意味が通じたのか、次の瞬間にはエレーナはこの国を統べる『王女』の顔になり、澄んだ碧い瞳が真っ直ぐに私を映した。

「ならば、同類の同志であるアリアよ。私は王女として、あなたがどんな立場になろうとも、私の持つすべての力を使って、一度だけあなたの〝味方〟になることを誓うわ」

「それなら、私は、同志であるエレーナの望むまま、相手が誰でも……たとえそれが〝王〟でも、一度だけ命を賭して必ず〝殺す〟と誓う」

私たちは誰にでもなく、互いと自分に誓う。

エレーナの言葉は、一度だけ王に反逆して自分が処分されることになっても、私を助けるという誓いだ。だから私は彼女が望むのなら、たとえ私の命が尽きようとも、それがこの国の王や魔王でも、絶対に殺してみせると誓いを立てた。

私たちは……独りじゃない。

「一つだけ……あなたの本当の名前を教えて」

「……あなたを呼び捨てにしてもいいのなら」

私がそう返すとエレーナは「今更ね」と少しだけ笑った。

「アーリシア」

私が本当の名を風に乗せると、エレーナはその名を刻むようにそっと頷く。

「……さよならアリア。そして私だけのアーリシア」

「さよなら……エレーナ」

エレーナは背を向けて、一度も振り返ることなく部屋の中に消えて、それを無言のまま見届けた私もテラスから飛び降りるように音も無く姿を消した。

＊＊＊

その翌朝、エレーナは王女の顔のまま馬車へと乗り込み、私もメイド見習いの一人として、メイドたちの列の端で彼女を見送る。私とエレーナが再び出会うことがあるのだろうか。けれど私たちは同志であり、たとえ離れていても私たちの中には〝誓い〟が生きている。

そうしてヴィーロに連れてこられた私の仕事は終わりを告げたが、そのあと何故かセラではなく上級執事に呼び出された。

押し付けられた仕事

「アリア、お前の新しい任務が決まった」

「…………」

エレーナが王都へ帰り、ヴィーロに連れられてきた〝仕事〟は終わったはずだが、上級執事に呼び出しを受けると何故か新しい仕事が決まっていた。

▼上級執事　種族：人族♂
【魔力値：185／190】【体力値：332／350】
【総合戦闘力：1216（身体強化中：1550）】

最初の印象どおり強いが、おそらくこの男はヴィーロがいう、戦闘力が当てにならない典型だ。斥候系ばかりを鍛えて魔力値が高くないので戦闘力はフェルドに劣るが、感じられる強さはフェルドに勝るとも劣らない。

上級執事は私が《鑑定》したと気づいたのか、私を見る目がわずかに細められた。

「お前のことは、王女殿下から自由にさせるようにと承った。だが、我らのことを知ったお前をそのまま野放しにはできない。なので、お前はヴィーロと同じように一介の冒険者として『協力者』という立場になってもらう」

「……分かった」

勝手に決められて若干不満はある。でも断れば、この男は王女に処断されることになっても、私をこのままにはしないだろう。だけど、自由な冒険者という立場のまま顧客と伝手が出来たと思えば、それほど悪くない。問題は……貴族絡みが増えるんだろうなぁ。

それでも私は貴族から逃げるのではなく、立ち向かうことを選んだ。だから私は〝誓い〟の時に備えて、独りでも立ち向かえる力を得るため選り好みはしていられない。

「私への依頼はなに？」

「お前の任務は、とある貴族家にメイドとして潜入し、現在起きている問題を解決することだ。期間は現地で一ヶ月。重要度の高い任務ではない。これは、お前がセラのいうように信用できるか、私が見極めるための任務であり、失敗しても貴族家の娘が一人死ぬだけだから、国にとってさほど重要な案件ではない」

貴族の令嬢が一人死ぬけど重要じゃないのか……。

「了解、……ボス？」

「組織のボスは私ではない。お前が信用できるようなら会う機会もあるだろう。私のことはグレイブと呼べ」

「了解、グレイブさん。それで場所は？」

別に組織に属したいわけじゃないからボスに興味はないが、グレイブと話すのは、圧力が強すぎてとても疲れるので早々に話を切り上げた。

貴族の問題に深入りするつもりはないけど仕事で手を抜くつもりはない。そしてその赴任地を聞いて、押し付けられたこの依頼に少しだけやる気が出た。

赴任地は北にあるセイレス男爵領。そこはあの女が師事していた魔術の師匠がいる場所だった。


セイレス男爵領で起きている問題とは、半年前より現れはじめたという『怪人』のことだった。

怪人といっても化け物の類いではなく、おそらく〝人〟だと思われるが、怪人は男爵家の令嬢にご執心らしく、夜な夜なお嬢様の部屋近くまで現れ、見張りの目に留まることなく『血塗れの手形』を残していくそうだ。……本当に人間？

夜にメイドを配置しても効果はなく、お嬢様はとても怯えているらしい。嫁入り前のお嬢様に変な噂が立つことを恐れた男爵は、騎士や冒険者に依頼することもできず、困り果てた男爵は寄親であるダンドール辺境伯に内密に助けを求めて、それが巡り巡って私に押し付けられた。

依頼内容は『問題の解決』になるが、グレイブは解決されなくてもそれは仕方ないと考えているらしい。セラやグレイブの組織の仕事とは管轄が違うらしいが、そもそも私は彼らの組織がなんなのかまだ教えてもらっていなかった。……なんとなく察しはつくけどね。

エレーナが王都に戻ったことで、ここに集められた使用人や協力者たちは撤収作業を始めているが、私は撤収を手伝うことなくすぐにここから発つことになった。

私の準備にほとんど時間はかからない。森の仮拠点に赴き、そこに隠してあった金銭と、乾燥させた毒草や薬草類を袋に詰め込みながら、出立前に自分の能力を把握しておいた。

▼アリア（アーリシア）　種族：人族♀・ランク2△1UP
【魔力値：130／135】△20UP　【体力値：67／80】△16UP
【筋力：5（6）】△1UP　【耐久：6（7）】△1UP　【敏捷：7（8）】【器用：7】△1UP
《短剣術レベル1》《体術レベル2》△1UP　《投擲レベル1》《操糸レベル1》NEW
《光魔術レベル1》《闇魔法レベル2》△1UP　《無属性魔法レベル2》△1UP
《生活魔法×6》《魔力制御レベル2》
《威圧レベル2》《隠密レベル1》《暗視レベル1》《探知レベル1》《毒耐性レベル1》NEW
《簡易鑑定》
【総合戦闘力：98（身体強化中：111）】△36UP

総合戦闘力がかなり上昇して、ようやくランク2になった。魔力値が増えていくつか新しいスキルを得ていたけど、やはり戦闘力が上がったのはステータスが増えたおかげだ。特に器用値は戦闘スキルに直接影響するので、これが1上がっただけでも戦闘力にかなりの差が生じる。

ステータスが上がったのは《体術》がレベル2になったからだろうか？　いくら魔力で成長していてもまさか十歳になる前に、近接系スキルがレベル2になるとは思わなかった。

《闇魔法》さえもレベル2になっていたのは、魔術ではなく魔法の構成を分析し続けた結果と言うよりも、あの時使った【幻痛】が2レベル相当の魔法だったのかもしれない。

新しく覚えたスキルは《操糸》と《毒耐性》だった。《毒耐性》は以前から鍛えてはいたが、それが実を結んだ直接の原因は、女盗賊との戦いで直に毒を受けたせいだ。

《操糸》はたぶんペンデュラムのせいだと思う。あれだけで簡単に覚えたようにも見えるが、考えてみれば数ヶ月もの間、ずっと紐分銅を魔力で操作し続けてきたのだから、簡単に、と言うより、ようやくといった感じがした。

出立前に特にやることもない。ヴィーロとはこの仕事をしていれば、どうせまた会えるだろう。冒険者の動きも覚えたかったが、最低限のことは教わったので自力でなんとかする。セラも同様に会う機会はあるはずだ。けれどセオは私が先に出立すると聞いて、わざわざ会いにきてくれた。

「アリア、僕も十二歳になったら王都に行く。そしたら迎えに行くよ。伝えたいことがあるんだ」

「今は言えないこと？」

「うん、一応、男としてアリアより背が大きくなったら言うよっ！」

なんだろう？　十二歳になると何かあるのだろうか？　セオの態度はよく分からないけど、あの孤児院でも誰かが売られる前は、仲の良い孤児同士で離れたくないと泣いていたので、子どもならそういうこともあるのだろう。真っ赤な顔で走り去るセオの背中を見送り、私も弟と別れるような少しだけしんみりとした気分になった。

手早く荷物を纏めて一ヶ月も過ごしたこの屋敷を、小さなトランクだけを持って後にする。

問題があったとすれば衣服類だろうか。私の着ていた古着はホブゴブリン戦でボロボロになってしまったので、私は私服というものを持っていない。仕方なしにセオの服でも借りようとしたら、セラからメイド服を持っていくことを許された。向こうで私に合う仕事着があるとは限らないし、エプロンドレスを外して中のブラウスを安物に替えれば、普段着に見えないこともない。

旅をするのなら男装するほうが楽なのだが、魔力で身体がまた成長して『小柄な十歳児』ではなく、すっかり『十歳の少女』に見えるようになり、気持ち悪いほど早く伸びた髪が肩までかかるようになったので、髪を隠さないともう男児には見えないだろう。

面倒なので髪は切りたかったが、メイドに偽装する上で伸ばしたほうが便利であるとセラに諭され、何故かセオに切らないでと約束させられたのでこのまま出発する。

生成りのブラウスの上に足首まである黒のワンピースを纏い、足下は編み上げのショートブーツを履いた。装備類はスカートの下と袖に隠しているので、見た目は武装しているようには見えないはずだ。

小さなトランクはミーナから貰った餞別だ。メイド服と着替えのブラウスを入れたら一杯になるような小さな物だが、古いがしっかりしているので最悪は盾替わりに使えるだろう。

ダンドールの端にあるここからセイレス男爵領まで、徒歩なら三週間、馬車なら二週間ほどになる。一応、できるだけ早くと言われているが、私の到着は三日前に一ヶ月後と連絡してあるそうなので、まだ余裕はあった。

普通の旅人なら魔物を警戒して護衛のいる乗合馬車一択だが、セイレス男爵領まで銀貨五枚が相場になり、提携している宿屋にも別料金で強制宿泊になる。私はメイド見習いの報酬として銀貨十五枚と危険手当の報奨金として金貨五枚を貰っているが、次の件は仕事が終わるまで無報酬なので、あまり無駄なお金を使いたくなかった。

湖畔の城を離れて半日も歩けばダンドールの都に着く。夕方に辿り着いたのならそこで一泊するのが普通だが、私は宿屋に泊まるつもりもなく、街の露店で携帯食料と塩を少量補充しただけで、そのまま街を離れることにした。

その途中、ようやくダンドールの要塞のような巨城を間近で見ることができた。三日目辺りで見なくなったダンドールのお嬢様はあの城にいるのだろうか？　知識だけしかない私やエレーナとは違う、まるで本当の大人のような言動をとる不自然な少女。

彼女の瞳にはエレーナや私に対して確かな警戒心が見てとれた。それでいて被害者のように怯える言動はエレーナを苛立たせ、彼女が姿を見せなくなったことで奇妙な雰囲気に悩まされていた侍女たちは、内心安堵していたように思える。

彼女は警戒しておこう。もしかしたら……エレーナの〝敵〟になるかもしれない。

買い物が済んで夕方にもかかわらず街から出ようとする子どもの私を、北門の兵士が止めようとしたが、私が冒険者ギルドの認識票（タグ）を見せると諦めたように通してくれた。

ランク1の冒険者でしかない私は、街に入るときに銀貨を一枚払い、出るときには調べられる。だけど今だけは、上級執事から預かっているセイレス男爵への紹介状があるので、そこまでは準貴族的な扱いになるから通行料は無料になる。だけど、今後はこういう物にあまり頼らないほうがいい。貴族に近しいものだと分かれば無用なトラブルを呼び込みかねないし、そもそもセラやセオはともかく、あの組織を完全に信じるなんて私には無理だった。

いずれ……あの上級執事と戦う日も来るかもしれない。それまでに私は少しでも強くなろう。

「……ふぅ」

やっと街の外に出られて思わず息を漏らす。あまり人の多い場所は苦手だ。私服に見せかけてもこのメイド服は布地が良く、あまり平民らしくないせいか街の人たちの目を引いた。純粋に子どもを心配している者もいたのだろうが、子どもを食い物にする大人もいるので油断はできない。

街の周辺では何人かの旅人や馬車ともすれ違ったが、一時間ほど歩くとすっかり暗くなって人の姿は見えなくなり、代わりに微かな獣の鳴き声が聞こえるようになった。さらに一時間も歩くと完全に夜となって、ようやく私は気配を消して闇に紛れるように走り出す。

やはり身体が大きくなっているからか、以前より走るのは速くなった気がする。体力も増えているので小走りなら数時間ほど走り続けることもできるとは思うけど、別に急ぐ旅でもないことを思いだして、汗をかかない程度で軽く流すだけにしておいた。いつものように移動は夜だけにしたほうが気は楽だが、初めての道で夜中だけの移動は道を間違える恐れがある。

軽く走ったつもりでも多少は汗をかいていた。周囲に危険が無いことを確認して【流水（ウォータ）】で布を濡らして全身の汗を拭う。着替えが少ないのだからあまり汗をかくのは好ましくない。そう考えると【浄化（クリーン）】が早く欲しくなる。エレーナも2レベルの光魔術を使えていたのだから、私でも覚えることはできるはずだ。

森の中で木に登り、太い枝の上を今夜の寝床とする。最近良い物を食べていたからか、腰回りが少しだけ重く感じた。気にするほどでもないけど、少しだけ柔い部分ができてきた気がするので、今夜は黒パンと水だけにして眠りについた。

翌朝も朝日が昇る一瞬前に目を覚ます。念のために身体の匂いを嗅いでみるが、まだ着替えるほどでもないと判断し、また身体を濡れた布で拭くだけにしておいた。

この辺りより先はダンドール辺境伯領ではなく、どこの貴族領でもないただの森となる。

この辺りまでは騎士や兵士が巡回しているけど、次の貴族領に入るまでは無法地帯と言っていい。森の中を進むほうが安全だが、上等なスカートがほつれると面倒だ。それにここは魔物が出るかもしれない場所だ。ゴブリン程度ならいいけど、知らない魔物に対処するには広い場所がいい。

「……何かいる」

街道を進み、朝日が昇りしばらくした頃、前方から何かが争っているような物音が聞こえた。でも私が気づいたのはそれじゃない。私が街道の真ん中で足を止めていると、焦れたように森の中から、剣を抜いた三人の小汚い男たちが姿を現した。

「おい、そこの女――」

ヒュンッ!!

私の両袖に隠していた投げナイフが離れていた男の咽に突き刺さり、言葉が終わる前にあっさりと命を散らして崩れ落ちた。

……あと二人。

「お、おい⁉」

突然倒れた男に残りの二人が狼狽した声を漏らす。

戦闘力はどちらも60前後。状況と装備から考えるとこいつらは山賊だろう。もちろん違う可能性もあるが、こんな街から離れた街道で待ち伏せるように身を隠し、女子ども相手に武器を抜いて迫ってきた時点で、私は敵対行為だと判断する。

「し、死んでるぞ！」

「なんだと、このガキが殺ったのかっ⁉」

「ま、待て、そいつは何かおかしい！」

仲間の制止を振り切り、一人の男が突っ込んでくる。でも――

（……遅い）

動きが鈍い。戦闘系スキルが無いのだろうか？　今の私なら身体強化で体感時間を二割ほど引き延ばせるが、それ以前に足捌きすらできていないこの男を、私はとても〝遅く〟感じた。

「――【触診】――」

「ぎゃっ⁉」

怒りを漲らせて向かってきたはずの男が、突然短剣を落として片目を押さえる。痛みもダメージもなく、ただ突然『眼球を触られた』男は混乱して足を止め、その瞬間に飛び出した私の黒いナイフが、男の首を撫でるように斬り裂いた。

あと一人。傷口から血が噴き出す前にその横を擦り抜け、私は最後の男に迫る。

「な、なんだ、このガキはぁあ⁉」

瞬く間に仲間二人を殺され最後の男は混乱したように叫くと、錆びた手斧を捨ててなりふり構わず前方の誰かが戦っている方角へ逃げ出した。

「…………」

その背にナイフを投げようとして途中で止める。私の投擲スキルでは、狙った場所に当てるのは精々五メートルが限度で、それ以上になると命中してもダメージは低い。

私は最初に殺した男から投擲ナイフを回収して、男の服で血糊を拭ってから男たちの持ち物を漁り、特に身分を表すものを所持していないことを確認してから逃げた男の跡を追う。

普段ならここで逃げた山賊の跡を追ったりはしない。たとえ最初は有利でも、逃げた先の仲間次第で形勢が逆転する場合があるからだ。

油断はしない。慢心もしない。殺せるときは確実に殺す。だが、逃げた男の先には、その仲間と〝誰か〟が戦っていた。私とは関係ないけど、その人たちからすれば私が敵を追い立て、彼らに押し付けたようにも感じるだろう。彼らが強ければ問題はないが、それで恨みを買われるのも彼らが負けてその敵すべてが私を追ってくるのも好ましくない。

……仕方ない。私は後から起きる問題を起こさないためにも逃げた男を追いかけた。

＊＊＊

この春に冒険者となった三人の少年たちがいた。三人はとある男爵家の従者を務める家の子で、長男ではない彼らは次の従者となることを諦め、家を追い出される前に故郷から出奔した。

あのまま残っていても男爵家の兵士くらいにはなれただろう。そのための戦闘訓練も幼い頃から受けていたが、成人前の十四歳前後で戦闘スキルを得たことで彼らは増長し、そのあげくに冒険者の道を選んだのだ。だが、北部で最大の都会であるダンドールに新人冒険者の仕事はない。あっても雑用ばかりで、それでは自分たちの力を活かせないと考えた少年たちは、魔物を狩るために魔物生息域に近い、国境沿いの貴族領を目指して旅立った。

若い彼らは戦闘訓練を受けていても人を殺した経験はない。それでも襲ってきた山賊程度なら容易く蹴散らせると思っていた。だが、現実は彼らが思うほど甘くはなかった。

食い扶持にあぶれた元村人の山賊など戦闘力は60もない。少年たちは100近い戦闘力を持っていたのだが、その数が三倍もいて野良仕事で体力だけはある山賊たちの猛攻に、少年たちは次第に追い詰められていった。

その戦いの中、敵の数がまた増える。見張りをしていたその山賊は、酷く混乱しているみたいだったが、その方角を振り返った山賊の頭が歩いてくる人物を見て下卑た笑みを浮かべ、少年たちの中でただ一人《鑑定》を使えたその少年は、その姿と戦闘力を見て落胆する。

その人物は貴族の従者のような上等なワンピースを着た、まだ幼い少女だった。

見た目は十歳ほどに見えたが、その落ち着き振りを見るにもう少し上かもしれない。だが、彼らや山賊の頭が興味を引かれたのは、彼女が纏う〝雰囲気〟だ。

美少女と呼べるほどの顔立ちに気怠げな空気を纏う、妙に『雰囲気のある』その少女は、一目見ただけで近い将来必ず美しくなるだろうと彼らに思わせた。

山賊の頭が笑みを浮かべたのは、売れば金になると思ったからだ。そして少年たちが落胆したのは少女が戦力として当てにならないだけでなく、足手纏いになると考えたからだ。

少女の戦闘力は少年たちと同じ100ほどもあったが、おそらくは魔術師だろう。一人で街道を旅するくらいだから腕に自信はあるのだろうが、金持ちが手慰みに覚える低ランクの魔術師は戦闘で役に立たない場合が多い。しかもその外見は虫も殺したことのなさそうな可憐な少女なのだから、誰かに助けてもらえると期待した少年たちは落胆してしまったのだ。

少年たちも山賊たちも自分たちを基準にして考え、勝手に期待して勝手に落胆する。だが幼い少女が取った行動は、彼ら全員の常識を破壊した。

最初は何が起きているのか理解できた者はいなかった。少女が軽く手を振っただけで逃げてきた男が頸動脈から血を噴き出して倒れた。

思わず全員の動きが止まり、その中でただ一人こちらに歩み続ける少女がまた手を振るうと彼女に近い山賊の首筋が斬り裂かれ、その目に刃物が突き刺さって崩れ落ちたことで、その〝攻撃〟が少女から行われたものだとようやく理解した。

「そ、そのガキを殺せっ!!」

山賊の頭が怒鳴り声をあげて山賊たちがバラバラに動き出す。だが、山賊の頭と同じように怒っているのは数える程度で大半は腰が引けていた。山賊など所詮は生きる場所を失った農民崩れだ。まともに生きる根性もなく楽なほうへ流れた連中では足並みなど揃うわけもなく、歩きながら人を感情もなく殺す、正体も分からない少女に怯えていた。

「うぁあああああああ!」

喚きながら突っ込んでいった山賊が短剣を向け、上半身を折るようにその刃を躱した少女は足元から黒いナイフを取り出し、起き上がると同時に体勢を崩したその男の首を斬り裂いた。

その男が倒れる前に出た少女が何事か呟くと、近くにいた山賊が驚いたように両目を押さえて、踏み込んだ少女のナイフで顎下から脳天まで刺し貫かれた。

恐ろしいのは、少女がまだ一度も走っていないからだ。緩やかに歩いているようにしか見えないのに、山賊たちの攻撃をスライドするように躱し、一瞬で前に出て斬り殺す。

そこまでやられてようやく二人の山賊が同時に攻撃を仕掛けた。だがその瞬間、少女のスカートがふわりと舞い、男たちの視線が一瞬引き寄せられると、その二人は投げナイフで目玉と喉を貫かれて崩れ落ち、その様子を少女が不思議そうな顔をして見つめていた。

その顔はまるで『どうしてこの程度で死ぬのか理解できない』と言っているようで、それに気づいた少年たちが顔色を悪くする。

少女が現れてから少年たちは加勢することもできなかった。正直に言えば恐ろしくて少女の側に近寄ることができなかった。どうして簡単に人を殺せるのか？　人間はこんな簡単に死んでしまうのか？　自分たちと同じ程度の戦闘力しかないはずなのに、少女の刃に迷いはなく、自分たちが一人も殺すことができなかった山賊たちを容易く殺していった。

少年たちは少女の前に出ることで、山賊と同じように容易く命を刈り取られることを恐れた。

「……ぅ、うぁあああああああああああああああっ!?」

「やってられるかぁ!!」

残りの山賊が四人になってようやく不利を悟ったのか、二人の山賊が逃げ出した。

「貴様ら、ま――」

ヒュンッ!!

次の瞬間、逃げ出した山賊二人の背中に投げナイフが突き刺さり、地面に倒れて悲鳴をあげる。

そのナイフが飛んできたほうを見ると少女の広がったスカートがふわりと落ちる途中で、その意味を理解する間もなく、唖然としたまま近くにいた男の首を少女のナイフが斬り裂いた。

「お、お前は……」

ただ一人この場に残った五十がらみの山賊の頭が、腰を抜かすように尻を地に落とした。

この男も配下がいてこその山賊の頭であり、農民崩れの山賊の中では威勢が良かった男も自分よりも強い本物の戦士を前にして、媚びを売るような引き攣った愛想笑いを浮かべていた。

ヒュンッ！

誰もが戦意を失った人間を殺しはしないだろうと考えた。だが少女は表情を変えることなく山賊の頭の首をナイフで斬り裂いた。

ゆっくりと横に倒れる山賊の頭を見届けもせず、静かに落としたトランクを拾ってこちらに歩いてくる少女が、不意に少年たちに視線を向けてまた不思議そうな顔をする。

恐怖に声を出すこともできない少年たちにそれ以上何もすることはなく、少女はそのまま少年たちの脇を通りすぎ、背中を貫かれて呻きをあげていた山賊たちにもトドメを刺した。

そのまま歩き去って行く少女の小さな背中を見送り、山賊たちの死体に囲まれたまま何時間も動くことさえできなかった少年たちは、ようやくのろのろと立ち上がる。

「……田舎に帰ろう」

本物を知った少年たちは、そのまま進路を変えると故郷へと戻り、それから二度と剣を握ろうとは思わなかった。

＊＊＊

「ホス。お前の目から見てその娘はどう映った？」

「……ご報告させていただきます」

アリアが湖畔の城を発った二日後、この国の宰相であり暗部の室長であるメルローズ辺境伯が到着し、その城の一室でセラの祖父であるホスから報告を受けていた。

「彼の少女は確かにお嬢様と思しき女性の〝記憶〟がございました。その情報は我々の調査と類似点が多く、それらを考慮しますと、お嬢様が残されたご息女である確率が高いと判断いたします」

　騎士見習いと駆け落ちして行方知れずとなり、魔物に襲われて死んだ娘の子が見つかったと報告を受けたメルローズ辺境伯であるベルトは、その少女が本物の孫――『アーリシア』であることを確かめるため、その母親である娘の顔を知るホスを確認のために送り込んだ。その報告を王都でも現地でもなく、その中間地点であるここダンドールで受けたのは、もしその子が本物であると知られたなら、メルローズの家督を狙う外戚の者や政敵に狙われかねないからだ。

「その程度のことならば、お前に会うために直に私が来ることもない。お前だから感じる、その娘の印象を聞かせてもらいたい」

「……正直申しますと、かなり美しい娘でありますがお嬢様とは印象が違います。それに少女の髪色は赤毛に近い金髪で、月の薔薇（メルローズ）を冠する女系の『桃色がかった金髪（ピンクブロンド）』ではありません」

「そうか……」

　得られた情報を統合すれば、白に近い灰色。だが、印象的には黒に近い灰色。当主さえ認めれば本人と断定できるほどの状況証拠は出ているが、ベルトは何か心に引っかかるものを感じていた。

　直感、と言えばいいのだろうか？　その少女が、ベルトの娘が持っていた『指輪』を所持していれば確定したも同然なのだが、逆に言えば状況証拠のみで物的証拠が皆無なことが、さらにベルトを躊躇わせた。

「旦那様がご自身で会われますか？」

「それはまだ早い……」

ホスの言葉に首を振り、ベルトはテーブルの上に置かれた桃色の編み紐に視線を移す。

それはセラが持ってきた、とある少女が自分の髪で編んだという紐で、その少女の瞳の印象がベルトに似ていたことと桃色の髪と言うことで、少女には捨てたと言って回収していた物だった。

その髪は随分と痛んで艶も失せているが、確かにベルトの記憶にある娘の髪色とよく似ていた。しかもその少女は七歳で歳も一致する。だが、たかが七歳でホブゴブリンやランク3の盗賊を単独で討伐できる実力をどうやって会得したのか？ 専業主婦の母と兵士の父の下、普通の生活をしていた少女がそんな力を持てるはずもなく、それを考えれば七歳というのも怪しく思えてくる。

「……ホスは予定通り、孤児院の管理者としてその少女を監視しろ。それと、この髪紐の持ち主である少女に誰か手練れの者を送って、隠している持ち物がないか確認させろ」

「セラを向かわせますか？」

「いや……これ以上セラが王都におらぬと、王妃宮の警護に不備が出る。だからといって信用の薄い者を送るわけにはいかぬが……」

そこまで言って考え込んだベルトを見て、一線から身を退いたホスも同様に知恵を巡らし、一人の男を思い出す。その男は多少融通が利かない面もあるが、若い頃に見せていた過激な言動も歳と共に落ち着き、子どもを迎えに行くのに最適の人物とは言えないが、国家に対する忠誠心は疑いようがなく、この近隣にいる手練れの中では彼に勝る者もいないはずだ。

「それでは……王都に戻る前のグレイブに、一仕事頼むのはいかがでしょう？」

潜入捜査と怪人の正体

ダンドール領から出発した私は、約三週間をかけてクレイデール王国のほぼ最北部に位置するセイレス男爵領に辿り着いた。

旅自体は多少絡まれた程度で、特に気にするような出来事はなかった。ただ、女であり子どもと言うことで、薄汚れていた浮浪児の頃に比べると、悪い人にも良い人にも絡まれやすくなったと感じる。私ではまだ他人の善悪を正確に判断できない。たとえ最初は普通に見えても、隙を見せればいきなり襲ってくる場合があるからだ。

だから旅の後半からは性別が分からないように、途中の町で男物のシャツと腰回りを隠すゆったりめの半ズボンを購入した。銀貨一枚半の出費は必要経費と割り切ろう。

季節はそろそろ夏になる。冬になっても雪の降らないクレイデール王国では、夏はそれなりの暑さになるが、それでも北にあり、街を南北に分けるようにして流れる河のせいか、この街に吹く風は少しだけ涼しく感じた。

「大きな街……」

領地自体は私が住んでいたホーラス男爵領よりも小さいけど、ここからでも北に見える山から流れてくる河の恩恵を求めて大部分の町や村は水辺沿いにある。そのせいか、その地域一帯が大きな街のような括りになり、その中心であるセイレス男爵が住む街は、ホーラス男爵領よりも活気があるように感じた。

河はそれなりに大きく、物資の運搬にも使っている大きな船も見える。けれどもこうした水辺の街にはありがちな漁船や小舟がどこにも見あたらない。思ったよりも河の流れが速く、船がないのはそのせいかと露店で保存食を買いつつ店主に訊ねると、水量が多いのは季節柄雨が多かったせいで、漁船がないのは、魔物生息域から流れてくる河にはたまに魔物が出るからだと言っていた。

水の魔物は滅多に出ない。それでも水辺で魚を獲る猟師に年に数人は被害が出ているので、河で泳ぐのは自殺行為と同義らしい。

仕事前に軽く聞き込みをしてみると、半年ほど前から街に現れるようになった『怪人』の話は、ほとんどの人が知っていた。でもその内容はまちまちで、男の場合もあるし女の場合もある。老人だったり子どもだったり、本当に一貫性がない。

それと街の外の状況を調べてみた。この辺りになると街の周囲にも魔物が出る。それにこれだけ街が広ければ街の外も広大になり、周囲に盗賊団が隠れている可能性もあった。

この街の外にある森の外れに、あの女の魔術の師匠が住んでいる。ここからは距離があるのでまだ向かいはしないけど、森のどこかに安全な場所に拠点を作って、その師匠に返す薬草本のような無くしたらまずい物を隠しておこうかと考えた。

あまり詳しくは調査できなかったが、街からそう遠くない川沿いの森が良さそうに思えた。人があまり近づかない川沿いを通れば、門を通って銀貨一枚を支払う必要もない。水の魔物と遭遇する危険はあるけど、年に数回程度なら確率は低いし、今の私なら隠密で逃げ切れると思っている。

「……ここでいいかな」

日当たりのよさそうな場所にあった森の大木を仮拠点とする。別に住むために日当たりを考えたのではなく、そんな場所だと魔物があまり近寄らないからだ。真っ直ぐな若木を何本か切り倒し、木の上の太い枝に渡してツタで縛る。念のために除虫草を焚いて、野生の動物が嫌う毒草の汁を木に塗っておけば、ネズミに薬草を囓られる心配もないだろう。……たぶん。

日が暮れる前に周囲を探索して、薬草類を捜しておく。今の【回復（ヒール）】と【治癒（キュア）】を覚えた私なら薬草類はそれほど必要ではない。でも、錬金術スキルがなくても、毒草の中には粉末にするだけである程度の効果が見込めるものがあるので、いくつか採取して木の枝に吊しておいた。

日も暮れて、濡らした布で身体を拭いてから木に登る。枝に渡した木の棒の上に横たわり、黒ベリーと黒パンだけで食事を済まして、木の葉の隙間から見える星空を見上げた。

私はまだ強さが足りない。確かにランク2である山賊長やホブゴブリンを倒し、格上であるランク3の盗賊さえも倒すことができた。でも、どの戦いでもギリギリの勝利であり、まだ私が求める強さには至っていない。

主戦力となる《短剣術》

格闘と回避に使う《体術》

遠隔攻撃を行う《投擲》

ペンデュラムを操る《操糸》

身体を回復する《光魔術》

幻惑を操る《闇魔法》

身体強化や戦技で使う《無属性魔法》

それらすべてを統べる《魔力制御》
闇に紛れて行動するための《隠密》と《暗視》
敵を発見し不意打ちを避ける《探知》
毒を使う私には必須である《毒耐性》
私が戦いに使うと想定した基本となるスキルは会得した。
私は女でまだ子どもだから、どうしても近接戦闘では男に劣ってしまうが、それでも勝てないわけじゃない。同じスキルを持っていても、使い方と練度でかなりの違いが出る。今はこのスキルを鍛え上げ、私自身を一本の〝刃〟として研ぎ澄まそう。
翌朝は陽が昇る前に目を覚ます。周囲に他の気配がないことを確認して木から降りた私は、生活魔法の【流水(ウォータ)】と石鹸を使って丹念に髪を洗い、布で身体を拭いてから装備を調える。
薄い靴下に編み上げのショートブーツを履き、脹ら脛には黒いナイフと細いナイフを一つずつ取り付け、太股には八本の投げナイフを革紐で括りつけた。素肌の上にブラウスを着てから、ロング丈の黒いワンピースを纏い、袖口に一本ずつ投げナイフとペンデュラムを忍ばせる。
セラに何度も仕込まれたように髪を整え、服の乱れを直してから、それまでの荷物を袋に詰めて枝に隠し、最低限の荷物をトランクに詰めて街のほうへと歩き出した。
街の中に入ると、外行きの姿となり頭を揺らさず真っ直ぐに歩く私に、いくつかの視線が向けられる。さすがにそれなりの格好でないと貴族家の門を叩けないから着替えたが、この格好はやはり相当に目立つらしい。それでもなんとかセイレス男爵の屋敷に到着して、門番らしき男性にダンドール家からの紹介状を見せると、男性は軽く目を剥いて慌てて玄関へと駆け出し、二百を数えるほど待ってから門番が初老の執事を連れて戻ってきた。

「紹介状を拝見いたしました。ダンドール家からのご紹介ですので問題ございません。さあ、こちらへどうぞ」

「失礼いたします」

屋敷の中に入ると数人の使用人から微妙な視線を向けられた。その視線の意味も分からず奥へ通されると、まずは家人に紹介されるようで男爵の執務室らしき部屋に通される。執事が扉をノックして中に入ると、気の強くなさそうな中年男性が落ち着かない様子で出迎えてくれた。

「ダンドール家から君を一定期間雇うようにと書いてあった。娘の世話係の一人にするようにと。君はもしかしてその……」

私の立場は、幼少からダンドール家に仕えていた、ただの若いメイドということになっている。

私はまだ子どもなので、奇妙な組織から問題を解決するために送られてきたと言っても、普通は不審感しか抱かないだろう。だから一般のメイドとして潜入し、陰から問題を解決する手筈だったのだが、男爵はダンドール家に助けを求めて、送られてきた私の正体に薄々気がついているみたいだった。

……いや、そうなるように男爵に流す情報を調整しているのか。

最初からそのための人員だと言われれば、子どもの私に不審感を抱くが、自分で辿り着いた結論なら疑わない。ならば私もそれらしく振る舞うべきだろう。

「男爵様、詮索はご無用に願います」

「そ、そうだね、もちろん分かっているともっ。さあ、娘のマリアを紹介しよう」

私の答えに満足したのか、男爵がソワソワした態度で執事に男爵令嬢を呼びに行かせた。……私が出向かなくていいのかな？

やってきたマリアお嬢様は今年十二歳になるが、魔力が多くないのか、外見的には実年齢とさほど変わらず、精々平民の十三歳程度だろう。穏やかそうで可愛らしい人だったけど、やはり怪人問題に悩まされているせいか私を見る目にも少しだけ怯えがあった。

「よろしくお願いします。マリアお嬢様。アリアと申します」

「え、ええ。よろしくお願いしますね」

とりあえず私の仕事は、お嬢様の世話をする初老女性の手伝いになった。このハウスメイドの女性は先ほどの執事と夫婦らしく、一家で仕えていると言っていた。

屋敷を案内されて使用人に一通り挨拶をして、ようやく彼らの様子がおかしい理由を理解した。屋敷の使用人はあの夫婦とメイドが四人。庭師や門番を兼ねた力仕事をする男性が三人いて、調理人も二人いたが、本当にそれだけしかいなかった。私は療養に来るだけで百人近い使用人や護衛がいた『王女様』しか知らなかったが、地方にある男爵くらいの貴族家だとこれが普通らしい。

ダンドール辺境伯のお嬢様もエレーナと似たようなものだろう。子どもとはいえ、そんな『上級貴族家から紹介された』私に、田舎者らしい真似をすれば叱られるのではないかと、彼らは怯えていたのだ。

……まぁいいか。私に表情があまりないのも怯えられる原因かも知れないけど、余計な干渉がないなら動きやすくていい。

そう考えて手伝いをしながら屋敷を調査していると、不意に近づいてくる気配に気づいた。

「おい、そこのメイド！　お前が姉上を怯えさせている奴だなっ！」

そんな声が聞こえて振り返ると、そこには男爵令嬢マリアによく似ている十歳くらいの男の子が立っていた。少年がマリアの弟だと仮定すると彼も貴族と言うことになるのだが、なんというか……膝から下を出した半ズボンから見える膝小僧は擦り傷だらけで、頬や鼻にも傷があり、服装を別にすれば、貴族の子息と言うよりもそこら辺の悪ガキにしか見えない。

「おい、黙ってないでなんとか言え！」

「……マリア様の弟君でいらっしゃいますか？」

「そうだっ。お前が来てから姉上もみんなも何かおかしいぞ！　お前が悪い奴なら、俺がやっつけてやる！」

「腕前に自信があるので？」

「そうさっ、俺は近所のボスだからなっ。チコやハリーだって喧嘩じゃ俺に勝てないんだぞ！」

……誰それ？　まぁ、なんとなく彼の背景は見えてきた。貴族と言っても辺境であるこの辺りでは貴族の子は少ない。いても町や村を治める準男爵や騎士の子になるけど、それでも十人もいれば多いほうだろう。そうなると遊び相手は、従者の子や兵士の子どもなんかになり、地方と言う市井との距離が近い環境にあって、彼は平民に近い乱暴な遊び方をしているんじゃないかな？

でもそれなら話が早い。内情をそれとなく聞こうとしても、お嬢様どころか同僚のメイドにまで距離を置かれて困っていたところだ。多少乱雑に扱っても文句の出ない相手ならちょうどいい。

「お、なんだ、やるのかっ」

真正面に向き直った私に少年が握り拳を作って構えを取る。私はそれに目もくれず、指先で手招きするようにして背を向けて歩き出す。

「ついてこい。案内をしろ」

「え……は？　ちょ」

粗雑な命令をされて脳の処理が追いついていないのか、言葉にならない呻きを漏らしていた少年は、我に返って先を歩く私に慌てて追いついてきた。

「お、お前、メイドのくせにっ」

少年の手が私の肩に触れる。だが、その手が私の肩を掴む前にするりと躱した私は、少年の胸を軽く押すようにして壁際に追い詰め——

ドンッ！　と顔の横の壁を手の平で叩きながら、彼の目を間近で覗き込む。

「姉を救いたいのでしょ？　お前にその気があるのなら協力しろ」

「…………」

ほぼ同じ身長の少年の顔を十センチくらいの距離で睨み付けると、彼は何故か目を見開いたまま真っ赤な顔で何度も頷いていた。


「それじゃ、『怪人』は、いつ現れるか分からないの？」

「そうだ。三日くらいでまた来ることもあるし、一ヶ月近く間が空くときもあるんだ。だから前にも一回、他の貴族に紹介してもらった魔術師に護衛を頼んだこともあったんだけど、その時はぜんぜん現れなくて……」

何故か突然協力的になった少年に『怪人』が出たときのことを教えてもらう。

少年の名前はロディといって、この家の長男になる。成長の早い貴族で外見は十歳ほどだから、歳は私と同じくらいかと思っていたら、今年九歳になったそうだ。……悪ガキかと思っていたら私より年上だった。それでも私もあと数ヶ月で八歳だから同じようなものだ。

姉のマリアと同様に貴族のわりにあまり成長してないなと思ったら、二人とも魔力系スキルをほとんど持っていないらしく、魔力値が低いのが原因らしい。

貴族でどうしてそんな差が出るのかと考えていたら〝知識〟から新たな情報が浮かんでくる。

教養にしても魔術にしても、それを学ぶには環境が必要になる。私のような孤児が教育を受けられなかったのは、生活に必要ではない教養を学べる環境になかったからで、孤児は生きることが最優先であり次に求めるのは裕福さだった。だが、裕福になるのにも教養がいることに、教育を受けていない孤児は気づけない。だから教養を得る環境を整えることの優先順位が低くなる。

要するに、教養を得るためには〝裕福さ〟が必要なのだ。その環境を整えられる人間だけが次代にも裕福さを得ることになり、この国では上級貴族だけがさらに力を得ることになる。……そこまで〝知識〟があるのなら、あの女も真面目に勉強すればよかったのに。

男爵家の嫡男と屋敷の中を歩いている私に、他の使用人からまた微妙な視線が向けられる。

結局私の格好は、この男爵家に子ども用のメイド服がなかったので、しばらくは持ってきたワンピースにエプロンドレスを付けるだけになっていた。王女の世話をするためのメイド服だから男爵家のメイド服とは当然質が違うようで、そこら辺も私が距離を置かれる一因になっているのかも。

「マリア様がどうして襲われることになったのか、ロディは聞いている？」

「……どうして俺だけ呼び捨てなんだよ」

「話せ」

「わ、わかったよ……」

ロディの話では、怪人は半年前にこの街に現れたそうだ。まだ死者は出ていないが、襲われた人たちは怪我を負わされ、重症となった者もいたらしい。

その怪人がマリアに執着するようになったのは約三ヶ月前からで、その日から夜になると部屋の近くに『血の手形』を残していくが、まだ彼女にまで危害は及んでいない。だが、その手形が徐々に近づいているので、いつマリアが襲われるか男爵家は気が気でないだろう。相手が人間らしいということで、このままではマリアの婚約にも色々と問題が生じかねない状況だ。

グレイブは管轄が違うので解決されなくてもいいと考えていたけど、解決するのなら早いほうがいいだろう。できれば次の襲撃にはけりを付けたい。

でもそれをする上で、私は怪人の〝目的〟が気になった。どうして街の人は襲ったのに、マリアだけすぐに襲わないのか？　襲われた街の人や、怪人が来訪する間隔に一貫性はないという話だけど、本当にそうなのか？

敵の目的が分かれば行動が読みやすくなり、弱点や正体も推測できる。でも、今まで何人もの役人や魔術師が調べても、その正体や目的は何一つ分からなかった。怨恨、政治的理由、単純にマリアに惚れてしまったなど、人間らしい理由で色々と推論は立てられたが、どれもそれを示す証拠は出ていない。だったら私は、それ以外の観点から調査をするべきだろう。……そもそも人間関係の機微なんてどうせ私には分からない。

調査した魔術師は、残されていた手形に魔力の痕跡を発見し、怪人も魔術師だと考えたそうだ。

使用人たちは目撃していないがマリアは『太った男』を見たという。街の住人の証言でも、太った男や老人といった話が出ていたので、現状怪人の正体は、魔術で姿を変えられる最低レベル4の闇魔術師か、組織だった複数人による犯行だと考えられている。

「………」

でもそうなのか？　複数人の犯行なら、持ち物や足跡などそれだけ証拠が残りやすくなるはずだ。魔術師でもそれだけ強力な魔術を使えばその痕跡が残るはず。属性魔術を使えば、その属性の魔素が残留する。レベル1や2だとすぐに消えてしまうが、あの女盗賊の魔術ではしばらく土属性の魔素が現場に残留していた。私の目なら、その残留する魔素の属性も〝視る〟ことができる。でも、見たところ闇属性の魔素はそれほど多くないように感じた。

「家族の魔力属性を教えて」

「父上は風で母上は水だけど、俺や姉上はまだ使えないぞ？」

「生活魔法は？」

「えっと……姉上は水だったかな？」

それは私の調査と一致する。この屋敷には風や水系の魔素が多く残っていた。

魔力値が高くなくても、生活していればその人の属性魔素が多く残る。そして私が見たところ、この屋敷は水系の魔素が強く残されていた。これは……街も調べ直さないとダメかな。

「……あなたが私のために調査をしていると聞きました」

私が男爵家に勤めてから五日目。それまで私を避けていたマリアが、彼女の部屋で布類を替えていた私にそんな言葉をかけてきた。

「ロディ……様からですか？」

「あの子は、よほどあなたを気に入ったようですね。内緒だよと言って、楽しそうにお話ししてくれましたわ」

弟が気を許したことで私への怯えも消えたのか、マリアは嬉しそうに微笑んだ。でも、『内緒』になってないな。男の子にはプライドがあるから、私に負けたことなんて誰にも言わないと思っていたけど、脅したらまた懐かれたのか……。

「私は……助かりますか？」

「運がよければ助かる。信じている神がいるなら祈っておくといい」

「……そうですか」

わざと突き放すように言った私にマリアはそう呟くと、憂いていた顔を上げてそっと微笑んだ。

「では私は、あなたと同じ神さまに祈ることにしますわ」

「…………」


その日の夜も前日同様、屋敷にある排水路に生活魔法の【流水(ウォータ)】を使って水を流す。昨日はダメだった。でも昨夜流した【流水(ウォータ)】の水は、排水溝を流れて〝奴〟の居る場所に届いたはずだ。

私は屋敷の中を見て回り、水属性の魔素が多く残留している場所を捜した。

この屋敷は水の魔素が多い。その影響かマリアの部屋では毎日布類を交換していたが、でもそうじゃない。水属性の魔素が多いから、ではなく、マリアの水属性が強いからそうなった。

マリアの魔力値は高くない。だから誰も気づかなかった。でも魔素を〝色〟で視る私には、マリアは非常に濃い群青色のような水の魔素を纏っていることに気づけた。

おそらく来年から入学するという魔術学園とやらに入れば一気にその才能が開花するのだろう。だが、屋敷に残っていた魔力は彼女のものだけではない。

怪人が現れるのは不定期だが、その証言は決まって『暗い夜』だった。暗い夜……月や星が隠れた夜。曇りや雨の湿度の高い日に奴は現れ、その襲われた被害者は全員が水属性を持っていた。

怪人が現れはじめた半年前に河の氾濫があり、その時にその水の精霊力を抑えるため簡易的な結界を河に張ったそうだ。結界自体は長期間張れるものではなくすぐに解かれたが、その結果として水から切り離されてしまった〝奴〟は狂ってしまった。

怪人は水属性の魔素を求めている。マリアの水属性が濃いおかげで、今までは長年の生活で溜まった残滓を得るだけで怪人は帰っていった。でも魔力値の少ないマリアでは魔素の残滓量が徐々に足りなくなり、怪人はマリアそのものに近づいていった。

雨の多い季節がすぎて奴は今飢えている。だからこそ、私が流し続けている【流水（ウォータ）】の魔素に惹かれてここに来る。

「そこっ」

私が排水路の上に石を投げると、それを避けるようにして跳び退けた〝何か〟が壁に張り付き、姿隠しの水のヴェールを解除した。

壁に張り付いたずぶ濡れの太った男。その姿はまるで水死体のように膨れあがり、何カ所か内側から破裂したような肉の裂け目から、ドロリとした血と水が溢れ出る。

生者ではない。アンデッドでもない。蒸発を防ぐために死体をヤドカリのように使った、その正体はおそらく――

「……狂った水の精霊……」

私がそう呟くと、正体を見破られた水ぶくれの水死体がギョロリと濁った瞳を私に向けた。

狂気の精霊

怪人の正体は人間ではなく『魔物』ではないか？　残された魔素や状況からそう推測した私は、冒険者ギルドで情報を買い、それがこの辺りに出没する水の魔物ではなく、狂った『水の精霊』だと考えた。できればハズレてほしい予想だったが、悪い予感ほどよく当たる。

▼水の下級精霊
【魔力値：３３７／５０３】
【総合戦闘力：３７１／５３３】
【※状態：狂気】

下級でも精霊はとても厄介な相手だ。通常、世界の理を制御する精霊と敵対することは滅多にないが、今回のようにその属性元から切り離されたり、召喚した術者が死んで精霊界に戻れなくなった精霊は『狂気』状態になって、魔素を奪うために人間や生物を襲いはじめる。

普通の下級精霊の場合、総合戦闘力は５００前後で魔物に換算するとランク3の上位になるが、精霊の場合、討伐難易度はランク4相当となり、冒険者ギルドでも討伐には魔術師二人以上を含めたランク3パーティー以上が推奨されていた。

それというのも、物質界の生物ではなく精神生命体である精霊に物理攻撃はほぼ効果がないからだ。それでも攻撃側の『倒す』という意志と精神力で一割程度のダメージは与えられるが、精霊の体力と言うべき魔力は数秒で1ポイント回復するので、戦士系では対抗する手段がなかった。

属性魔術でもその精霊の属性は完全無効であり、逆に魔力を回復させてしまう。ゆえに精霊と戦う場合には、その精霊の属性以外の攻撃魔術を使える魔術師を集めて、短期決戦のごり押しで倒す必要があるのだ。

だから私は、この戦いにこの街の兵士たちを巻き込む気はなかった。一割程度のダメージが通るといっても、低レベルの攻撃ではダメージは通らない。ただの肉壁としてなら使えるかもしれないが、それよりもせっかく削った精霊の魔力が、兵士たちを襲うことで回復されたり、怯えた兵士に好き勝手に動かれて私の罠が潰されるほうが厄介だ。それでも数さえ揃えればなんとかできるのだろうが、マリアの婚約のために事態を大きくしたくなかったので、多くの手勢を集めることも、多数の被害者を出すこともしたくなかった。

私だって積極的に戦いたい相手じゃない。けれど、精霊の魔力値を確認して、予想通り魔力値が回復していないことを確認できた。誰かを襲ってまで魔素を欲するということは、存在の維持に魔力を消費して回復まではできていないのだろう。それなら攻撃魔術が使えない私でも戦いようがある。相手の正体さえ判明して丸一日以上時間があれば、それなりの準備もできるから。

『――――！』

水精霊が潜んでいる太った水死体の口から、勢いよく水が噴き出した。

たぶん、【跳水（スプラッシュ）】とかいうレベル１水魔術の魔法版だろう。速度は中程度で物理系と魔力系双方の攻撃力があって使いやすいが、私がすかさず身を隠した樹木で防げる程度の攻撃力しかない。物理攻撃が碌に効かない精霊に、魔術も幻惑と回復がメインである私がダメージを与える術はない。

でも私にはそれを補う〝知識〟とそれを使う〝知恵〟がある。

「――【硬化（ハード）】――」

私は低木の下に隠していた『粘土のナイフ』に、生活魔法の【硬化（ハード）】をかけて投げ放つ。

『――――！』

水の精霊もそれが〝何か〟分かったのだろう。壁に張り付いていた水死体を操り、血に濡れた手形を壁に残しながらそれを避けた。最初に投げた石を躱し、粘土のナイフも避けたことで私はこの〝攻撃〟が有効だと確信する。

あの女の知識の中に『五行』という考え方があった。水は火を消し、火は金を溶かし、金は木を切り、木の根は土を抉り、土は水を堰き止める。すべてがこの世界に当て嵌まるわけではないが、魔術の世界でも火の対抗属性は水であり、光と闇は相互に削り合うと言われるように、私は水の対抗属性なら少ない魔力でもダメージを与えられると考えた。

土属性の魔術は覚えていないが、生活魔法の【硬化（ハード）】なら使える。効果時間を短くして土属性を強くした粘土の武器なら、少しずつでも水精霊の魔力を削れるはずだ。

粘土のナイフを拾い、【硬化（ハード）】をかけて投げつける。肉の殻に閉じこもっている水精霊は空中でナイフを躱せず、存在を削られた水精霊が再び【跳水（スプラッシュ）】を撃ってくるが、私はそれを転がるようにして回避した。

焦らない。深追いはしない。敵の間合いにも入らない。駆け引きをしてくる人間の魔術師と違って、距離さえあれば単調に撃ってくるだけの攻撃魔法はギリギリ躱せる。

鑑定で視ると狂った水精霊の魔力は四割近く減っていた。粘土のナイフで削れる魔力は5ポイント程度。水精霊に魔法を使わせても10程度しか消費しないが、それでも届かない数値じゃない。

『――――!!』

水精霊の全身から強い魔力が発せられた。女盗賊がレベル3魔術を使ったときと同等の魔力を感じて距離を取ると、同時に水精霊の魔法が放たれた。

直径二メートルもある水球が撃ち放たれ、綺麗に整えられた庭の低木を薙ぎ倒す。

直撃こそなかったが、私も飛び散る水流に巻き込まれて数メートルも流されてしまった。

火魔術の【火球（ファイアボール）】に相当する水魔術だろうか？【火球（ファイアボール）】のような広範囲のダメージこそないが、地面が一瞬でぬかるみになり行動が阻害される。

『――――!』

「――【硬化（ハード）】――っ!」

動けなくなった私に水精霊から【跳水（スプラッシュ）】が放たれ、私は即座に【硬化（ハード）】で足下を固めて泥まみれになりながらもそれを回避した。

地味にダメージを食らっている。外傷はほとんどないけど感覚だと体力が二、三割ほど削られ、作っておいた粘土のナイフも泥に消えた。けれど、大きな魔法を使った水精霊も、魔力値は半分くらいまで減っているはずだ。

私は脚に纏わりつくスカートの裾を太股の上まで縦に裂く。身体の腱や筋に痛みがないことを確認しながら足場を固めてぬかるみから脱出すると、屋敷のほうから複数の声が聞こえてきた。

「なんの音だ！」

「庭が……」

「アリアっ！」

あの水魔法の音が思ったよりも響いて、門番だけでなくロディまで来てしまったようだ。この場所が一番呼び寄せる確率が高かったとはいえ、思ったよりも早く見つかってしまった。

ロディには来るなと言ってあったが、彼には逆効果だったかも。できれば他の人たちに見つかる前にもう少し削りたかったが、仕方ない。少し早いけど作戦を第二段階に移行する。

「……【流水(ウォータ)】……」

水属性が濃くなるように効果時間を短くした【流水(ウォータ)】を使うと、乱入者のほうへ向いていた水死体が私のほうを向いた。ここでロディやマリアを狙われたら元も子もない。水を垂れ流すように塀によじ登り、振り返って一瞬だけ目の合ったロディに『ついてくるな』と首を振る。そのまま水の魔素を見せつけるように塀を乗り越えると、水精霊の気配が背後から追ってくることが分かった。

深夜の真っ暗な街を巡り、人の少ない地域で屋根に登ってポケットから取りだした魔力回復ポーションを一気に呷る。あの女盗賊との戦闘から最低一本は魔力回復ポーションを持つようにしていたけど、これ一本で銀貨三枚もするから、がぶ飲みはしたくない。それでもこれを飲んだことであと一時間くらいは魔力が徐々に回復するはずだ。

泥まみれで重くなったスカートを膝上辺りで切り捨てると、水精霊の水死体が追いついてきた。

「――【硬化（ハード）】――」

切り捨てた泥だらけのスカートの裾を、屋根に上がってきた水死体に投げつけ、放とうとしていた魔法を阻害する。水死体である〝殻〟を破壊する必要はない。水死体は水精霊の魔素の消費を抑えると同時に、水精霊の行動を妨げ、逃走を防ぐ〝檻〟にもなる。

『――――――!!』

水精霊が音にならない叫びを上げる。私に対する怒りか、飢餓で悲鳴をあげているだけか、私には理解できないし、人間の気持ちすら解らないのに非生物の気持ちなんて理解するつもりもない。

だからせめて、お前が生きるために足掻くのなら、私が死ぬまでつきあってあげる。

ようやく【跳水（スプラッシュ）】が私に躱されると悟った水精霊が、再び【水球（ウォーターボール）】の魔法を使う。広範囲で躱しにくい魔法なら私に確実なダメージを与えられるけど、その判断は悪手だよ。なんのために屋根の上に登ったと思っているの？

直径二メートルの水球が撃たれるが、そこまで大きくなると水の重さで【跳水（スプラッシュ）】ほどの速度はない。そして屋根にはレンガで出来た煙突があり、そこに身を潜めれば直撃は避けられ、私も流されることもなく、溢れた水もすぐに屋根から流れ落ちた。

そこが状況判断のできない狂った非生物の限界だ。いかに人間を圧倒する魔力と魔法を持っていても、戦闘経験と判断力がなければそれほど脅威ではない。

だけど私も、さすがにノーダメージでは済まない。このまま大魔法を連発させて水精霊の魔力を削ってもいいが、それでは私のダメージも大きいので反撃を開始する。

ロディと一緒に作った粘土のナイフは泥に消えた。でも私にはまだ武器がある。

ヒュンッ!!

私が投げたペンデュラムの刃が水死体の額を掠り、土属性と水属性の魔素が互いに削り合う。

銅貨を固めたペンデュラムの刃に【硬化(ハード)】の効果は薄い。でも私は、二つのうち片方の潰れてしまった刃を、粘土を焼いて作った陶器製の刃に差し替えていた。

素焼きにした粘土でも【硬化(ハード)】は使用可能であり、ぶつければ簡単に割れてしまう素焼きの刃も【硬化(ハード)】を使えば鉄の強度を持つ武器となる。

『――――!!』

ペンデュラムに【硬化(ハード)】をかけ直しながら水精霊の存在を削っていく。

水精霊も生き延びるために魔法を放ち、時には体当たりをしかけてまで私を殺そうとした。

水精霊の魔力も残り三割程度まで減っているはずだが、私の体力と魔力も半分近くまで減っている。

そして一見互角に見えても、一撃でも水精霊の攻撃を受ければ、私は確実に戦闘不能になるだろう。

油断はしない。欲も出さない。ただ淡々と冷酷なまでに削り続けるしか、私に勝つ道はない。

だが、その時――

「――【鋭斬剣(ボーパルブレイド)】――」

突然光の剣撃が迸り、私の知らない【戦技】が水死体をいくつもの破片に斬り裂いた。

断面から大量の水を零しながら水死体が屋根から落ちていき、その背後の闇から、魔力を帯びた片手剣を持った旅服の男、グレイブが姿を見せる。

上級執事の彼がどうしてここに？　彼の性格からして救援に現れたとは思えない。……いや、それよりも。

「アレは私の〝敵〟だったんだけど？」

「そうか。だが、あんなモノは冒険者ギルドにでもくれてやれ」

不満げな私の言葉にグレイブは吐き捨てるようにそう答えると、その剣を鞘に収めることなく真っ直ぐにその切っ先を私へ向けた。

「アリア。お前は〝何者〟だ？」

決別

クレイデール王国の暗部組織にグレイブという男がいた。

彼は本来このクレイデール王国の人間ではない。クレイデールの北にある宗教国家、ファンドーラ法国の男爵家の子として生まれ、信心深い家の人間として育ったが、ある日のこと彼の父は政敵によって貶められ、神官長としての座を逐われただけでなく獄中で帰らぬ人となった。

それからグレイブの母はまだ幼いグレイブを連れて国を離れ、厳しい旅を経て、クレイデール王国へと流れ着く。だが、その厳しい旅によりグレイブの母は身体を壊し、彼女も父の跡を追うことになった。見知らぬ地でたった独り生きることになったグレイブは、生き延びるためならなんでもして、自分と家族をこのような運命に落とした世界と貴族を恨みながら生き延びた。

だがそんなグレイブを救ったのも貴族だった。その男はホスというクルス人で、彼とグレイブの父は友人だったらしく、ホスはグレイブの父と母を救えなかったことを幼いグレイブに詫び、スラム街で犯罪者まがいの生活をしていた彼を家族の一人として迎えてくれた。

だがグレイブは、貴族であるホスの養子になることを拒み、暗部の騎士であったホスの部下として戦う道を選んだ。

宗教国家でありながらファンドーラ法国の上層部は腐っていた。このクレイデール王国でも腐った貴族はいるだろう。だが、ホスや他のまともな貴族が潰されずに残っていることを知って、その違いは国の上層部――王家の力だと考えるようになった。王家が正しく力を持っていれば国家は乱れない。グレイブは己を厳しく律して武術と魔術を鍛え上げ、時には命令違反すれすれの行為をして国を乱す可能性のある〝悪〟を潰していった。

彼の情念は、ある意味国家と王家に対する『狂信』だった。国家に巣くう膿を出すために表面上は大人しくしていながらも、彼の情念は暗く激しく燃えさかり、己に厳しいグレイブは当然のようにそれを他者にも求めるようになっていった。

グレイブは特に、有能ではあっても出自のハッキリしない者が王宮に近づくことをことのほか嫌った。セラが王女の警備に子どもを使うと聞いて、スラム出身者を嫌うカストロをその世話役に割り当てたのもグレイブだった。

グレイブにとって国を纏める王家の力を貶める者は、それが王族でも〝悪〟になる。

責任感のない正妃に育てられた惰弱な王太子も、今はまだ幼さゆえに排除は考えていないが、歪んだ第二王妃に育てられ、王位継承の争いの種になる王女エレーナが事を起こせば、グレイブは自分が処刑されることになっても彼女を排除することに躊躇はしないだろう。

そのエレーナのお気に入りとなった一人のメイド見習いがいた。ヴィーロが連れてきたスラムの子どもでありながら貴族に勝るほどの魔力を持ち、単独でホブゴブリンさえ撃破する少女をグレイブは注視するようになった。そのメイド見習いの少女を試すために、わざとエレーナの誘拐さえ見過ごしてその反応を見たが、少女はたった一人でランク3の盗賊さえも倒してしまった。

そんな子どもはあり得ない。そんな怪しい子どもを、エレーナのお気に入りというだけで王宮に入れる危険を冒すつもりはなかった。

国家の安寧を乱す者は、それがたとえ小さな芽であろうと見過ごすつもりはない。とりあえず仕事を与えて地方へ追いやり、時を見て始末することを考えていたが、そんな彼に暗部組織から、その子どもの持ち物を調べて『装飾品』を持っているか確認するように命令が下った。

任務の理由も機密事項だと開示されていない。傷つけることも許されず持ち物を確認するということは、もしかすれば、その子どもは素性がバレてはいけない貴族の落胤(らくいん)である可能性もある。

(危険だ……)

あまりにも特異すぎるその存在は、王族さえ巻き込みこの国を揺るがす存在になりかねない。

彼女が本当に装飾品を持っており、もし本当に貴族の落胤であるのなら、その出自が何であれ、グレイブは彼女を自分が排除するべき〝異物〟だと判断した。

＊＊＊

「……どういうつもり？」

月のない夜の街、その屋根の上。突然現れて私の敵を斬り捨てた、私の雇い主でもある上級執事グレイブは、手にした魔法の剣を私へ向ける。

「質問に答えろ」

「……〝何者〟って知っているでしょ？」

どんな筋力をしているのか、片手で構えたその切っ先にわずかなブレもなく、その自然体に見える身体は、私がおかしな真似をすればすぐさま斬り捨てるような剣呑な気配を漂わせていた。

「アリア……。ヴィーロが連れてきた得体の知れない子どもで、単独でホブゴブリンを殺し、格上の盗賊さえも容赦なく殺した、異常なガキだ」

「…………」

「そんなガキがいるものか。その力をどうやって得た？　その歳で何故、躊躇なく人を殺せる？　あの盗賊を殺したのは何かの口封じのためか？　お前は何を隠している？　何故貴族がお前に興味を持つ？　もう一度問う……」

グレイブの鋭い視線が私を射る。

「お前は、何者だ？」

殺気が大気を震わせ、私はそれに怯えようとする心を深く沈める。

「……さあね」

コイツはどこまで知っている？　私に貴族の血が混ざっているなんて、そんなことは誰にも分からなかったはずだ。ただ単純に、私の戦闘力に疑問を持っているだけか？　だがそれを説明するには私の出自に関することを省けば不自然になる。あの女が『私』だと断定した母が残したこの御守り袋の『指輪』を知られたら、私は再び運命の歯車に巻き込まれてしまうだろう。

冷静に状況を判断しようとしてそれでも私は少し焦っていたのか、無意識に首から下げた御守り袋を服の上から触れてしまい、それをグレイブに見咎められた。

「やはり何かを隠していたか。それを渡せ。お前が貴族と関係があるのなら――」

「――【幻痛（ペイン）】――ッ」

即座に放った【幻痛（ペイン）】にグレイブが一瞬硬直し、その隙に私は屋根を蹴るようにして逃走を開始した。戦闘力で十倍以上の差があるグレイブと戦っても勝算は薄い。今の私では勝つどころか逃げることさえ難しいが、私の奥の手である【幻痛（ペイン）】を食らえば一瞬だけでも隙が生まれるはず。

「っ！」

殺気、と言うよりも嫌な予感で跳び避けると、私の肩を浅く割いてナイフが屋根に突き刺さり、同時に聞こえた風切り音にそのままの勢いで転がり避けると、迫ってきたグレイブの蹴りがぶ厚い屋根瓦を蹴り砕いた。

「やはり貴族の関係者か。お前が何者であろうと、お前のような危険な存在を王家に近づけるわけにはいかない。貴様はここで排除する」

「……どうして私を殺す？」

グレイブは【幻痛（ペイン）】の激痛に耐えて即座に迫ってきた。戦士系の上級者なら耐える人もいるとは考えていたけど復帰が早すぎる。次の策を練るために時間稼ぎの言葉をかけると、グレイブは律儀にもその言葉に答えてきた。

「念のためだ。国の安寧を乱す可能性はすべて念のために潰す。お前が懇意にする王女のようにな」

「…………」

エレーナが……彼女の警備が手薄に感じたのはそのせいか……。

「お前が死ね」

右手でナイフを抜くと同時に投げ放ち、左手でペンデュラムを投擲する。グレイブは慌てもせずにペンデュラムの刃を一歩下がって躱し、手の剣でナイフを弾き飛ばした。

「ぬっ？」

一本目のナイフの影になるように投げていた二本目のナイフがグレイブを掠める。その間に懐から出した小さな袋を投げると、周囲に粉末が飛び散った。

「毒かっ」

瞬時にそれを見破ったグレイブが口元を押さえながらも突っ込んでくる。やはり毒耐性持ちか。それでももう一つの小袋を投げると、ようやくグレイブの足が止まる。

「小細工をっ！」

一つ目の粉は毒草の粉末で毒耐性があれば耐えられる。だが、二つ目は毒ではなく、森で見つけた赤辛子の種を粉にした刺激物だった。それを躱しながらグレイブがナイフを投げ放つ。私はそれを黒いナイフで弾き、口の中で呪文詠唱を始めながら三階建ての屋根から飛び降りた。

「逃がさん」

即座にグレイブも飛び降りて追ってくる。私は落ちながら唱えていた【重過(ウェイト)】を使って落ちる方向をずらし、落ちきる前にペンデュラムを窓枠の手摺りに絡ませ、遠心力で壁を駆け上がるようにして追ってきたグレイブとすれ違いながら元いた屋根へと舞い戻る。

こんな曲芸まがいのことをもう一度出来る自信はないが、それでもこの稼いだ時間を有効に使う。

グレイブが登ってくると思う地点に最後の赤辛子の粉を撒いてわずかでも時間を稼ぐ。そのまま後ろも見ずに屋根の上を走り出した私の肩を、背後から飛んできたナイフが掠めて飛んでいく。

もう登ってきた。でもこれだけ距離を取れば、投げナイフでは刺さっても大きなダメージはないはずだ。もちろん急所に刺さる可能性もあるが、それは運に頼るしかない。

持っていた手持ちの武器をばらまくように使い捨て、グレイブの足留めをしながら、暗い屋根の上を駆け抜ける。

手持ちの毒はすでに尽き、最後の投擲ナイフも躱された。

ペンデュラムの糸も切られて刃は何処かへ飛んでいき、手持ちの武器が黒いナイフだけになったときには街沿いの河にある大きな桟橋まで追い詰められていた。

＊＊＊

「散々逃げ回ってくれたな」

グレイブは、アリアという怪しい子どもをようやく河まで追い込んだ。

曲芸じみた体術に、状態異常を起こす毒の数々。投げナイフに、糸の先に刃が付いた奇妙な武器。

そしてあの激痛を感じさせた魔術といい、この子どもは奇妙な技を大量に覚えていた。

その技術は一見奇妙でこそあるが、そのすべては単独で格上と戦うことを想定した技術に思えた。特にあの魔術は、厳しい修行で痛みに慣れているグレイブさえ一瞬動きを止められた。もしアリアにランク4以上の力があり、初見でそれを使われたらグレイブでも殺されていたかもしれない。

（やはりコイツは危険だ……その刃が国家に向けられる前にここで殺す）

思ったよりも梃摺ったがこれで終わりだ。もうアリアに武器はなく、最後に残った黒いナイフを構えながら、ジリジリと桟橋の縁まで追い詰められている。

「最後に無駄を承知で挑んでくるか？　それともそのナイフで自ら命を絶つか？」

「…………」

アリアは何も答えない。鋭い瞳でグレイブを睨みながらわずかでも生き残る道を探している。その瞳は嫌いではない。セラやヴィーロが気にかけて、愛弟子のように自ら鍛えていたのも少しだけ分かる気がした。

「私は……お前の手で死ぬつもりはない」

アリアの足が桟橋の縁を蹴り、その小さな身体がふわりと宙に舞う。

グレイブはその瞬間にナイフを投げることもできただろう。だが、その生にしがみつくように足掻くその強い瞳に魅入られ、アリアが真っ暗な河の激流に飲まれて消えていく姿を見送ってしまっていた。

「結局、自ら死を選んだか……」

できれば隠している物を回収して正体が判ればよかったが、未来の災いを始末できただけでも充分だ。最後に見たその瞳はまだ生への執着を感じさせたが、この何も見えない夜の中、魔物がいる激流に飛び込んで助かるとは思えなかった。

魔素の反射を視る暗視では、この激流ではほとんど効果がない。上下も分からない水の中で水呼吸の魔術を使えないアリアでは、助かる確率はグレイブと戦って逃げるよりも低いだろう。

その行動は、最後に自分への嫌がらせだったのかとグレイブは考えた。これまで何人も死に追いやったが、知恵が回る者ほど証拠を消すために、最後にそんな行動を取ることが多かったからだ。

おそらくは死体の回収は絶望的だ。この河の流れではどこまで流されるか分からず、下流まで流れても飢えた魔物が死体を処理してしまうはずだ。

「……潮時だな」

今まではあまり怪しまれないように動いてきたが、暗部から出ていた指令を無視して対象者を殺したのだから、もう組織に戻ることはできないだろう。

対象が河に落ちて事故死なら言い訳は立つかもしれないが、元々暗部には情報目当てで所属しており、最近ではセラなどから怪しまれていると感じはじめていたので、すでに暗部に残る利点はあまりないと判断する。それどころか立場のせいで思うように対象を処分できない現状のほうが、グレイブは面倒に感じていた。

「…………」

何故か気になり、もう一度だけ暗い激流に目を向ける。

生きているはずがない。だが、もし生き延びているのなら……。

「その時はアリア……お前の価値を認めよう」

そうしてグレイブは月のない夜の闇に溶けるように消えて、表舞台からも姿を消した。

セイレス男爵領を襲っていた『怪人』の脅威は鳴りをひそめ、最後の犠牲者であるメイドの少女が行方不明となることで、見かけ上事件は終息した。

そして――

河の流れがわずかに緩む下流の水の中、その辺りを根城にしているランク1の魔物、水大蛇は水の中を流れてくる肉の存在を察知した。

普段は魚などを食料としているが、ごく稀に流れてくる人間や動物の死体は、水大蛇にとって最高のご馳走だった。

数メートルもある長い身体をくねらせて水の中を進み、仔山羊程度なら丸呑みにできそうな顎を広げて待ち構えていると、突然その肉と思われていた存在から〝声〟のような音の波紋が広がり、迸る魔力の一閃が水大蛇の頭部を斬り飛ばした。

流れていく水大蛇の頭にまだ意識があったのなら、その存在の後から流れてくる数体の首のない水大蛇の死体に気づけただろう。

その存在が首を失った水大蛇の尾を掴み、流れ着いた浅瀬で黒い刃を歯に咥えた桃色髪(ピンクブロンド)の少女が水面から顔を出す。

そのまま岸まで泳ぎ着き、浮き輪代わりにしていた泥だらけのメイド服から【硬化(ハード)】を解除したアリアは、冷え切った指先で咥えていたナイフを構えて、視線を街の方角へ向けた。

念のためで命を狙われた。そしてその凶刃がエレーナにさえ向けられているのなら――

「グレイブ……お前は必ず私が殺す」

エレーナの誓い

父は金の髪。母は赤い髪。産まれた**わたくし**は金の髪。

だからでしょうか？　母の瞳にわたくしの顔が映らないのは……。

いつからでしょうか……？　『私』が『わたくし』になったのは。


母から愛していると言われたことはない。物心がついて、私が覚えている一番古い母の言葉は、

『立派な王になりなさい』……だった。

母から笑みを向けられたことはない。笑顔を浮かべていたはずだけど、私にはそれが〝笑顔〟に見えたことはなかった。

物心がつくその前から、私には何かしらの教育が行われていた。貴族の常識、礼儀作法、一般教養、この国と大陸の歴史、政治経済、人心掌握術、護身術、魔術、そして心の殺し方……。

私が上手にできたときだけ母は笑ってくれた。たとえその瞳に私が映らなくても、私は母の温もりだけを求めて、泣きながら勉強を続けた。

その結果、普通の人なら一つか二つと言われる魔力属性を四つも会得して、強い魔力と優秀さを示すことはできたけれど、幼い私は強い魔力と心臓の魔石の負荷に耐えられず、王となれる丈夫な身体を失い、母も私から興味を失った。

母は、最も愛した父と、最も愛される立場を同時に奪われ、それを奪った女性の子どもから王位を奪うことでしか心の平穏を保てなかった。

母に見捨てられて悲嘆に暮れた私を慰めてくれたのは、母が嫌悪した元子爵令嬢を母に持つ、母が王位を奪おうと考えた第一王子である異母兄だった。一つ年上の兄はとても優しい人で、泣いている

私に歩み寄り、楽しい話を聞かせて沢山の新しい場所に連れていき、閉じこもっていた私に新しい世界を見せてくれた。

とても優しくて素敵な王子様。そんな兄を見て私はこう思った。

『この人は……なんて〝お幸せな人〟なのでしょう』

その瞬間、私の中に意味もなく理解もできず、ただ詰め込まれていただけの〝知識〟が、大樹の枝葉のように絡み合い、私に年齢以上の〝知性〟を与えてくれた。

私が王となれる資質を失ったことで、王太子に選ばれるのはこの兄で確定するのでしょう。

この兄が次の王になる？　王と呼ばれる重圧とその意味さえ知らず、精々中級貴族の嫡男か、伯爵家の三男坊程度の意識しかないこの兄が？

でも、彼だけを責めるのは酷というものでしょう。次の王となる意味さえ知らないのは、自由に育てたいとその教育の場を奪ってしまった、元子爵令嬢である第一王妃のせいだから。その方を無理に正妃としたせいで、この国は王家派と貴族派で分かれて争い、可哀想な妹を救おうとした兄の優しさは、そのような不安定な情勢を纏め上げるほどの〝強さ〟にはなり得なかった。

だから私は、国王である父に極秘の面会を申し入れ、持てる〝知識〟を使ってこの国のために私ができることを纏めて提示した。

幸いなことに父は愚かではなかった。いえ、恋に溺れて国内の情勢を乱した父は後悔して、それでも正妃と王子を愛していた愚かな父は、私の提案を受け入れるしかなかった。

そして、祖父と祖母である前国王と王太后さえも巻き込み、兄が王として不適格であると判明したときのために、私は自分を偽るような真似をしてまで兄や貴族たちを騙して、実の母にさえ内密にした〝わたくし〟の女王教育が始まった。

　ごめんなさい、可哀想なお母さま。あなたのおかげで知性を得たわたくしは、あなたのお人形にはなれません。


　王家よりも貴族の力を増し、内需よりも隣国との自由な貿易と利権を優先する貴族派にとって、わたくしは体のいい〝操り人形〟となれる器（うつわ）だった。

　幼いわたくしでは、言葉巧みに近づいてくる貴族派上級貴族の誘いを断り続けることは難しい。だからわたくしは兄に執着するように見せかけ、自らが王家派であることを示した。そんな、わずか七歳で王国内のバランスを調整していたわたくしに、父である王陛下は静養という名で休養を取るようにと言い、実際、心が疲弊していることを感じていたわたくしはそれに頷いた。

　私は孤独だった。父も祖父も祖母もわたくしには優しかったけれど、結局は使える王族の一人としか見られていなかったと思う。

　私が産まれたときから側にいてくれた侍女や執事は、数少ない信用できる人たちでしたけれど、彼らも結局は王族とそれに仕える使用人としての間柄でしかない。

　誰とも心が繋がっていない。本当の『私』を知っている人は誰もいない。本当の意味で私を理解できる人なんて誰一人としていなかった。

　でも……そんな私の前に一人の〝少女〟が現れた。

　彼女は私の静養のためにダンドールと王宮によって集められた、下女を兼ねたメイド見習いの少女だった。最初は意識さえしていなかった。ただ、この地に来た目的の一つであった従姉妹のクララが、以前とは別人のように変わってしまい、そのクララが怯えた視線を向けた彼女を側に置けば何かが分かるかと考えただけだった。

けれど、その少女を間近で見て驚いた。

王都の城に今は亡き先々代の王妃であった曽お祖母様の肖像画が城に残っており、そのメイド見習いの髪は曽お祖母様と同じ、幼い私が憧れた桃色がかった金髪だったのだから。

彼女の名はアリア。その出会いが私と彼女……それだけでなく沢山の人を変えてしまうような、少しだけ期待と予感を感じさせた。

アリアを引き抜くには少々強引な手を使った。王族であり、『我が儘な姫』という仮面を私が被っていたことで、アリアを側仕えメイドの一人とすることができた。

最初に気に入ったのは外見だった。アリアの容姿は一般的に『良い血』を集めて生まれてくる貴族よりも整って見えた。見習いとはいえ王族の前に出るのなら最低でも十歳にはなっていると思っていたけれど、彼女の童顔の部類に入る可愛らしい顔立ちも、表情が少ないせいか十歳よりも大人びて見えて、実年齢が私と同じと後から聞いて少しだけ驚いた。

でも一番驚いたことはアリアの言動だった。平民出の使用人の場合、私の前に出ることは滅多になく、皆一様に萎縮してしまい、まともな会話になることはない。貴族縁者のメイドでも同じように萎縮するか媚びを売るかのどちらかで、結局まともに会話が成立するのは貴族専用の王立魔術学園を卒業できた貴族出身者しかいなかった。

でもアリアは違った。臆することも媚びることもなく、感情も愛想もないその言葉には、確かな知性と〝意志〟が感じられた。

そんな子どもは見たことがない。そんな子どもは、厳しく教育された貴族にもいない。

上級貴族の中でもクララの兄や宰相の孫などはかなり大人びているけれど、それでも子どもの範疇に入るでしょう。逆に今のクララからは以前のような幼さは消えていたが、まるで小市民のような〝怯え〟が垣間見えていた。

自分と他者に一線を引き、自分のやるべきことを自分で選び行動する。

そんな不気味な子どもがいるはずがない。……私たち以外には。

だから惹かれたのでしょう。だから私たちは惹かれあった。時間なんて関係ない。アリアの存在は運命に孤独に抗い続けてきた私の、暗闇の続く道に現れた〝光〟だった。

私が貴族派に雇われた盗賊に攫われた時、アリアは命懸けで戦い、私を救い出してくれた。

ボロボロになって戦うアリアの姿を見て、私のことなんて放って逃げてほしいと願った。どう考えても子どもでは勝てないような相手だったのに。……それなのに、たった数日側にいただけの私を救うために命を懸けるなんて、馬鹿なのかと苛立ちさえ覚えた。

私だって利用されるのなら自ら命を絶つくらいの覚悟はある。アリアだって私を護るのが仕事だからと言うのなら、死にそうになったら逃げればいい。

王族としての義務で死ぬのなら、せめてあなたのために死にたいと願った私を、アリアは私の身体(からだ)だけでなく、私の〝心〟まで救ってくれた。

私の中でどれほど彼女の存在が大きくなっていても、別れの日はやってくる。

私がこの地にいることができるのは一ヶ月の間だけ。それが過ぎれば私は王都に戻らなくてはいけなくなる。

重傷を負ったアリアに会うこともできていない。彼女が私のメイドで暗部からつけられた護衛だとしても、ただの一人のメイドに会いに行くことを私の立場が許さなかった。

そのことをグレイブという暗部の上級執事にも指摘されて、私はこの湖畔の城を去るその日まで大人しくしていることしかできなかった。ただ、同じ暗部の上級侍女であるセラが、アリアが回復していることをそっと教えてくれた。

アリアが私の下に来ることはないでしょう。無理に縛ろうとすれば、いつか彼女は鎖を食い千切ってどこかへ消えてしまうはず。

私たちは対等じゃない。だからこそ私たちが一緒にいるには何か理由が必要になる。そんなことを考えていた私に、セラが私にだけ聞こえるような声で囁いた。

「最後に、あの子にお会いになりますか？」

「…………」

最後に。……その意味は、私とアリアだけで話をさせてくれるという意味でしょう。アリアは私の下には来ない。ただ無事な姿を見るだけでもいい。けれど私は最後の望みを込めて、セラの言葉に縋(すが)るように頷いた。

「来たよ。エレーナ様」

「時間ちょうどね。いらっしゃい、アリア」

指定時間の深夜零時に、アリアは二階に面したテラスにふわりと舞い降りた。その様子から怪我の後遺症もないことに安堵して、少しだけ痩せたように見える彼女の姿に、少しだけ泣きそうになりながらも私は笑みを浮かべる。

「アリア、まずは助けてくれてありがとう。あなたのおかげで、体調を崩すことなく最後まで過ごすことができましたわ」

「問題ない。仕事だから」

「あなたは……そうよね」

アリアならそう答えるに決まっている。自分の成果を誇らない。二人だけで話すときと同じその口調に、縮まった距離と、それでも二人の間にある立場の距離を感じて、私はその距離を無意識に詰めるように手摺りへ向かい、アリアと向かい合う。

「……アリア、あなたは何者？」

ずっと聞きたかった。でも聞けなかった。聞けばあなたが消えてしまうような気がしたから。

「ただの孤児で、ただの冒険者で、ただのアリアだ」

「そうね……」

それが、アリアが決めた自分の生き方なのだと感じた。私たちは一緒にいられない。だからこそ私の口から無意識に言葉が漏れた。

「アリア……。あなたは私の下には来ないのね？」

「私は誰にも仕えるつもりはない」

「……ただの護衛としても？」

「私はただの冒険者だ」

私たちが一緒にいるには、どちらかが自分の道を諦めなければいけない。でも、幼くして茨の道を選んだ私たちは、だからこそ自分からその道を降りることはない。

「アリア……私たちは友達じゃない」

「うん」

「私は王女で、あなたはただの冒険者で、私たちは決して同じ位置には立てない」

「分かっている」

「だったらっ……」

分かっている。私だって分かっている！　私たちは対等じゃない。同じ場所には立てない。友達にはなれない。分かっていたその言葉を口にするだけで心が痛い。私だって分かっている！　でも詰め込まれた知識で心の奥に押し込めた、王女という名で蓋をした『七歳の私』が寂しいと泣いていた。

「私たちは同類だ」

幼子の私が王女の仮面を壊す前に、アリアがそっと言葉を零す。

「同類……」

その言葉の意味を噛みしめる。私たちは先が見えない暗闇の中、茨の道を裸足で歩き続ける。でもそれだけじゃない。その道は違っていても私たちは決して独りじゃない。

アリアは壊れそうになる私の心をまた救ってくれた。だから私は……せめて彼女の前に自分の足で立てることを見せるように『王女』の仮面を被る。

「ならば、同類の同士であるアリアよ。私は王女として、あなたがどんな立場になろうと、私の持つすべての力を使って、一度だけ〝味方〟になると誓うわ」

あなたなら大抵の困難には自分で立ち向かうのでしょう。だからお願い……本当の困難に迫った時だけは私を思い出して。『私』が、命を懸けてあなたを護るから。

「それなら、私は、同士であるエレーナの望むまま、相手が誰でも……たとえそれが〝王〟でも、一度だけ命を賭して〝殺す〟と誓う」

私はその言葉に息を呑む。私は兄のことも王家の危うさも一度も彼女に話したことはない。けれどアリアは最悪の場合、そうなることを見通したように誓ってくれた。

もう……私たちは〝独り〟じゃない。

「一つだけ……あなたの本当の名前を教えて」

偽りに気づいていたわけじゃない。ただ、本当のあなたを知りたかった。

「……あなたを呼び捨てにしてもいいのなら」

「今更ね」

本当に今更すぎて思わず笑ってしまう。

「アーリシア」

アーリシア……それが本当のあなた。あなたがその名を隠して生きていくのなら、私だけは本当のあなたを覚えていよう。

「……さよならアリア。そして、私だけのアーリシア」

「さよなら……エレーナ」

永遠の別れじゃない。けれどそれは、私たちが別の道を歩むという決別の言葉だった。私はアリアに背を向ける、あなたには強い私だけを覚えていてほしかったから。

私が泣くのはこれで最後だ。一筋の涙とともに幼い私に別れを告げて、わたくしはこの国を救うために、罅（ひび）割れた王女の仮面を被り直した。

サヨナラ、アリア……私たちの茨の道が再び交わる、その日まで……。

戦闘メイドの午後

私がアーリシアから『アリア』になってもうすぐ三ヶ月になる。

私が王女の護衛兼見張り役として雇われ、セラから戦闘術を学び、護衛対象であるエレーナを誘拐専門の盗賊から取り返して重傷を負った私は、残りの期間を護衛任務から離れて静養することになった。

けれど、もう身体は癒えている。王女専属の光魔術師から念入りに【治癒(キュア)】を受けた身体にはもう掠り傷一つなく、多少内臓系が完調ではないけれど、あれほどの毒を受けてこの程度ならなんの問題もないはずだ。

「アリアちゃん、何を言ってるの⁉」

そろそろ動けるようになったので下働きの仕事をするために着替えようとしたところを、私の世話役であるミーナに見つかった。

そこで私の考えを述べたところ、叱られてベッドに戻されることになった。

体力的には問題ない。でも、私の怪我は平民出身のミーナからすると衝撃的だったようで、セラからも言われているらしく、私の希望は聞き届けられなかった。


それから数日が過ぎてようやくベッドから離れる許可が出た。

けれども仕事の完全復帰も認められず、今の私は肉体労働系の仕事は免除されている。仕事に楽なものは無いと思うけど、物運びや水汲みはもちろん、王女の側仕えのようなほぼ一日中休めない仕事もさせてもらえない。

掃除やベッドメイクくらいはさせてもらえるけど、それも午前中で終わるので、セラから午後は休むように言われていた。

早朝の訓練は参加できるが、相手役のセオが私に気を使いすぎて相手にならない。あの女盗賊との戦闘以来、体術レベルも上がっているし操糸スキルも覚えたので、対人の模擬戦で感覚の調整をしたかったのに……ままならない。

だから、というわけじゃないけど、私はその時間を使って装備の手入れをすることにした。

一番整備をしなければいけない装備はペンデュラムだ。あの女盗賊との戦闘で何度も魔術の鎧を叩いたせいか、研いだ刃が潰れてただの塊になっている。

元はただの銅貨を溶かして固めただけのものだ。銅は鉄より重いけど遥かに柔らかいので石で叩けばある程度は直ると思うけど、まともに武器として使うには作り直したほうが早いと感じた。

けれど、このペンデュラムを作った城の鍛冶場は、エレーナの滞在が残り二週間を切ったので撤収準備にすべての刃物類の打ち直しや研ぎ直しをしているらしく、とても私個人の頼み事をできる雰囲気ではなかった。

だから手入れをするとしても刃物を研ぐか分解清掃をすることしかできないのだが、魔鋼のナイフは血糊を弾く性質があるので、そんなに手間もかからなかった。

「……仕方ない」

このままでは身体がなまる一方だ。魔素の影響で魂にスキル技術が蓄積されるから何日か寝込んだ程度で能力が下がったりはしないけど、元々が弱い私としては停滞している時間のほうが勿体なく感じる。

仕方なくヴィーロやセラから習った動きを一から反復することにした。

私の場合、戦闘の基礎は大剣を主武器に使うあのお人好しの大男から学んだので、油断をすると力任せに振る癖がついている。

師匠枠の二人に矯正されてだいぶ直ってはいるけど、それでもいざという時に力が入りすぎる場合がある。女盗賊が隙を見せたときに放った戦技も、殺すことよりも戦力を奪うことを考慮していれば、躱されたときも余裕は持てたはずだ。

要するに私はまだまだ修行が足りない。戦闘メイドだと意気込んだあげく格上相手に必殺を狙うなんて、本当に何もかも足らない。

だからある意味、初心に返って基礎からやり直すには良い機会とも言える。

黒いナイフを握り、基本の反復練習を繰り返す。

セラから学んだ足捌きや、レベルが上がった体術を織り交ぜて身体に馴染ませ、魂に刻み込むように身体に覚えさせた。

回転するように木の幹を斬りつけ、蹴り飛ばすように距離を取る。

「――【突撃(スラスト)】――」

蹴った反動で落ちてくる木の葉が私の戦技に斬り裂かれた。

けれど、木の葉は斬られたのではなく半分が砕けるように消えていた。それは私がまだ戦技を力任せに放っているからだ。

「――ふぅ」

半時ほど訓練をして内臓に重いものを感じた私は、メイド服の白いエプロンを外してそのまま木陰に倒れ込んだ。

仰向けになり、枝の間から見える陽の光に思わず目を細める。

体力値は八割ほど戻っているけど、身体の中にはまだ毒のダメージが残っているみたい。

「…………」

寝転がりながら少しだけエレーナのことを考える。

あれ以来、エレーナと会うことはできていない。私はただの平民出身のメイドで、彼女は王女なのだから仕事でなければ本来関わることもない。

あれからエレーナはすっかり大人しくなってしまった。

盗賊とはいえ目の前で人が死んで、私が死にかけたのを目にしたのだから、ある意味正常だ。

私のことなんて気にすることはないのに……と言うのも難しい。私と同様に魔力で十歳前後にまで身体が成長していても、彼女は私と同じ七歳だ。膨大な知識を詰め込まれて子どもらしからぬ思考ができようと、人の生き死には慣れるしかない。

でも……私はそのままでいいと思う。

私が言えることではないけれど、エレーナには血で汚れてほしくなかったから。

これは私の我が儘だ。汚れるのは私だけでいい。

生まれや育ちは違っても私たちの間には不思議な〝共感〟があった。エレーナは持ち前の優秀さと冷静さで、これから『国家』という巨大な獣と戦うことになるのだろう。

七歳の女の子が。たった独りで。

できることなら、これからもエレーナの傍らで彼女の心を守りたいと思う気持ちはある。

けれど、それではいけないと思う気持ちがある。

私は……弱い。まだエレーナを守れない。おそらくは今まで以上の敵を相手にすることになるだろう。今のままでは私は死に、彼女の心に傷を残すかもしれない。

強くなりたい。

運命を撥ね返せるくらい。

私は木洩れ日の中、光の中にある見えない何かに向かって手を伸ばす。

強くなる。だから、もう少しだけ……私が自分の運命を切り開ける〝強さ〟を得るまで……私は彼女の隣にいることはできない。

強くなりたい。

エレーナが、私が捨ててしまった〝光〟の中で微笑んでいられるように――。


「――ナァ……」

「………………」

不意に鳴き声が聞こえて、寝転んだまま視線を横へ向けると、そこには一匹の猫が警戒やら興味やら入り交じった微妙な瞳で私を見つめていた。

どうして猫がこんな所に？　思わずジッと猫を見る。猫も私をジッと見る。

まだ若い。たぶん三歳くらいだろうか？　薄い茶色の毛に少しだけ濃い茶色の線が入った虎柄の猫。

その鮮やかなオレンジ色の瞳が好奇心に揺れていた。

ああ……そういえば、ミーナがたまに餌をあげている野良猫がいたね。

孤児院にいた頃も、お父さんやお母さんが生きていた頃も猫は飼ったことがない。お父さんは、猫はネズミや虫を獲ってくれるから可愛がれと言っていた。

そういえば、孤児院でご飯を盗られて空腹に泣いていたとき、たまに見かける野良猫が虫を私の前に置いていったことがある。当時は意味が分からなかったけど、あの猫は私に自分の食べ物を分けてくれたのだ。

少し気が弱っていたのだろうか。私はこの不意に現れた猫が妙に気になった。

「…………」

「ナァ」

なんとなく、スカートのポケットに入れていたおやつのクラッカーを割って投げてみる。

「ナァ！」

ぴょん、と跳びはねた猫が後方に駆け出していく。……逃げた。あ、途中で止まった。

ジリジリと近づいてくる。自分から寄ってきたくせに警戒心が強い。

私は近くに生えていた細長い茎の尖端に穂のついた草を千切り、軽く揺らしてみる。

「ナァ！」

猫はそれに驚いたように顔を上げて、揺れる穂先と落ちたクラッカーを交互に見る。

かなり好奇心が強いみたい。でも人は怖い。クラッカーも欲しい。揺れている穂も気になる猫は、私を見てクラッカーを見てまたジリジリと近づいてくると、揺れる穂を何度もチラ見しながら落ちたクラッカーに飛びついてそのまま咥えて逃げ出した。

……ん？　遠くまで逃げない。数メートル離れた場所でパリパリとクラッカーを食べながら、猫の瞳は揺れる穂先を追って揺れていた。

「…………」

「ナァ……」

再び距離を置いて私と猫の視線が絡み合う。

……なるほど。これが猫愛好者のミーナであったなら、その心情を考察して何かしら希望に添うものを与えることができるのだろう。

だが、無駄だ。あの女の〝知識〟を得た私でも、猫の言葉は分からない。

私は草原に寝転んでいた身体を起こすと、猫が警戒したように一歩跳び下がる。

「フゥ……」

猫が威嚇するように小さく唸る。でもその程度の威嚇では私の心は揺るがない。

静かに穂を揺らす。猫の瞳があわせて揺れる。けれども猫は警戒したまま近寄らず、どうやら興味はあるらしいが猫が望むものではなかったらしい。

ポケットからハンカチに包まれたままの最後のクラッカーを取り出す。

「ナァ！」

これが目当てか。だが、そう簡単に私から食料を得られると思うな。

音を殺すように立ち上がり、緩やかにしゃがみ込みながらハンカチを揺らしてこれが最後のクラッカーであることを猫に示す。

お前にも分かっているだろう。これが最後だ。私はクラッカーを指で摘まんで投げることなくそれを揺らしてみせた。

「フゥ！」

猫の警戒心が跳ね上がる。その瞳はまるで私を非難しているように見えた。だが、お前が求めるものはここにある。野生の誇りを以て飢えに耐えるか、誇りを捨ててでも生きることを望むかはお前次第だ。

私はしゃがんだまま微動だにせず指で摘まんだクラッカーだけを揺らす。猫の瞳がわずかに揺れて一歩脚を踏み出し、私を見てまた一歩あとずさる。

猫の心は揺れている。あと一歩、猫の勇気を押してくれる何かが必要だった。

それは何か――

私はおもむろに最後のクラッカーを唇に咥えてみせた。

「ナァ！」

その鳴き声から猫の動揺が伝わってくる。でも私はクラッカーを唇に挟んでいるだけで囓ってはいない。それを示すように唇を使って揺らしみると猫はさらに動揺した。

私はさらに追い討ちをかけるように草原に両手をつくと、猫と視線を合わせるように顔を地面に近づける。

「フゥ……」

猫も同じような姿勢になって睨み合う。猫も覚悟を決めたのか、唇でクラッカーを揺らす私のほうへジリジリと近づきはじめた。

「…………」

何十秒かの時間をかけて徐々に近づいてきた猫は、ついに私の目前にまで迫り私が唇に挟んでいたクラッカーに食らい付く。

パキン――

クラッカーが割れて七割ほどを奪った猫が一目散に離れていった。

私は口に残ったクラッカーの塩気を愉しみながら飲み込み、そのまま達成感を感じて木洩れ日の中に仰向けに倒れて目を瞑る。少しの間そのままそよ風が頬を撫でるのを感じていると、指先に風ではない濡れたものが触れるのを感じた。

「ナァ」

「…………」

気がつくと猫が私の指先を舐めていた。なんだろう？　もうクラッカーはないよ？　それとも私の指先に残った塩でも舐めに来たのかな？

そんなことを伝えるように視線を向けると、猫は草むらから何かを咥えて、寝転がった私の胸に乗ってきた。

「ナァ」

「…………」

ポトリと落ちたのは小さなバッタだった。

私は胸元にあるそれを見て猫の背中をそっと撫でると、猫はゴロゴロと咽を鳴らしながら身体をすり寄せてきた。

そうか……。どうやら私は〝人〟ではなく〝同類〟として認められたみたい。

＊＊＊

「アリアちゃん、どうかしたの？」

その日、商家出身のメイドであるミーナは、王女付きの侍女長であるセラから面倒を見るように言われていた少女の部屋の扉が開いていることに気づいて覗いてみると、まだ昼を過ぎたばかりだというのに予備のメイド服に着替えているアリアを見かけた。

彼女は馬車の事故に巻き込まれて怪我をしたらしく、あまり仕事をさせないようにと言われていたが、何か着替えるようなことがあったのだろうか？

「なんでもない」

「そう？」

いつものように子どもらしくない返事をするアリア。

本当に警戒心の強い猫のような子だと思いながらよく見てみると、テーブルに置いてあった脱いだばかりのメイド服が毛だらけになっていることに気づいた。

「あれ？　あの猫ちゃんにでも飛びかかられた？　ごめんねぇ、あの子、臆病だから、びっくりして暴れちゃった？」

ミーナがこっそりと餌付けしている野良猫がいるが、その猫は餌を食べてはくれてもミーナに懐いてはくれなかった。それでも何度か抱っこさせてはくれないかと考えたことはあったが、餌でおびき寄せても、その度に暴れて逃げられている。

ミーナは、アリアも仕事途中に不用意に近づいて、驚いた猫に飛びかかられたのだろうと自然に考えた。

「アリアちゃん真面目だから、私と違って猫と遊ぶなんてしないもんね。怪我はない？」

「……問題ない」

「うん。それじゃ、無理しないでね」

問題ないのなら良かったとミーナが部屋から出る途中、何気なく振り返って見たアリアは、何故かその耳が真っ赤になっているように見えた。

あとがき

皆さま初めまして。春の日びより、と申します。

この度は本書をお手に取ってくださり、誠にありがとうございます。

私はこの作品がデビュー作になりますが、元はウェブ小説になります。他にも色々とわけの分からない物を書いておりましたが、運良くこの作品が読者様に応援していただき、出版社様のお目に留まる切っ掛けになって、こうして書籍としてお届けできることになりました。

これらはすべて、読者様と関係者様のおかげだと心から感謝申し上げます。


さてさて、この小説なのですが、私個人の想いとして『強い女の子が書きたい』というものがありまして、本書のコンセプトは『容赦のない主人公』でした。それに私の大好きな乙女ゲームを題材にした物になります。

ところが普通の主人公というものは、人を殺さない、他人に甘く、最初は闇落ちしていても後半は改心して素敵な主人公が一般的でありました。受け手側の年齢や、現代人が容赦なく他者を殺すことに違和感があるからでしょうか？

私が以前書いたものでも、途中から敵に情けをかける甘ちゃん化現象が起きてしまい、これじゃないと、決して敵には容赦しない主人公を書こうと思い立ったのが切っ掛けです。

主人公アリアはとても弱い存在です。幼女ですから仕方がないのですが、命を奪わなければ自分の命が奪われる。敵に容赦をすれば自分の大事なものが傷つく。それを理解している現地の人間でありながら、現代の知識を持って戦う、いわゆる転生ものとは多少違った主人公です。

そこで重要になる『知識』が、いまだに本編で一度も名前が出てこない、名前を呼んではいけない『あの女』こと地球からの転生者の知識になります。

この知識の量でアリアの難易度と読者様の物語への違和感が変動するのですが、『あの女』の知識量は、学生の頃からファンタジー小説やマンガ好きであった私と同じにしました（笑）。

乙女ゲームのヒロインでありながら、異界の知識で乙女ゲームに見切りをつけた主人公。

幼女とは思えない冷徹なまでの精神力、ハードボイルドな言動など、書籍化で多数の方に見ていただくにあたって、ほぼ修正もなく本にしていただき感謝の念に堪えません。

アリアはこれからどうなるのか？　ヒロインが変わってしまった乙女ゲームはどうなるのか？　悪役令嬢との関係など、ウェブ小説の醍醐味である読者様と一緒に作り上げたものを、TOブックス様と一緒に本にした物がこちらとなりますので、是非ともアリアのこれからの物語をお楽しみくださいませ！

キャラクター設定集

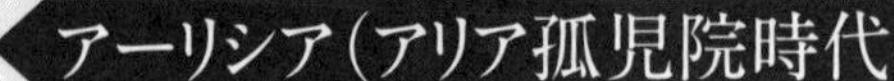

厳しい生活の中でも笑顔を失わず
健気に生きる。

characters

アリア（浮浪児）

外見は八歳まで成長。
性別を誤魔化すために髪を切り、灰を髪にまぶして、ショールを首に巻いて顔を隠した。
貫頭衣と革のサンダルは孤児院から持ってきた物。

characters

アリア（戦闘メイド）

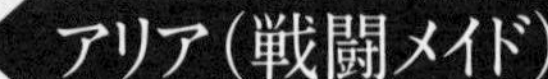

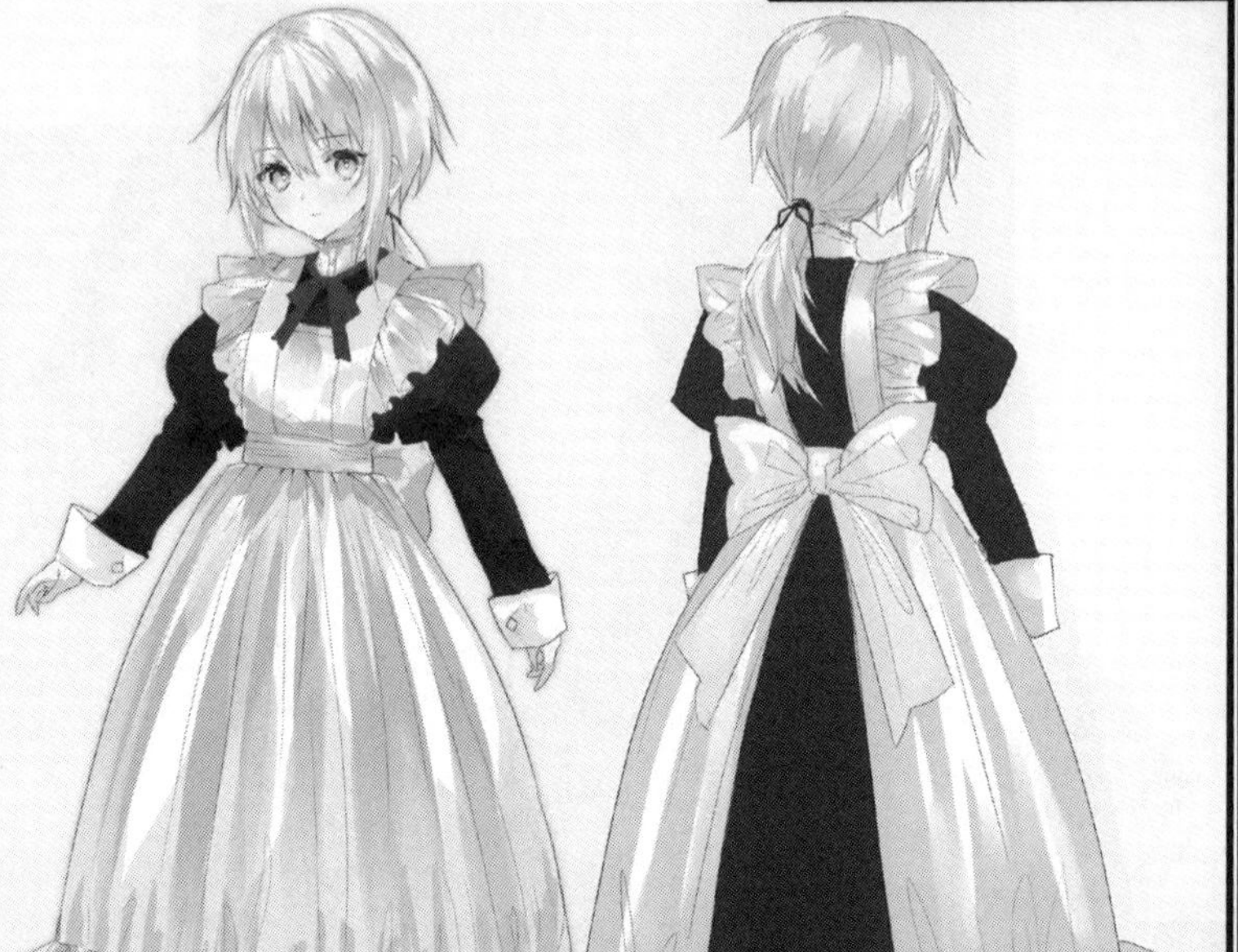

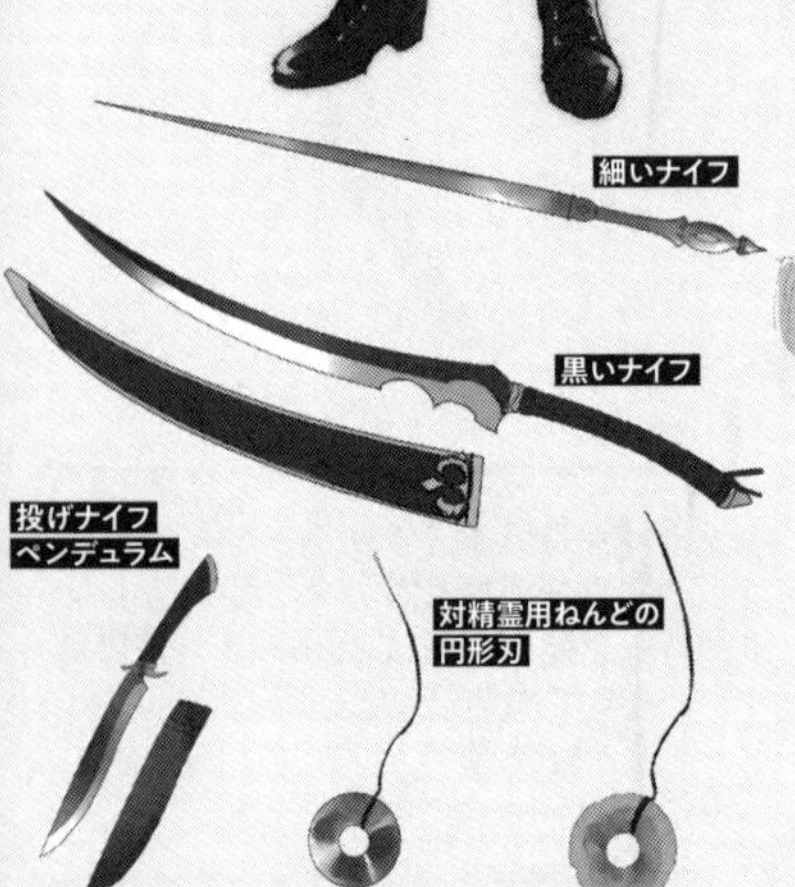

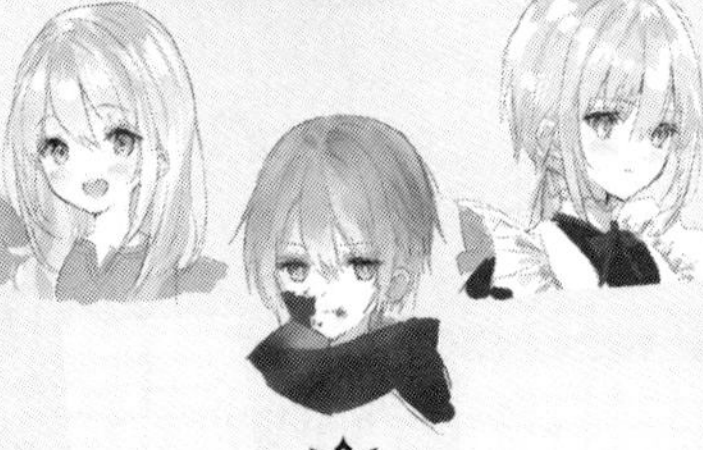

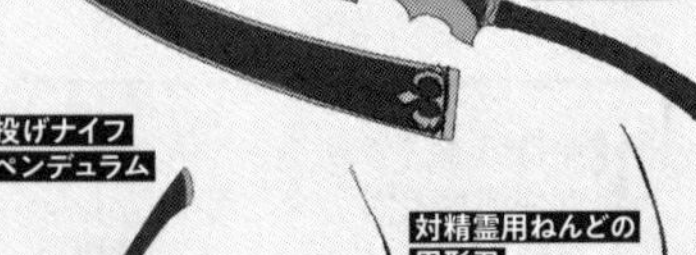

外見は十歳まで成長。
王女の側仕えに選ばれたアリアが
着る上質のメイド服。
アリアはその下にいくつもの武器を
隠している。

characters

王女エレーナ・クレイデール

アリアと同じ七歳だが、外見は
魔力で十歳まで成長している。

characters

〝ホンモノ〟は
私よ……！
!
2024年
発売予定！

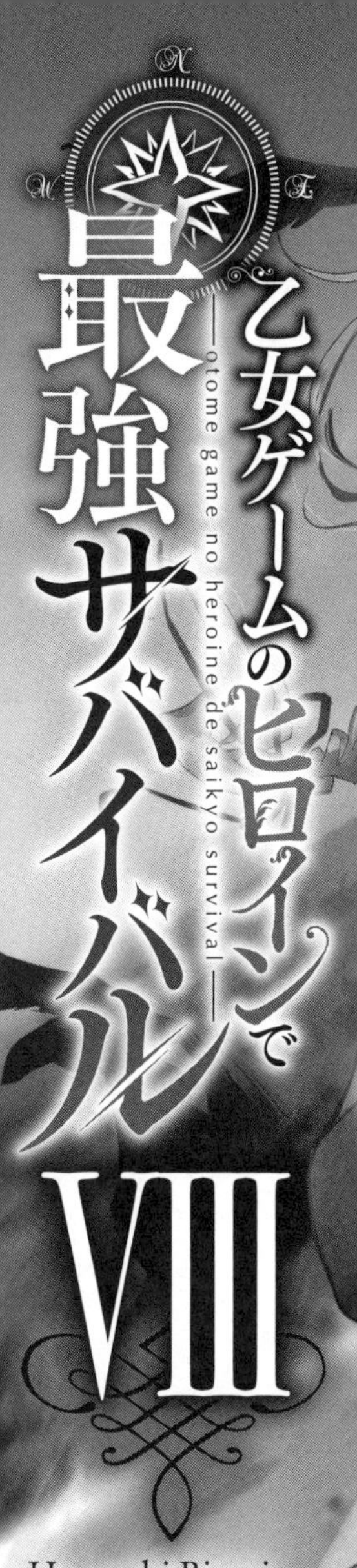

お前の思い通り（シナリオ）には
させない

偽ヒロインの策謀により頻発する
悪魔襲撃事件。
歪んだ乙女ゲームの暴走は
加速していく——！

Harunohi Biyori
春の日びより
illust.ひたきゆう

乙女ゲームのヒロインで最強サバイバル

2021年5月1日　第1刷発行
2024年3月1日　第3刷発行

著　者　春の日びより

発行者　本田武市

発行所　TOブックス
〒150-0002
東京都渋谷区渋谷三丁目1番1号　PMO渋谷Ⅱ　11階
TEL 0120-933-772（営業フリーダイヤル）
FAX 050-3156-0508

印刷・製本　中央精版印刷株式会社

ISBN978-4-86699-193-1

Printed in Japan